生命的奇迹

白血病患者抗白的心路历程

主　编

陈　霞

沈雪洪

杨锦天

苏州大学出版社

图书在版编目（CIP）数据

　　生命的奇迹：白血病患者抗白的心路历程／陈霞，沈雪洪，杨锦天主编. —苏州：苏州大学出版社，2021.12
　　ISBN 978-7-5672-3745-2

　　Ⅰ. ①生… Ⅱ. ①陈… ②沈… ③杨… Ⅲ. ①纪实文学—中国—当代 Ⅳ. ①I24

　　中国版本图书馆 CIP 数据核字（2021）第 209835 号

Shengming de Qiji——Baixuebing Huanzhe Kangbai de Xinlu Licheng
生命的奇迹——白血病患者抗白的心路历程

主　　编	陈　霞　沈雪洪　杨锦天
责任编辑	倪浩文
出版发行	苏州大学出版社（Soochow University Press）
社　　址	苏州市十梓街 1 号
邮　　编	215006
印　　刷	苏州市越洋印刷有限公司
网　　址	www.sudapress.com
邮　　箱	sdcbs@suda.edu.cn
邮购热线	0512-67480030
销售热线	0512-67481020
开　　本	700 mm×1 000 mm　1/16
印　　张	15.75
字　　数	243 千
版　　次	2021 年 12 月第 1 版
印　　次	2021 年 12 月第 1 次印刷
书　　号	ISBN 978-7-5672-3745-2
定　　价	72.80 元

发现印装错误，请与本社联系调换。服务热线：0512-67481020

编委会

总顾问

吴德沛

主编

陈 霞　沈雪洪　杨锦天

副主编

徐宝鑫　蒋 喜　方 艺　吴中权

校对

李瑞英　诸安平

封面设计

刘成宇

摄影

流 江　郭承俭　等

目 录
CONTENTS

001　序／吴德沛

001　怒放的生命／苏州陈霞爱心慈善基金会
006　生命如此美丽／陈　霞
016　真正的幸福根植于内心深处的善良／沈雪洪
030　生命之光／杨锦天
035　用清澈的眼眸寻找生命的真谛／聂琦俊
038　让爱在绝望中重生／李　鹏
042　爱·从不缺席／段　侠
046　一路走来，感恩有您／李春晓
050　爱从未消失／王　茹
053　谢谢你的微笑／张　燕
057　若命运不公，就和它斗到底／李昊阳
061　大爱济苍生，感恩新时代／王　薇
065　期待／张慧玲
069　人间值得／朱先阳
072　压伤的芦苇不折断，将残的灯火不熄灭／武　美
075　"核"你一起，涅槃重生／王　亮
078　以勇气为枪，刺破阴霾／张晁睿
082　春天的第一缕阳光／严　璐
086　绝处逢生花更艳／曹淇惠
089　爱，让我再次扬帆起航／王梓萱
095　雨后彩虹　铿锵玫瑰／钱玉兰
100　一切都是最好的安排／吴　佳
104　你，有双隐形的翅膀／宋心竹

108	你且心安	/ 刘　达
112	除却巫山不是云	/ 周明珉
115	不抛弃不放弃之战白小记	/ 傅　蔚
118	爱，让我重新扬起生活风帆	/ 陈学松
122	爱在延续	/ 张　云
126	带着幸福来见你	/ 吴中权
132	枯萎并不代表凋谢	/ 樊　甜
136	生命的期待	/ 王福勇
140	生命之光	/ 倪章欢
143	感谢这世间不动声色的善良	/ 苏宇伟
147	用爱点燃生命之光	/ 潘　丽
150	路一直都在	/ 孙　洁
154	抗白之路，须灿烂前行	/ 臧　芷
158	爱的呼唤	/ 王庆兰
162	当阳光照进裂缝	/ 黄　璨
167	阳光雨露润我心	/ 徐素丹
171	感谢拥有，笑对余生	/ 李宗喜
176	愿余生都挺好	/ 陆海飞
180	用心守护生命，用爱开启未来	/ 胡旭栋
183	感恩所有的遇见	/ 解剑飞
188	生命可贵	/ 成　雪
191	送我一朵小红花	/ 朱潇烨
195	别哭，前面一定有路	/ 史旭兰
200	凤凰涅槃	/ 胡传扬
205	三十而已，我修完了人生的死亡学分	/ 魏凌霄
212	造血遇障，人生清障	/ 谈　池
216	余生，温柔以待	/ 桑金辉
221	那年秋天有点冷	/ 孙　鹏
225	踏红色印记　扬斗争精神　迎靓丽人生	/ 赵亚楠
230	抗白路上念党恩	/ 杜永清
233	你若盛开，清风自来	/ 大金刚
238	放慢脚步，为了以后更好地出发	/ 詹文平

序

吴德沛

人最宝贵的是生命，生命对于每个人来说只有一次。医务工作者的职责，是让生命免于病魔的威胁。为此，我们努力学习专业知识，致力于疾病本身的研究，却往往忽视了换一个视角来看待疾病，来看待生命。

2021年6月13日，我一位特殊的"女儿"度过了她"20岁"生日，生日的主题是"生命依然美丽：陈霞新生命20岁——回家了"，以此纪念她接受移植20年。造血干细胞移植，本身就是生命传递的奇迹，从此患者体内流动着与供者相同的血液，何尝不是生命的重新绽放呢？

吴德沛

我欣喜的是，这位女儿以新的生命回报社会，蝶变为一名心灵的医者。她建立的爱心组织，不仅是一个移植患者和家属的互助平台，给患者以帮助和鼓励，更站在一个新的角度，为医者、患者及所有爱心人士

吴德沛和团队一起研究案例

吴德沛获国家科学技术进步奖

吴德沛入选 2020 年度《医师报》医学家峰会十大医学杰出贡献专家之一

吴德沛参加中国人民政治协商会议江苏省第十二届委员会第三次会议

吴德沛出席全国政协会议

搭建了一座桥梁。通过这座桥梁,我们看到了患者和他们的家庭在病房外的另一面。正如这部书中的一个个故事,用平凡的生活,不断诠释着生命奇迹的意义。

有人说我们是生命奇迹的缔造者,其实,真正缔造奇迹的是患者自己,而我们只是参与者。亲历这一过程,医者、患者互相从对方身上学习到很多。希望这里的故事,给患者以坚持到底的勇气,给医者以继续前行的动力。

医患互勉,延续奇迹。

2021 年 8 月于苏州

怒放的生命

苏州陈霞爱心慈善基金会

对于大多数人来说，17岁，是朦胧的雨季，是梦幻的花季，是甜甜的云季；它像雪花一样飘扬，像雄鹰一样翱翔，却又像火车一样飞驰。大多数人的17岁，沉浸在埋头苦读、努力考上大学的鸿鹄之志中，又或是在你侬我侬、郎情妾意的言情小说中，又或是在五光十色、对于未来自己的异想天开中。

而陈霞并不是这样。2001年6月13日是陈霞接受骨髓移植重生的日子，2021年是她重生20周年。这20年中，陈霞开始了她的感恩之旅，她走遍了大江南北、海峡两岸，联合政府机构、慈善部门，组织发动了上百次爱心活动，募集善款达2亿多元，全部用于对社会弱势群体、血液病患者、残孤人员和失学儿童等的救助。

当别的少年17岁还是一朵娇嫩的花朵的时候，陈霞这朵

陈霞（左）接受江苏广电新闻中心主持人杜荧采访

在风中怒放的花朵，却已经结上了累累的果实。现在的陈霞是江苏省政协委员、江苏省红十字会"形象大使"、江苏省"三八"红旗手、江苏省文化厅《丹青世界》执行主编。她还被聘为"江苏爱心大使"、苏州市"无偿献血、捐献骨髓"公益广告形象代言人。另外，陈霞还著有《生命如此美丽》等书，并获"全国青年女作家"称号。

今天是陈霞"20岁"的生日，一大早，陈霞就和父母一起匆匆赶往医院去看望工作中的"吴爸爸"。陈霞口中的"吴爸爸"就是苏大附一院血液科的吴德沛主任。吴主任是血液病学科的主要学术带头人之一，现任江苏省血液病临床医学中心副主任、苏大附一院血液科主任、系主任医师、内科血液学教授、博士生导师。20年前就是他用精湛的医技给了陈霞第二次生命。今天的陈霞，穿了一身墨绿色的旗袍，脸上总挂着幸福的笑容，格外漂亮，她和父母来到苏大附一院吴主任的办公室，吴主任正在忙碌工作着，看见陈霞一家来了，也特别的高兴，陈霞幸福地和大家一起合了影。

2021年6月13日，以"生命依然美丽：陈霞新生命20岁回家了"为主题的重生感恩会，在苏大附一院血液科举办。此次活动邀请了当时为陈霞看病的主治团队，同时，也邀请了当时和陈霞一起奋战的病友以及他们的师弟师妹，他们一起度过了一个难忘的感恩之会。

陈霞（第二排左起第十五人）向苏大附一院捐赠防疫物资

陈霞(中排右四)和幼儿园举办圣诞节活动

陈霞(中排左五)给孩子们送去新年祝福

陈霞（左六）向四川省人民医院捐赠防疫物资

吴德沛（左九）和陈霞（左十）参加在人民网总部举办的血液健康研讨会

2016年6月，陈霞回到苏州开启了她的爱心之旅，从小爱到大爱，再到博爱，她做到了。但是她认为自己做得还不够，在她心中，医护人员才是真真正正的博爱大使。

时隔20年，医疗界发生了翻天覆地的变化。比如，中华骨髓库当年只有5 000个库容量，到如今拥有300万高质量的造血干细胞的库容量；比如，在技术层面上，成功率不断提升，死亡率不断下降；再比如，以苏大附一院血液科移植舱为例，从最早的2个，到10个，再到现在的80个（本院61个，分院19个），每年移植量达800例，这在全国乃至全球都是首屈一指的。在这里，医患关系也处理得非常好，加上苏州陈霞爱心慈善基金会及义工团队的助力，医患之间更加信任、更加融洽，这为战胜病魔构筑了很好的心理防线。

在陈霞心中，她代表的是所有的血液病患者，所以她要把感恩、责任、传递六个字传递下去。"我必须把这件事情做好，如果做不好，那就砸了全国几百万血液病人的期望，砸了这么多人辛辛苦苦造起来的堡垒。"这些年来，陈霞一直在践行着她当初的承诺，坚持做最好的自己，把最好的自己奉献给需要的人。20年了，他们的生命依然美丽，甚至更加夺目。

陈霞（中）接受白岩松采访（右）

20岁，像一阵微风拂过。对于很多人而言，20岁还只是做梦的年纪，而陈霞在这个年纪却已经做得太多太多。有人问陈霞说，为什么还没有考虑自己的终身大事，陈霞笑而不语，只有我们陈霞爱心慈善基金会知道这个问题的答案。她的心里装的是病人，是更多需要她帮助的人，是整个世界，又怎能装得下其他？陈霞是她自己的，更是世界的，只要世界需要她，她就不会停下感恩的脚步。

20岁渐渐离陈霞远去，新的征程已经悄悄铺开。陈霞笑着说，她要为更多的人带去温暖，要用更多的爱回馈社会，让自己的青春结出更多感恩的果实。

生命如此美丽

陈霞

2000年9月,年仅19岁的陈霞身患急性粒细胞白血病,历经恐惧和病痛折磨,但她凭着坚强的意志勇敢地和病魔做斗争,最终成为生命的强者。2001年6月海峡两岸暨香港举行"生命20小时——两岸拯救陈霞行动全程直播",此活动成为中国电视史上规模最大、影响最广的新闻行动之一。全球多家华人电视台、500多名电视工作者直播了传递生命火种的惊心动魄、扣人心弦的全过程。这也是海峡两岸暨香港首次互动式的电视直播。陈霞不仅成了大陆接受台湾慈济骨髓库配对成功并成功移植的第一人,还拥有了众多的荣誉:江苏省红十字会形象大使,第五届"江苏慈善奖"优秀慈善工作者,第三届江苏"十佳网络公益达人"之一,苏州陈霞爱心慈善基金会理事长,著有《生命如此美丽》等三本书,并获"全国青年女作家""中国好人"称号。

"君到姑苏见,人家尽枕河。古宫闲地少,水港小桥多。"我是陈霞,现在苏州,因为一场特殊的因缘际会,让我深深地爱上了这座城。

19岁那年,那一个出生在江苏省姜堰市(今泰州市姜堰区)徐镇东塘村的农家女孩来到了这座美丽的江南古城,不是为了领略它的古典和浪漫而来,而是带着重生的希望和涅槃的使命而来。如今,我在这座古城的青石板上,一晃又走过了整整19个年头。令我惊喜不已的是,如今的我,依然还是那个19岁的女孩,看着定慧寺的千年银杏树换了一次又一次的新装,循着寒山寺悠远的钟声,怀着欣喜和感恩追寻着更为曼妙的人生。

因为对生的渴望，我来到了这里

时间倒回到那个阴暗晦涩的日子，那是 2000 年 9 月的一天，像所有走进新时代的追梦青年一样，正在电脑课上学习的我，突然头晕犯困，牙齿出血，又拉肚子，几个好朋友陪着我去了姜堰市中医院，医生初步问诊后就给开了一些药，本来还是体育健将的我也没太当回事。

回家路上遇到了村上的赤脚医生曹叔叔，心细的曹叔叔在了解我的身体状况后，极力规劝我去大医院继续检查。我来到市人民医院，挂号、就诊、化验，忙了一个多小时，总算完成了做血常规的全套程序。等化验结果的过程总是那么漫长，漫长的等待让我开始胡思乱想各种可能。看着别的病人都取到了化验单，可我的化验单却一直没能出来。正在我越发担心、胡乱猜疑的时候，给我看病的女医生径直朝我走来，神情一脸的严肃。还没等我开口，她就拉着我去了三楼的血液科。血液科的医生让我赶紧通知家属，务必立即住院。

拿着化验报告回家的路上，血液科医生那严肃的表情和急切的话语始终萦绕在我的脑海。我想我一定是得了什么大病，十有八九是绝症，是癌？血癌？……不！我不相信，我还年轻，美好的人生规划刚刚在我的心中铺展，一定不会是这样的结果。于是，在一个街边的角落，我停下脚步，一遍又一遍地反复看手中的报告单，可是仅有的那点医学常识根本不足以让我深入了解那些数据背后所隐藏的所有含义。看着看着，我的鼻子发酸，眼睛模糊了，我

陈霞获"苏州慈善奖"

突然想到了父母,如果我真的得了绝症,父母又怎能承受如此巨大的打击?

　　回家的路变得出奇的远,直到晚上6点多才回到家里。我决定不告诉父母,把单子藏在了厨房的一个不起眼的抽屉里,然后装着和平常一样与父母有说有笑地吃晚饭。由于浑身没劲,心里发慌,晚饭后我就赶紧洗澡上楼睡觉去了。我不知道我的决定是对还是错,心里想得最多的是,无论如何我要用剩下的时间好好陪伴我的父母,想着想着就忍不住哭了,想得实在累了,也便迷迷糊糊睡着了。

　　父母永远是最心细的,尽管我极力掩饰,母亲还是察觉出了我的异常。当天晚上,母亲居然在厨房抽屉里发现了那份化验报告,并和父亲连夜去了赤脚医生曹叔叔那里。曹叔叔告诉他们我可能得了"急性白血病"。我能想象当时二老的心情是多么绝望。当晚深夜,回到家里的父母悄悄来到我的床前,也没叫醒我,但我想他们一定看见了我脸上的泪痕。

　　第二天,父母陪着我去医院办理了住院手续,这也是我有生以来第一次住院,一切都让人充满了紧张和恐惧。医生给我做骨髓穿刺的那一刻我吓得哇哇大哭。骨穿的结果彻底葬送了我们心中所有的侥幸。得知我确诊为白血病的那一刻,父母在门口失声痛哭。还记得很小的时候看过一个日本电视连续剧《血疑》,女主角幸子生的就是白血病,如今的我居然成了中国的幸子。

　　两天后,我就转院来到了苏大附一院。早就知道苏州是一所美丽的城市,有着两千五百多年的悠久历史,有着"上有天堂,下有苏杭"的美誉,一直渴望有朝一日能看看那些风景如画的江南园林。可是没想到,第一次来到苏州,我却根本无暇顾及这些,而是为着求生而来。车子抵达苏州的那一刻,母亲因为长途奔波劳累,又晕车了,在垃圾桶旁边呕吐不止。我不想让亲人们为我担心,就暗下决心,从今以后,一定要用坚强乐观的形象去化解他们的忧虑。可尽管我已经打算对亲人摆出一副不怕痛苦的姿态,但当我看见妈妈那瘦小的身影时,从不在人前落泪的我还是忍不住哭了起来,而且越哭越厉害。一是因为自己的病,二是因为连累了父母,三是对后面未知的情况一片茫然。

　　住院一个月的时候,最坏的结果还是来了,原来的治疗方案不理想,我出现了耐药。医生也给我父母下了病危通知,一个实习医生甚至建议我母亲为我准备好后事，让家人多带我去玩玩，因为所有糟糕的情况随时都有可能发生。可就是这么一个实诚却有点不近人情的建议彻底激怒了我的妈妈。那个从来都是善良文弱的母亲近乎歇斯底里地对医生发出了一连串的怒喝。我知道我可怜的母亲此时此刻恨不能用自己的生命来换取她女儿的生命。所幸的是，在死亡线上经历了无数次挣扎后，我居然挺过来了。2000年12月，病情终于有了缓解的我，需要赶紧进行骨髓移植。然而骨髓移植的前提是必须找到配型相合的骨髓，这在江苏还没有先例。为了寻找到这种可能性，我的主治医生吴德沛主任亲自带着我们全家去北京找配型，这趟北京之行彻底改变了我，我相信能挽救我生命的健康骨髓一定能找到。返程的列车上，看着窗外苍茫的大地在眼前飞速掠过，我仿佛看到了我正在一列开往春天的列车上，到站的那一刻所有的希望一定会实现。

在无菌病房化疗的日子总是那么难熬，已经瘦成八十多斤的我似乎每天都在担心着各种突发状况的发生。我迫切地期待着能快些找到配型成功的骨髓，可这十万分之一的概率实在是太难了。2001年4月18日，在我床边陪护的妈妈接了一个电话，在挂上电话的那一刻，她一把抱住了我，哭着说："孩子，你有救了！配你的骨髓在台湾找到了！"我简直不敢相信自己的耳朵，为了寻求这份希望，我们全家已经等待了半年多。我真想大声呼喊，我想把这个消息告诉所有关心我的人，我的医生、我的朋友、我的亲人，我相信他们都会为我高兴和激动的，我也想把这个消息告诉我身边那些与我朝夕奋斗的病友们，可是我突然忍住了，看着他们依然深处痛苦的样子，我只能暗暗发誓：等我好了，我一定要帮助那些和我一样在痛苦中挣扎的人。

因为是江苏首例骨髓移植，又因为骨髓供体来自宝岛台湾，一切似乎变得神秘而伟大了起来，不知不觉中我成了一个全社会关注的焦点。苏州有线电视、江苏卫视、香港凤凰卫视、台湾东森电视台联动，准备全程跟踪直播这场生命的赛跑。我的主治医生吴德沛的老师、中国工程院陆道培院士专程从北京赶来指导手术进程，台湾的移植专家李政道博士也专程赶来了，我突然感觉我成了天底下最幸福的那个人，我的生命已经赋予了无比神圣的意义。

2001年6月13日，在万众瞩目下，来自台湾的一位不知姓名的哥哥捐赠的骨髓经过空中接力，不远万里来到苏州，来到我的病房，来到了我的血管里。手术不负众望，取得了成功。移植后获得重生的我，发现自己开始变了，或许是台湾哥哥的骨髓给我注入了全新的能量，他的无私大爱让我心潮澎湃，我的内心越发迫切想去关心别人了。对我来说，这真是一种进步，很大的进步，甚至可以说是一个飞跃，一次升华，心灵上的飞跃，精神上的升华。

2001年7月31日，一个终生难忘的日子，我终于可以出院了。那一天，医院几乎所有的领导和医护人员都来欢送我，两个护士姐姐很有仪式感地把通向光明的大门打开了，大门那头，好多的人站在两旁，我的亲戚朋友、医院的领导、媒体人员，还有陪我度过无数个难熬日子的医护人员……那一刻，我的眼睛彻底湿润了。当我拐过血液科时，我看到主治医生吴德沛像往常一样向我点着头，再一次竖起大拇指说道："你终于战胜了病魔，好样的！"我也竖起大拇指说道："吴主任，非常感谢您给了我第二次生命！从今天开始，我就叫您'吴爸爸'吧！"一旁的人都笑着鼓掌。孙爱宁副主任、唐小文医生、付铮铮医生、朱霞明护士长……这个给了我温暖和生命的团队，其实更给了我一个爱意融融的家。

因为对重生的眷恋，我留在了这里

2001年10月1日，是国庆节也是中秋节，这也是我在新生命里过的第一个有意义的节日。那天，在苏州工业园区的金鸡湖畔举行了一场"中华团圆月"大型活动。这是由四家大的媒体（台湾东森电视台、香港凤凰卫视、江苏卫视、苏州广电总台）联手直播的一台晚会。因为我的身份比较特殊，作为首例接受来自台湾的骨髓移植后获得新生的白血病患者，主办单位邀请我们一家人，还有我的主治医生吴德沛一起参加这个活动。本来主办方准备借此机会促成我与台湾献骨髓给我的哥哥现场对话的，但是由于种种原因，没能如愿。不过我还是和李政道爷爷通了话，能够再一次看到慈祥的爷爷，我很激动，爷爷也很希望我明年能够去台湾和大哥哥见面。现场我分别接受了香港、台湾著名主持人的采访，一想到恩人哥哥正在远方的台湾看着直播，我的内心无比激动，通

陈霞

过镜头我传递着对哥哥全家的问候,这是多么美好的一种感情。考虑到身体还没完全康复,在众人的劝说下我还是极不情愿地提前离开了晚会现场。在美丽的金鸡湖畔,我抬头望着天空,那个晚上的月亮真圆,我享受着中华一家亲的欢乐,我突然意识到新生后的我将肩负起了一个无比神圣的使命,因为,我的血液里流淌着海峡两岸共同的血,这是中华民族的血脉,如今小小的我已经成了维系这份血脉亲情的象征。我情不自禁地吟诵起了余光中的那首诗,只是略微改动了一下:小时候,乡愁是一枚小小的邮票,我在这头,哥哥在那头。长大后,乡愁是一张窄窄的船票,我在这头,哥哥在那头。乡愁是一湾浅浅的海峡,我在这头,台湾在那头……我知道,从今往后这份特殊的乡愁将陪伴左右并影响我整个的人生。

  2001年10月4日,在苏州与病魔抗争一年多的我,终于回到了姜堰老家了,当我们的车子快到村口的时候,我便听到远处隐约传来的锣鼓声。进村的那一刻,我看到路的两旁居然站满了熟悉的父老乡亲。我的鼻子感觉阵阵酸痛,眼泪禁不住哗哗直流。下车的那一刻,我瞬间被全村乡亲团团围住。一个大妈高声呼喊着:"孩子,你终于回来了,大妈终于把你给盼回来了!"忽然看见一条高举的横幅——"欢迎江苏幸子回家!"顺着横幅的方向望去,原来市里的领导、记者以及村干部都纷纷赶来迎接我回家,原来劫后余生的我成了生命最美妙的奇迹,我感觉自己就好像在做梦一般。记者们纷纷围拢上来采访我。站在家门口,那一刻我激动地告诉所有人:在重生的那一刻,我就已经下定了决心,将来一定要从事爱心事业,一定要把这份特殊的人间大爱传递下去,绝不辜负大家对我的厚爱。

  我是一个平凡的人,朴实的父老乡亲养育了我,如今,经历了一场生死的考验,在苏州遇到了一群美丽善良的白衣天使,他们为了挽救我的生命整日殚精竭虑奔忙,我的重生牵动着海峡两岸亿万同胞的心。正如那首歌唱的那样:"我是多么平凡,却又如此幸运,我要说声谢谢你,在我生命中的每一天。"我想,未来生命中的日子,对于我而言都将是闪亮的日子,我要用生命中最闪亮的那一段与你分享,我要用我的余生去帮助那些依然身处困境的人。

  2001年12月13日是我重生以来最难过的一天,因为那个病房里最好的病友由于病情复发，永远离开了我。想起我们在病房里最艰难的那段时光，想起我们曾经用最真诚的相互鼓励温暖彼此，想起我们还有一个凄美的约定，那就是无论我们中哪一个有幸活下来都要照顾双方的父母，一个又一个无比艰难的日子我们并肩走过。可如今我成了那个幸运儿，他却失去了生的机会。我知道去了天堂的他一定在关注着我，祝福着我，我会带着他的祝福去践行我们的生死约定，我会去过更有意义的人生，让我们两个人的愿望得以更加圆满地实现。

渐渐走向康复的我迫不及待地开始了我的寻爱之旅。我开始努力帮助那些白血病患者。我想，重生后的陈霞应该成为一面旗帜、一盏明灯，去帮助那些依然被病魔折磨的白血病患者，让他们从我的故事里看到希望，找回勇气。慢慢地，我开始行走在病房里为他们加油助威，我开始为拯救那些白血病患者奔走助力。我成为苏州电视台社会经济频道的"爱心大使"，后来又入选姜堰市"华佗杯"新人新事，被聘为红十字会形象大使。2002年10月26日，姜堰市"陈霞慈善会"获批，拿到执照的那一刻，我又一次流泪了，因为我终于在我期待已久的爱心事业上迈出了坚定的步伐。

因为对爱的执着，我从这里再出发

苏州是我的第二故乡，我深深爱着这座城市。生命不在于长短，而在于生命的价值。康复后的我，越发珍惜现在的生活。在康复的头几年，尽管也曾遇到过各种各样的挫折，但从事爱心公益的决心却从未动摇且愈加坚定。我深知一个人的力量终究是有限的，我要以我的特殊身份，努力做一个传播爱心的使者，经过反复思考，我决定用我的实际行动去唤醒更多人心中沉睡的爱的力量。

从2006年年底第一个陈霞爱心站创立，在社会各界的支持下，到目前为止，全国已拥有40家陈霞爱心站，注册义工超2 000人。陈霞爱心公益事业除了覆盖精准帮助患者家庭筹款的抗白助力筹，以爱心直播方式开展的名医讲堂、营养厨房，开展患者家庭再就业支持工作之外，重点在于培养更多的"小陈霞"，让他们能在康复后力所能及地承担起应有的社会责任，帮助其他仍处在病痛中的病友，帮助给予他们第二次生命的医护人员,以公益的形式传递感恩与责任。在苏州市民政局的指导下,苏州陈霞爱心慈善基金会于 2018 年 10 月 17 日正式成立,2019 年 4 月 1 日成立中共苏州陈霞爱心慈善基金会党支部,从此,陈霞爱心事业也有了自己的组织。基金会成立以来,仅通过"9·9 公益日"便为血液病患者筹集善款超过 216 万元,其中:2019 年 9 月通过"9·9 公益日"为 22 名血液病患者筹集善款 80 多万元,在 2020 年"9·9 公益日"为约 50 名血液病患者筹集善款 200 多万元,2021 年为 14 名血液病患者筹集善款超过 496 万元。先后为血液系统疾病患者提供专业的医疗咨询服务达上万人次;爱心厨房送出免费爱心餐 60 000 余份;帮助 71 位患者网络筹款达 500 万余元;爱心直播 200 余场,截至 2020 年年底累计拥有粉丝 844 600 余人,拥有 820 多万访问量,平均每场约有 20 万人同时在线观看。

为了应对突如其来的新冠疫情,助力武汉人民早日战胜疫情,2020 年 1 月至 4 月,苏州陈霞爱心慈善基金会第一时间共筹措疫情防控物资和经费金额达 2 964 549.34 元,实际使用资金(含物资价值)3 017 472.32 元。另外,与四川省红十字基金会联合防疫共筹措货币金额为 560 076.87 元。项目共支持湖北、四川、江苏、浙江、贵州的抗疫机构单位约 30 个,其中采购了 3 120 大包钟南山配方的防疫凉茶,1 600 套防护服,6 188 份食材,7 720 件口罩,8 900 件一次性手套,70 件额温枪,空间消毒材料 529 份,消毒液 520 份,50 份社区防疫人员的人身意外险,14 459 份中药材。2020 年,基金会上线了"抗白助力筹"与"益援站 2020"(现已改名益援站一期)两个项目,在 9 月 7 日至 9 日共筹款 2 516 434.76 元,缓解了 49 名病友家庭的资金困难,支援了苏州爱心营养厨房的建设,支持了一名家属再就业,并支持成立了一个康复者与家属再就业团队为主成员的直播团队,在名医讲堂、营养课堂等活动中发挥了重大作用。我本人也获得了江苏省"优秀慈善工作者"称号(全省 5 人,苏州市 1 人)。先后应邀出席第四届"苏州慈善奖"暨第十九届"同在蓝天下——慈善一日捐"集中捐赠仪式,并荣获苏州优秀慈善工作者奖。参加 2020(第八届)江苏互联网大会网络公益分论坛暨南京网络公益高峰论坛,荣获第三届江苏"十佳网络公益达人"称号。

不忘初心，砥砺前行，作为国内首个以关注"血液病家庭有尊严地生活"为使命的慈善基金会，苏州陈霞爱心慈善基金会成立两年多来，在各地爱心站的义工们的共同努力下，帮扶工作取得了长足进步。因为有你，我们都挺好！因为有我，你们会更好。我将始终心怀感恩，一如既往地帮助白血病患者更好地活着，行走在撒播爱心和希望的公益大道上。

真正的幸福根植于内心深处的善良

沈雪洪

1972年6月生于苏州,教育学硕士。江苏省德育先进工作者、苏州市优秀教育工作者、苏州市师德标兵。2017年3月经苏大附一院确诊为急性髓系白血病,2017年9月6日接受无关供体进行造血干细胞移植,目前康复良好。

生病期间利用自己的专业特长,为很多白血病患者特别是未成年学生开展心理帮辅工作,还专门编撰了白血病患者心理辅导手册《你不是一个人在战斗》,免费发放给患者及家属1000多册,个人励志散文专著《幸福守望》也成为很多病友的枕边书。在病房里还和病友、江南大学音乐教授徐湘合作创作了苏州陈霞爱心慈善基金会的爱心歌曲《挥动爱心的翅膀》,激励和帮助了很多白血病患者。康复后一直在以自己的独特方式默默做着关爱白血病患者的公益事业。

2017年3月13日,这是我有生以来最绝望的一个日子。那一天我依然如往常一样早早地来到学校,依然像往常那样把学校每一个楼层、每一个班级都巡视了一遍,然后又把校园每一个角落都走了一遍。在他人眼里今天的我应该与往常并没有什么两样,可是在我的心里却有着太多特别复杂的情绪,因为今天的我正在等一份特别的通知。

中午11点的时候,我的电话响了,电话那头是一个女士的声音:"你是沈雪洪吧?请你今天赶紧来25号大楼血液科二楼办理住院手续,记得今天一定要来医院啊!"

还没等我彻底反应过来，那头就挂断了电话。我知道，那个我最不愿意看到的结果最终还是来了。中午我没有去餐厅吃饭，把自己一个人关在办公室。我的脑子很乱，可直觉告诉我，现在有太多太多的事需要我立刻去办。因为我这么一走，不知道什么时候能回来了。

　　脑中思绪越来越混乱，想的东西多了，自然而然的内心就有一种快要爆炸的感觉。我从椅子上站起来，轻轻把门带上，又一次走进了校园。我绕着校园的操场来来回回走了两圈，操场上有几个刚刚从餐厅出来的孩子，在那里边走边说着话。我离开操场，来到那条两旁有着高大合欢树的林荫小道上，默默地看着其中两棵已经在这个寒冬冻死的合欢树，突然想起自己刚刚为这两棵合欢树写的纪念散文《合欢不欢，怅然若失》，感觉这句话与我此时的心境是如此贴近。穿过这条小道，我来到学校西花园那个清静的小亭子里坐下。看着这四周茂密的竹林里那么多小春笋正在静静地拔节生长。池塘里四年前我刚到这里时放养的小锦鲤不时循声游来，我发现它们居然已经如此肥硕，成群结队朝着我聚拢而来。看着它们摇头摆尾的憨态，我突然笑笑，然后又叹了一口气自言自语道：这么美好的一切，看来我真的无法再陪伴左右了，何时能回到这个美丽的校园，已经成了一个不可预知的梦。

　　两个午餐后散步到此的青年教师冲着我微笑地打招呼，我突然缓过神来：对呀！我总不能这样悄悄地离开学校呀，还有好多事没有安排呢！于是赶紧给办公室主任打电话，让她通知所有中层以上干部下午1点到会议室开一个临时短会。会议时间很快就到了，我走进会场，大家都已经安静地坐在那里等候，也不知道今天是为了什么要突然间开会。我尽量压低嗓音如平常一样开始了会议。因为是紧急短会，我今天已经想好了就采取一言堂了。如往常一样，我把开学一个月来的各项工作做了简单梳理、总结点评，又把后面即将要做的工作做了分工和布置。就这样时间差不多也就过去了15分钟的样子。考虑到大家依然比较疑惑，我顿了一顿，然后就告诉大家：我可能因为自身健康原因不得不暂时要离开大家了，我特别感谢这么一个优秀的团队，每天紧张又有序地开展着各项工作……讲到这里突然觉得有点哽咽，内心涌动着酸楚的感觉，我知道我不能再讲下去了，于是就说，考虑下午很多干部都有课，今天的会议就此结束。说完，我赶忙离开了，钻进自己的办公室努力平复着自己的心情。

那天下午，我在办公室里不停地想，又不停地写，我真怕疏漏了任何一件关键的事。万一我真的不再回来了，我真的不想因为我的疏漏而让工作留下任何的遗憾。下午4点的时候，我告诉自己必须得走了，我环顾了一下办公室，然后认真地关好门就离开了校园。

来到医院病区门口，我突然感觉这地方特别森严，病区门口一个胖胖的大妈用非常简单的语气拦住了我们。我说我是来住院的，麻烦您让我进去。她说这里都是无菌病房，可不是随便能进出的地方，让我去配齐了装备再来。我跟夫人面面相觑，只能在病房外面超市里按照人家给的清单配好了装备，穿戴好后才进入了病区。夫人好说歹说也终于能陪着我进入病区，来到护士台给我办理住院手续。

一见到护士，我便迫不及待地问护士："你们一定是搞错了，我除了有点咳嗽，没有其他不适，为啥一定要来这里住院呢？"护士抬头看了看我，然后把一份医患告知书递给我，让我认真看完然后签字。

我瞪大眼睛，反复看了这份通知书两遍，其中两句话像锥刺一样扎着我敏感的神经：病情初步诊断为急性髓系白血病，如果不及时有效干预治疗，病人生命时间差不多在三四个月……我不敢相信自己的眼睛。那真是晴天霹雳，没办法，只能咬咬牙把字签上。

妻子陪着我来到病房，刚刚帮我安顿好，一旁的护工就开始反复催促她离开。我把妻子送出了病区，看着病区的大门缓缓地关闭，只能无奈地回到病房。我环顾这个仅能容纳两张床位的小小病房。病床有点独特，被一个透明的塑料薄膜罩子方方正正地罩着，像小时候床上用的蚊帐一样。床头有一台宽大的空气净化器，正发着嗡嗡的声音。我呆呆地坐在床上看着这个病床里雪白的墙面，除了墙上挂着的一台小小电视略微感觉有点生机外，这个病房全是肃杀的气息。还好，我的病床靠着北窗，伸长脖子抬头居然还能看到窗外有一棵齐窗高的桂花树，我知道接下来的日子，属于我的春天估计就只有它了。

突然发现旁边床上朦胧的帐帷里坐着一个小哥。看上去也就三十出头的样子，脸色黝黑，眼神里带着孤寂和无奈。我主动跟他聊天，问他是什么病。他慢悠悠有气没力地告诉我说："在这里还能有什么病啊？白血病呗。"我又问他多长时间了，他说他已经九个多月了，这是第五个疗程化疗了，现在只能等配型，可是家里亲人一个也没合上，骨髓库等了很久又没有任何消息，估计也没指望了。医生说现在再不做移植病情已经很难控制了。

我看了看他床头的牌子，知道他姓陈，才35岁。看着他如此绝望的样子，我一时不知道该说什么好。这个时候一个护士走了进来，告诉他说，前面有一个病人用了一种美国进口的药，但是效果不理想，还留下一瓶进口药在病区冰箱里，建议他可以试试，如果有效果的话，再往这个方向努力；如果没有效果，那也只能回家了。那小哥无奈地点了点头。很快护士送来了药，把它注入正在挂着的盐水瓶里，一边操作一边还说，这么小的一支要卖好多钱呢！护士刚刚走，小陈就跟我讲："死马当活马医吧，不管有没有用，看来只能这样了。明天我就要跟医生要求出院了，就算有用我也用不起那个药啊！"

第二天一早，我就看到他的夫人在帮他整理物品，然后就和我告别出院了。我心里在想，他就这样回去了，接下来会怎样呢？我不敢细想，突然感觉这个社会原来是这么现实，人生原来如此无奈……

下午的时候，那张病床上又来了一个姓赵的小伙子，长得十分俊秀，白白净净的。闲聊了几句，得知他是徐州沛县人，今年才21岁，正在读大专，刚刚参加毕业实习却查出得了白血病。他说在上海已经治了一段时间了，家里的钱也花得差不多了。现在听说这边治疗很专业，所以又好不容易转到了这里。看着这么一个年轻的小伙子，作为老师的我心里突然泛起阵阵酸楚，总觉得他就像是我的学生一样，我似乎应该给他一点安慰，却终不知该如何说起。

当天晚上我翻来覆去睡不着，因为明天将是正式决定我命运的日子。这些天我一直怀疑大夫于我一定是误诊，明天骨髓穿刺报告出来，就有了最后的定论。正反复想着这些问题而辗转难眠的时候，突然听到隔壁床上的孩子正在那里抽泣。我本来想劝他几句，但是还是忍住了。心想他白天不好意思表露这些痛苦绝望的心情，如今在这无尽的黑夜里，把这些内心的绝望、恐惧、忧愁稍微释放一下，我就不要去打扰他了，等白天再跟他沟通吧。听着他在那边不停抽泣，我自己心里也愈发难受起来，但只能装着睡着的样子，不去干扰他。

第二天同病相怜的我们进行了一场深入沟通，我像老师一样聆听着他的担忧和痛苦，对于这个孩子，我的内心充满了怜悯和疼爱。我突然特别想帮他，想努力为他减轻一些内心的压力和负担。我帮着他一起研究医保的使用问题，又给他提供了很多筹钱的办法，看着他的心情慢慢开朗起来，我真的觉得特别开心，可是我又觉得自己的能力实在有限，更何况很多他所面对的问题，眼下也是我正面临的难题啊。

通过跟这个小赵同学的沟通，我突然意识到自己有更重要的责任，作为老师的我，如今在这个战场上有了新的使命，我有责任去影响和帮助身边这些像小赵同学这样的病患。

快中午的时候，我终于第一次见到了我的主治大夫傅主任。她知道我是老师，查房的时候来到我的床边，明确告诉了我骨髓穿刺的结果，确系急性髓系白血病。我抓住医生的手问："我这病是否还有希望？"她微笑着和我说："有。"我突然有一种如释重负的感觉，然后抬起头看着医生说："请您放心，在学校里我一直努力想当一个好老师，后来做了校长，我又一直想当一个好领导，这回来到您这里，我一定努力当一个好病人！"

后来漫长的治疗日子里，我确实在努力践行着当初的这个承诺。我通过写作，每天把治疗的感受和心得写下来，发给医生、护士、病友和我的亲人们一起分享；我努力发现身边的真、善、美，对于那些工作热心细致的医护人员，及时给予赞美和讴歌；我每天用真诚而富有激情的文字，鼓励身边的病友要学会坚强、勇敢面对、相信明天。很快我成了病区里小有名气的人，很多身患白血病的孩子的父母会通过各种途径找到我，大多是因为他们的孩子得病后因为痛苦而变得脾气暴躁，特别不听话，希望能得到我的帮助。我能理解这些孩子内心的痛苦，对于那些不在一个病区无法直接见面沟通的孩子，我总会在我《幸福守望》的扉页写上满满的鼓励和祝福，然后让他们的父母转交阅读。我慢慢觉得自己住院的日子开始变得充实起来。一方面我通过阅读，让自己从阅读中找到生活的意义；另一方面我通过写作去鼓励和帮助那些迫切希望得到帮助的人，让越来越多的病人走过绝望，看到希望的灵光。

有一天，一个来自江苏盐城中学的高三孩子给我发来求助。他说自己终于做了移植，既有点激动又有些迷茫，接下来真不知道该如何是好了。他还说这些天一直在看我写的那本《你不是一个人在战斗》，他说他正是遵循书中的指点在净化舱里努力过着每一天。知道我是书的作者，希望从我这里能得到更多的帮助。我说我非常乐意帮助他一起坚强勇敢地面对移植后的种种考验。

能被人需要，能用自己的经验帮助到别人，那是一种多么真实的幸福。这个本来近几天就将与今年的高三孩子一样参加高考的孩子，却在年初被确诊为急性淋巴细胞白血病，必须接受干细胞移植才有生的机会。还好，上天并没有辜负这个优秀而努力的孩子，他在中华骨髓库幸运地找到了全相合供体干细胞，终于获得了重生的机会。

第二阶段化疗时，有一天护士长心急火燎地来找我。她说正在净化舱接受移植的13岁的安徽女孩小唐今天脾气特别大，她与妈妈闹翻了，怎么劝也没用。原因居然是因为送进净化舱的物品都必须经过专业消毒，她母亲消毒时不小心将我送给她的那本《幸福守望》给整坏了。这是前天我刚签名送给她的，没想到小姑娘把它当成了宝贝，她母亲拜托护士长找到我，希望我能再次签名送她一本。我立马答应了，并且告诉她妈妈，一个孩子，被密闭在净化舱这么长时间，承受着长时间孤独无助的痛苦和寂寞，有些负面情绪非常正常，一定要耐心安抚。如果有需要，我也愿意直接与她进行心理疏导，衷心祝愿这个可爱的女孩能够早日闯关成功。

就在写这篇回忆录的前些天，小唐的妈妈给我发来短信，告诉我说，小唐现在复学了，这次初三期中考居然考了全年级第一。我真的感到特别欣慰，一个经过了风雨洗礼的女孩终于又一次踏上了追逐自己人生梦想的旅程。

又有一天，在血液病患者爱心互助群里，偶然发现大家正讨论着一个身患白血病的孩子的不良行为，交流中有人非常激动，用词很是偏激。出于教师的职业敏感，我赶紧仔细翻阅大家的聊天记录，才发现原来大家正在关注一个身患白血病的小女孩，其家庭因为她的病刚刚经历一段最黑暗的岁月。为了救孩子，举家搬来苏城，耗尽家财，饱受折磨，就在几个月前她母亲刚刚把自己的骨髓成功移植给了孩子，给了她第二次生命，也终于把最宝贝的女儿从生死线上拉了回来。

这确实是一个比较任性的小女孩，常常因为各种各样的任性行为让大家印象深刻。如今正在等待康复的她估计又一次因为任性被父母教训了，所以在群里鸣冤叫屈，还比较情绪化地说出了想一死了之的气话，希望在群里博得大家的同情。由于很多病友都非常熟悉这个孩子，一直以来看着这个经常耍性子闹情绪的女孩总是给她可怜的母亲带去痛苦而有些愤愤然，所以都在群里直接给予其严厉的批评。

我知道，病友们对这个小女孩无论是耐心劝慰还是直接批评都是出于善良的本意，但从一个教育者的角度，我内心还是感到了紧张和不安。我们每一个人选择教育孩子的方式都必须特别谨慎，更何况孩子毕竟还不是自己家的孩子。我们必须对自己所参与的教育方式以及由此种方式可能造成的结果有充分的认识。正所谓"一念之非种恶因，一念之是结善果"。是好是坏，有时只在一念之间。做了二十多年老师，在教育过程中遇见过太多的特殊家庭和特殊孩子，这让我在教育的道路上多了几分冷静和谨慎。尤其是针对那些正处于青春叛逆期的孩子，有时我们成年人的一句话或一个随意的决定可能就决定了一个孩子的命运。

我赶紧加入了这样的讨论，表示希望大家务必保持理性，就未成年孩子的教育而言，希望大家对如此一个正处在叛逆期又刚刚经历巨大病痛折磨的孩子，还是要坚持正面鼓励引导为好。后来我还和这个孩子进行了私下沟通，发现很多时候孩子还是愿意听从他人建议的。不同的孩子有着不同的家庭背景，终究是千差万别的。很多时候，孩子的未来系于教师一念，也系于家长一念。

移植后在康复病房里，刚刚经历病毒感染高烧一周的我，终于高烧退了，尽管浑身无力，我打算下床走走。妻子说我现在还不适合下床，我让她扶着我走走，我说今天我得在病房里走三个来回，明天就可以走六个来回，坚持一周后说不定就可以去走廊走动了。后来我几乎每天早晚两次都要坚持在病房长长的过道里走路锻炼，我知道随着走的来回次数不断增多，我离开这里的日子就会越来越近。

每次长廊行走训练都会经过32床那个单间病房，夫人总会告诉我说，这个病房的小姑娘太不容易了，好不容易做了移植手术，可先后经历了肺部感染和肠道排异，移植以后什么罪都遭受了，移植已经五个多月了还没能顺利康复回家。有一天，当我在病房长长的安静的过道里锻炼的时候，我发现32床的小姑娘居然在她妈妈的陪护下也出现在了过道里，开始了行走锻炼。看到这个女孩脸上还挂着轻松而自然的微笑，在与她妈妈进行轻松自然的交流，突然为眼前这个可爱的姑娘心生感动。如此脆弱的生命之花，经历了命运多少次无情的摧残折磨，就在今天我分明从她脸上看到了灿烂轻松笑脸的回归。我突然想起了歌手朴树在《生如夏花》中这样的唱词：也不知在黑暗中究竟沉睡了多久，也不知要有多难才能睁开双眼……我多么想为这个终于闯过重重难关的勇敢女孩放声歌唱。

她的妈妈似乎有点担心孩子的未来，弱弱地问我：沈老师，我家小孩已经上初三了，她今后该如何才好呢？我告诉她说千万别着急，经历如此巨大磨难依然能自信坚强的孩子今后必定会比我们想象的更加优秀。我建议她和孩子去看我刚刚给学生病友写的文章《让青春在苦难和感恩中稳重启航》，因为那篇文章正好针对大家对孩子生病后未来的担忧，给出了相应的建议。我还把《幸福守望》送给她并和这个来自江苏宜兴的初三女孩进行了很好的沟通，让她不要着急，所有的苦难终将过去，属于她的美好人生即将开启，一定要更加自信迎接灿烂的明天。通过交谈，我感觉到这真是一个特别优秀而坚强的孩子。在这场与病魔抗争的惨烈战斗中，一个如此柔弱的女孩，在一次又一次非同寻常的折磨下依然表现得如此顽强，终于让年轻而宝贵的生命之花如夏花般倔强绽放。坚强如你，谢谢你给了我因生命而感动的力量！

在我生病的日子里，我最牵挂的便是身边那些和我一样正与白血病进行着艰苦卓绝斗争的孩子们。看到这些尚年幼的孩子同样在遭受着连我这样的成年人都很难承受的病痛，我的内心充满了不忍和心痛。这些孩子有的本该是天真活泼的中小学生，有的本该是青春洋溢、激情满怀的大学生。如今一场突如其来的病痛折磨，把他们年轻而快乐的心冰封，让他们在人生刚刚起步的岁月里就经受如此刻骨的体验。

然而，让我这个老师感到自豪的是，我总是发现身边每一个身患重病的孩子居然都是如此坚强。他们有的年幼志坚，非但自己没有被病痛打垮，反而在长期治疗的过程中更清楚地认识到了父母的艰辛和不易，不断安慰着时刻心疼自己的亲人。有的孩子好学上进，担心自己的学业落下太多，在病痛折磨的间隙还在抓紧时间学习。有的学生原本长期以来贪婪地享受着父母给予他的爱，感觉一切理所当然，有时甚至因为父母一点点的无心之过就用粗暴回应父母的爱。而这次却因一场大病真正开始懂得了亲情的温暖和珍贵。这些孩子身上所具备的可贵品质和优秀素养深深感动着我这个从教近三十个年头的老教师。我深信：这样的孩子，非但不会因为一场大病而阻碍他们未来的发展，反而会由于这次特殊的经历让他们未来的人生道路走得更加稳重，更为绚烂！

  作为一名教师，我愿意把我最美好的祝福送给这些心目中最可爱的孩子们。同时我还以一个老师的身份给这些可爱的孩子们提了一点建议。我说，首先请孩子们一定记住，这场大病在你未来的人生岁月里，绝对不是人生绊脚石，也不是阻碍你今后人生和事业发展的巨大障碍。相反，它将成为你今后开启美好人生的一笔丰厚的财富。人生本就不可能一帆风顺，如此巨大的灾难都没有压垮你们的意志，面对未来前进道路的任何困难，你们必将有着超乎同龄人的更坚强的意志和更自信的勇气，这是所有有志者干事创业取得成功最宝贵的精神财富。希望你们把与这场病魔抗争中得来的永不言败、百折不挠的精神好好珍藏，并用这样的一份精神为自己今后美好的人生打好亮丽的底色。

  我告诉他们一定要重孝明礼、知恩感恩、珍爱生命。我说在你生病期间，你的父母很多时候对你所表现出来的暴躁、冲动、任性、无礼，他们都统统予以包容和忍让，很少会像生病前那样与你争执理论。一朝病情康复，聪明的你一定要清楚，我们绝不可以把病痛时的这些不良情绪继续保留。你当时极其无礼对抗父母，你当初毫无节制疯狂沉迷于各类游戏，你当时拒绝所有人的忠告我行我素，父母可能都忍了，那都是因为爱。你的父母选择忍辱负重、委曲求全，其实他们的内心正经受着你所想象不到的压力和痛苦，很多时候这样的痛苦丝毫不亚于你所经历的痛苦。你这个在他们内心世界最珍贵的宝贝的安康让他们彻夜难眠，两鬓染白。因此，等你回归健康，你理当更加懂得孝顺父母，感恩父母，唯有这样才能真正成就一个更加优秀的你。你要更加懂得生命的珍贵，呵护好自己年轻而宝贵的生命。刚刚获得重生的新生命是非常脆弱的，你们千万要抵制各种有可能给自己脆弱生命带来巨大隐患和危险的不良诱惑。比如沉迷于网络游戏，一旦你们尚未修复完好的肌体由于超负荷的游戏折磨而出现状况，这又将是新一轮可怕的灾难。你还必须高度关注饮食卫生，保持良好的卫生习惯，你的任何一次率性而为的冲动都有可能给你的生命健康带来不可估量的损害。所以，学会敬畏生命、

沈雪洪

珍爱生命永远是你未来最重要的人生课程。

在与这场疾病较量的两年多时间里,我由衷地感觉到,我是多么幸运。因为阅读,我由衷感佩《平凡的世界》里的孙少平,他每天拖着疲惫的身子从矿井里升井后要做的第一件事,就是抬起他那张沾满了煤灰的脸深情地仰望蓝天。我和他一样,尽管感觉现实很严酷,但依然对美好的未来充满向往。我从朗达·拜恩的《秘密》中读懂了吸引力法则,我知道只要你坚持善良,用积极乐观去帮助身边需要帮助的人,就一定能遇见越来越多的美丽和惊喜。在与疾病抗争的岁月里,我不停地阅读和写作,积累了近15万字与疾病抗争的文章。我用那些文章激励着越来越多的白血病患者。我乐此不疲地做着这些能让我内心始终充满积极能量的事,我深深感受到自己作为一名教师在如今这个特殊战场的作用和价值。

可能是我的努力感动了上苍,上帝终于把生的机会还给了我。我的治疗曾经遭遇了一次又一次失败。正当生命彻底陷入绝境之时,中华骨髓库终于传来喜讯,我找到了全相合供体捐献者。最为难能可贵的是这个年仅28岁的供体在捐赠干细胞的整个过程中没有表现出任何的犹豫,而是毫无怨言地花了 7 个多小时为我采集了足够的干细胞。我终于成了最幸运的白血病患者。

我想放声歌唱，我想纵情讴歌，我以在病房里书写的《我亲爱的战友》这首散文诗献给大家：

  我亲爱的战友，
  尽管现在的我和你一样，
  仍然无法稳稳拽着幸福的缆绳。
  但是，正在康复中的我已经清晰地听到了幸福的潮声正从深蓝滚滚而来。

  我亲爱的战友，
  如果不幸的你是刚刚被确诊，
  我能理解你此时内心的无助、痛苦和那份无边无际的绝望，
  你于心不甘，你怀疑愤怒，可你最终还是无能为力，
  在残忍的现实面前你只能选择接受和面对。
  我理解你在寂静深夜时的那份痛彻心扉的挣扎绝望。
  但无论如何我希望你能尽快从绝望中走出来，
  用你的勇敢和智慧去学会接受、学会振作、学会坚强、学会担当、学会微笑。
  前面虽艰难但前面还有路，前面的路会非常坎坷，
  但学会了这些就一定会越走越宽阔。
  如果你只会躲在绝望的角落里哭泣，
  那等待你的就是被无尽的困难和绝望埋葬。

  我亲爱的战友，
  如果你已经开始常规的治疗，
  你正被反反复复的化疗摧残到有了生无可恋的感觉，
  你一定要反复告诫自己，这皮囊所承受之痛苦真不算什么。
  不经一番寒彻骨，哪得梅花扑鼻香？
  这是天降大任之前的考验，你得学会顶天立地的担当。

一咬牙、一跺脚，这些暂时的苦难终将是过眼云烟。

我亲爱的战友，
如果你现在有了选择的机会，请你一定万分珍惜。
无论如何一旦做了选择就坚信这便是最好的安排。
如果在选择之初就一味怀疑，放大失败的可能性，
那么，任何一种选择可能都达不成良好的效果。

我亲爱的战友，
如果你现在正在净化舱里。
请一定要保持最积极乐观的状态去迎接重生的机会。
你一定要让自己尽可能地快乐起来。
每天即使被上吐下泻折磨得死去活来，
也要坚定地相信这是黎明前的黑暗，最苦难的日子过一天少一天。
心若向阳，何惧忧伤？
唯有积极乐观，你所期望的美好的一切才有可能不断发生。
你若一味想着各种悲伤的可能，厄运就会始终将你紧紧包围。

我亲爱的战友，
如果你和我一样，
已经完成了干细胞移植，正在等待康复，迎接新生，
希望你一定要有足够的耐心，美好奇迹的降临终须我们耐心等候。
这是一次生命的重建，
各种感染排异如同旧势力复辟一样随时可能卷土重来，
有时甚至还会对新生命构成严重威胁。
而此时的我们恰恰又是心智最为脆弱的时候，
总以为所有的苦难已经结束，
却忽略了病魔最后的疯狂反扑。
所以，不要急于将自己等同于健康人，

请记住"小心驶得万年船"的千年古训。

我可爱的战友,
我们生活在一个伟大的时代,
这是一个适合勇敢者追逐梦想的时代。
对于我们这些有机会与死神靠得如此之近的人来说,
病魔成就了我们成为勇敢者的机会。
在每一次濒临绝望的奋起中,我们越来越勇敢,越来越坚强。
请相信你自己,一旦我们彻底走过绝望,我们将会变得与众不同。
所以,你真的不用担心这个病让你浪费的这几年芳华,
你也不用担心目前暂时被这个时代所遗忘。
一朝彻底挣脱锁链,你必将荣耀回归。
如果现在的你实在有些着急,
太担心被这个伟大的时代遗忘,
我劝你不妨好好设计规划一下未来。
生病前的我们可能生活得太粗糙,
生病后的我们要努力过更精致的生活。
往后的每一年都将是那么宝贵,
我们可以用当下休整的时间好好地规划,精心地设计,
让我们未来的人生熠熠生辉。

生命之光

杨锦天

1988年2月出生，四川宜宾人，外语教师。现任苏州陈霞爱心慈善基金会全国义工管理中心形象大使兼陈霞爱心慈善基金会公益孵化基地劝募中心（苏州）主任，2017年3月确诊急性淋巴细胞白血病，同年7月在苏大附一院仇惠英医疗组接受父亲供体干细胞移植，目前康复中。

生命是有光的。在我熄灭以前，能够照亮你一点，就是我所有能做的了。在有限的生命中，让这道光无限释放。如果命运是世界上最烂的编剧，我就要争取做自己人生最好的演员，且行且歌唱。

生活就是痛并快乐着，人生有了不平凡的经历，才会更加珍惜生命！每个人的人生都有一个故事，或精彩，或平淡。有过真正的经历，才能感受其中的喜乐哀愁。谁都预料不到自己的人生轨迹，于我而言亦是如此。在人生事业初有起色的时候，不知老天是否有意和我开了一个玩笑。让我的人生脚步，暂时停留……此刻想来，一切都是最好的安排。

我叫杨锦天，来自酒都宜宾。2017年3月2日，这是一个难忘且煎熬的夜晚，本该到睡眠的时间，但因全身剧烈的疼痛（尤以颈部的痛楚最甚）怎么也无法入睡，在一个月之前也有过两次这样的感受，经过简单的治疗也没有太在意，但这次却来得异常猛烈，原想着等天亮去医院

杨锦天

就医，噬骨的痛苦让我不得不选择黎明未过就急匆匆赶往医院。经过一系列的检查，从医生和母亲交流的神情中似乎感到不妙。我当时就叫住了母亲，问道："医生怎么说？"妈妈轻声说道："检查报告出来，你身体有些异常，县医院的检查设备条件有限，建议我们转到大的医院再详细查一下。"当时没有想太多，查就查吧，当即转往西南医科大学附属第一人民医院血液科。又是一系列的检查，做了人生第一次骨穿（由于发病时骨髓浸润，我的身体已经抽取不了骨髓，是取的身体的骨片做的活检），医生告知所有结果出来需要两个礼拜。等待，永远是最煎熬的时光。看着医院来来往往的病人，内心还存侥幸：应该没有什么大问题，可能是最近太累了，没有太注意作息。然而一纸诊断书彻底粉碎了我所有的幻想，确诊结果为急性淋巴细胞白血病……短暂的失落掩盖不了强烈的求生欲。"要么痛快地离开，要么就好好地活着"，紧握着病情诊断书的我对自己说道。当时我心中只有一个想法——活着。既然我想活着，就要找到最好的医院、最好的医生，因为我知道白血病意味着什么。15年前，我姐姐最好的朋友就是不幸罹患白血病离世的。由于受限于当时医疗条件以及没有选择正确的治疗方案，从发病到去世只有短短的三个月，从那时起白血病给我的印象就是等于死亡。不曾想有一天命运也会如此选择我，当厄运降临在自己身上的时候，难免更增添了一层阴影。

于是向亲戚朋友打听，自己多方查阅资料，经过多方比较，最终选择前往苏大附一院。母亲和我踏上了千里求医路。3月31日我病情突然发作，被紧急送往急救室，因为没有床位，在急救室待了24小时。这期间的感受我是永生难忘的。因为骨髓浸润，我一直处于疼痛之中，这期间医生给我用了很多止痛药，但是都没有效果，鉴于我的病情严重，如果不及时救治，后果不堪设想。总院没有床位？医生建议把我们转到广慈医院去，但是到广慈医院也没有床位，后来把我转到沧浪医院，内心比较恐惧、彷徨和不安……因为在此之前我们全家都不知道有沧浪医院的存在。当时也不知道是分院，心里多了几分怀疑，此次去会生死未卜吗？这些医生的技术到底怎么样？非常疑惑……

第一个疗程是我整个治疗周期最凶险、最惊心动魄的一个阶段。鉴于我严重的病情，刚到沧浪医院，还没来得及办理住院，医生就叫家人把我拉回家，全家人陷入了集体沉默。在这关键时刻，我姐站了出来，紧紧拉着医生衣袖说："拜托各位医生，请你们一定要救救我弟弟，他还很年轻，我们千里迢迢来苏州求医，就这样放弃我们不甘心，你们只管放心大胆治疗，最后不论什么结果我们都能接受，我们一定会全力配合治疗的。"这个声音沙哑却异常坚定。正是有我姐这个决定，也才有我以后的故事。发病时剧烈的疼痛导致我神情恍惚，加之肠梗阻，全身插满了各种管子、胃管、氧气管、输液管……如同魔鬼般的噩梦经历。由于化疗的影响，出现了发烧、感染、口腔溃疡、粒缺，再加上禁食、禁水、不能排便，其间医院给我下了三次病危通知书。虽然治疗一波三折，但我心中一直坚定一个信念：一定要活着。苦心人天不负，在沧浪医院血液科白莲主任医疗组的精心呵护下，在妈妈无微不至的照顾下，我突破重重卡口，迎来了今天的阳光……

不经历风雨，怎么见彩虹！我始终觉得生命必须掌握在自己手中。在整个治疗过程中，不管再困难再痛苦再绝望，在我内心总有个声音在呼唤着：一定要活下去，好好活下去！我时刻在暗示自己，不管是清醒的时候，还是在昏迷的时候。因为我觉得我的生命不应该就此结束，虽然现实遇到磨难，但我相信这是上天对我的考验，我只有战胜它，我的生命才会有完美的篇章。所以我积极调整心态，在家人的精心照料和陪伴下，努力配合医生的治疗。一切都是为了让自己能够活下去。为了我未来的事业，为了我所爱的家人，为了我未来的爱人。只有活着，才有去做其他一切的可能。事情总是相对的，如果不去抗争，如果就此向命运低头，或许我的生命就是如此。

在第二期化疗过程中，无意从病友的口中得知，在苏大附一院旁，有一个专门为白血病群体服务的组织——爱心站，据说是一位康复的白血病患者陈霞建立的。对于千里求医的我们来说，除了想去爱心站取经，也想找个慰藉心灵的地方。虽然心中有所顾虑，在化疗结束后还是迫不及待地来到了爱心站。第一次去的时候，恰逢陈霞新生命16岁的感恩会，现场温馨而又感动，医护人员、病患家属、社会爱心人士们为这位重新燃活且依然美丽的新生命庆祝着。认真听了陈霞感恩分享，她说："我之所以回苏州创办爱心站，第一这里有我的再生父母们，第二这里还有和我同样遭遇和病魔抗争的兄弟姐妹们，我要回到他们中间来，为大家做些事情，让大家少走弯路，早日回归健康生活，虽然这条路注定会很艰辛，但我愿意去做，因为白血病群体需要多一分关心和帮助。"虽然当时指标还不稳定，身体也还很孱弱，但那一刹那，身体却涌现出一股强大的力量，热血沸腾。看到美丽且健康的陈霞以及她现在所践行的善举，瞬间有了希望和方向。生了白血病虽然不幸，但只要积极配合治疗，康复后依然可以活得精彩，当时心中就埋下一个朴素的愿望：如果有一天我能有幸康复，我也要跟随陈霞的步伐去做公益慈善事业，去帮助更多的人。自此就和爱心站结下了不解之缘。

母亲每天照顾我之余最想去的就是爱心站，这里她能学到如何照顾病人、如何做营养餐、如何护理、如何和医护人员沟通，这里她能卸下强撑的坚强，这里她终于可以不再孤单。随着母亲前往爱心站次数的增多，脸上也露出了久违的笑容。我和陈霞姐的互动也多了起来，她经常邀请我去爱心站参加活动，鼓励我要坚定信心，相信我可以战胜病魔，以后还要一起去做很多有意义的事情。在一次无意间的聊天中，陈霞姐讲起了6年前在成都开展的一次公益活动，巧合的是我正好也是那次活动的参与者，虽然当时我还不知道她的事迹，但我们的缘分早在那时就已经结下。

化疗了三个疗程，我于7月17日进入了移植舱，7月26日接受父亲供体干细胞移植，8月10日顺利出舱进行进一步治疗，9月4日顺利出院，在家进行疗养康复，抗战终于告一段落。

移植后不到三个月，我如愿成为陈霞爱心义工队的一名义工，开启了生命的新一个阶段。

这一路走来，需要感恩的人非常多。感恩苏大血液科仇惠英主任的团队，感恩星海移植后病房陈峰主任的团队，感恩沧浪医院白莲主任的团队……你们都是我的再生父母，我将用我的健康和以后的大爱传递来报答你们！感恩救我于危难之中的姐姐和三姐、再次给我生命的父亲、让我得以康复居功至伟的母亲、陈霞爱心站、所有的亲戚朋友同学们以及社会爱心人士！我将带着你们给我的这份爱，去传递给更多人。

人最先衰老的从来不是容貌，而是那份不顾一切和病魔抗争的勇气以及对未来美好生活的憧憬……

加油！你不是一个人在战斗！

用清澈的眼眸寻找生命的真谛

聂琦俊 2014年8月19日生，家住常州，籍贯重庆万州。2016年6月确诊为免疫性血小板紫癜。2018年8月在苏大附属儿童医院接受无关供体造血干细胞移植，2020年6月28日康复出院，目前康复良好，准备上学。本文系聂琦俊之父聂富强执笔。

我们是一个四口之家，老家在重庆万州。20年前举家来到江苏常州创业定居，常州也便成了我们的第二故乡。生活虽平淡，却始终其乐融融，一直沉浸在幸福和喜悦之中。尤其是在2014年8月19日，一个九斤半重的胖小子出生了，为我们这个家庭增添了无限的欢乐，我们给他取名为聂琦俊。

然而，或许是这个孩子太过惹人喜爱，厄运却悄悄地追随着他成长的步伐。2016年6月2日孩子突发高烧，经儿童医院检查为血小板严重不足，经医生诊断为免疫性血小板紫癜。考虑到孩子太小，决定采取中西医结合治疗，怎奈一年来始终不见好转。医生建议进一步做系统检查，于是我们带着孩子辗转于广州、天津各大医院，希望能尽快得到更好的治疗，最后来到了苏州儿童医院。经医生诊断为先天性无巨核细胞血小板减少症。当时儿童医院血液科的胡绍燕主任告诉我们：要想康复只能通过干细胞移植。一开始听到"移植"这两个字感觉特别恐怖，家人都无法接受这样的状况，总觉得这么小的孩子却要经历如此危险的治疗，如何能扛得住？

聂琦俊

经过了一段时间的痛苦抉择后,我们也不得不接受这样的现实。于是动员了所有孩子的亲属进行骨髓配型,怎奈家人配型却无一成功。于是只能把希望寄托在中华骨髓库。或许是苍天不忍抛弃这个可怜的孩子,2018年3月中华骨髓库终于传来喜讯,找到了合适的全相合配型。

惊喜未定,困难却接踵而来。医生通知家属需要准备30万元的高额移植手术费用,这回又一次让全家犯了难。来不及做更多的抉择,我们就决定卖掉唯一的住房,只要能挽救孩子,一切都是值得的。

2018年8月17日,开始化疗清髓,准备移植手术。十天后一位云南大哥哥的干细胞缓缓地融入小琦俊的身体里,他终于获得了重生的希望。

2018年9月28日,琦俊终于顺利出院。都说移植后一年的风险特别高,会出现各种排异和感染。我们也不敢回家,只能继续租住在苏州以方便每周去复查,直到半年后才回到常州。

原以为最危险的时间终于过去,哪曾料想噩梦才刚刚开始!回家后孩子的血小板反反复复,大起大落,断断续续又在医院住了一年。其间用尽了化疗、间充质疗法、血浆置换等各种方案却均无效，打个喷嚏就会鼻腔出血。

看着早已家徒四壁、负债累累的我们，亲戚朋友都劝我们还是放弃吧。可我们的内心早已经铁了心，不到最后一刻绝不轻言放弃。幸运的是，我们有幸遇到了一个善良又专业的医疗团队。我又一次向主任求助，希望帮我转发筹款链接和申请爱佑基金。在医护人员的帮助和病友的鼓励下，医护团队运用全新方案，停药促排，20天后，孩子的血小板数值终于又奇迹般地涨了起来，我们全家都无比激动，正是这些白衣天使夜以继日的努力，才把我们的孩子从死神手里拉了回来。

2020年6月28日，琦俊终于康复出院，为了表达对主任团队的深深谢意，8月19日医师节，琦俊用稚嫩的双手给阿姨们送上鲜花和锦旗，还立志以后一定好好学习，要当一名救死扶伤的医生去救助更多的人。他还亲切地称呼主任为老师，说要向老师学习，他的话感动了所有在场的人。

回到常州后，我们终于慢慢过上了正常的生活，还参加了常州电视台童星游戏选拔赛，并获得好评。琦俊第一次成为一个小明星，笑得特别灿烂。电视报道之后，有一位上海的李老板，还答应每月给琦俊提供1 000元营养费，帮助他好好恢复。2021年春节前夕，常州市政府领导、天宁区政府领导，也特地前来慰问琦俊，关心其康复情况、入学问题，并嘱咐辖区特事特办，解决实际问题。

苦难终于没有压垮一棵稚嫩的幼苗，如今的琦俊越来越好，正为上学准备着，脸上也一扫两年多来的阴霾，终于露出了灿烂的笑容。

【点评】

"你的眼眸是如此清澈，你的笑容是如此可爱，你就是上天赐予我们最神圣的礼物。为了你，我们愿意拼尽全力。"一个不到两周岁就被病魔围困的孩子，整整四年多时间都在与病魔进行赛跑，其间的苦痛以及身为父母的煎熬实在难以想象。难能可贵的是，无论前面有多么危险，无论前面会遇到多大的困难，小琦俊的父母内心总是如此的坚定，丝毫没有退却的念头。守得云开见月明，正是这份爱的坚守，终于换来了小琦俊新生的曙光。向小琦俊伟大的父母致敬！

让爱在绝望中重生

李鹏 1986年3月29日生,南京人。2020年11月经江苏省人民医院确诊为急性髓系白血病。目前在苏大附一院接受系统治疗。本文系李鹏爱人诸安平执笔。

我叫诸安平,来自江苏南京,爱人李鹏,出生于1986年3月29日。35岁的他,是亲朋好友眼里的中国好男人,也是大家公认的好儿子、好丈夫、好父亲……家里家外,他总是能把每一个角色都做到堪称完美。也因此,我们这个普通的家庭,总是充满了温馨和欢乐。家中父母康健,一双儿女活泼乖巧,生活简单而又幸福。

正当我们满怀期待憧憬着更加美好生活的时候,老天爷却在庚子鼠年给了我们一个大大的坎儿。2020年10月底爱人突然感觉身体不适,本以为是偶感风寒,无关大碍。11月10日在江苏省中医院检查血常规后,医生告知99.9%是血液病,要求立即住院治疗。我们又到江苏省人民医院再次检查,诊断结果一致。11月11日上午入住江苏省人民医院,经骨髓穿刺等进一步检查,确诊为急性髓系白血病,开始了漫长的治疗过程。

我与老公同龄,但一直以来总是被老公细心呵护着。如今,突然遭遇如此变故,茫然无助的我几乎崩溃。看着躺在病床上接受化疗的爱人忍受着巨大的痛苦,我却无能为力,只能找一个僻静的角落偷偷以泪洗面。多少次,当我独自夜行在昏黄的路灯下,以往幸福快乐的点点滴滴总会在我的脑海浮现。第一个疗程化疗时,老公骨髓抑制严重,继发严

李鹏之妻诸安平和主治医师陈苏宁（左）、护士长徐香（右）

重感染，发烧到40 ℃，出现了全身抽搐、呕吐、腹泻等各种症状。面对医生下达的病危通知书，我突然意识到生活已经把我逼到了绝望的角落。

我已经不记得每次医生找我谈话都说了些什么，手足无措的我只是重复回应着一句话："无论如何，请你们一定要救我老公，我的两个孩子不能没有爸爸。"这是我最简单的想法也是心里最后的底线。冷静下来的我开始努力学会坚强，从老公生病开始，我脑子里就一个想法——全力以赴。眼下我唯一能做的就是一定要陪伴爱人，一起去面对这一场前所未有的考验。辛苦也好，委屈也罢，我都不怕，因为只要老公在，我们的家就在。尽管那段时间的我常常因为绝望和无助偷偷放声大哭，可每次抹干眼泪，我依然会带着笑脸走进病房照顾老公。我知道，只要他能扛过去，以后我们就一定能更好地陪伴我们可爱的孩子，拥有属于我们自己的幸福生活。

这些日子以来，我没日没夜用心陪护，想着各种办法给他增加营养，逼着不善言辞的自己积极找医生沟通，通过各种渠道查找资料，恨不能让自己也尽快成为一个治疗白血病的专家。凡是能帮助到治疗的每一个细节，我都不想轻易放过。久而久之，我慢慢从一个不谙世事的柔弱女子，变成了一个亲友以及同事眼里越来越坚强的女汉子。

都说"男儿有泪不轻弹，只是未到伤心处"。在南京第一程化疗期间，老公情绪非常不好，或许是对病情有了恐惧和绝望，抑或是想起了家中无法割舍的妻儿老小，突然变得异常沉默而消沉。医生让家属务必做好安抚和开导工作。我就每天跟他说一些身边治愈的案例，让他一定要有信心。有一天，一直冷静而坚强的他突然泪流满面，跟我说"我想到苏州治疗"。原来是他看到了网上一则新闻，是关于20年前苏大附一院的吴德沛医生成功给陈霞做了骨髓移植手术。那一刻我泪如雨下，但心里是开心的，因为我终于看到我的老公有了强烈的求生欲望。

第二天，我便带着病理报告，也带着老公的期待，信心满满地坐高铁到了苏州。原以为一切会很顺利，哪料想被告知床位满了。我没曾料到这里医疗资源会如此紧张，居然一床难求。当时初到异地，举目无亲的我觉得自己特别没用，好不容易把老公情绪调整好了，却还是无法帮助老公实现愿望。在返程时，我一个人在站台徘徊了很久，终于抑制不住内心的绝望，在人来人往的高铁站号啕大哭，我想这种无助的痛苦必将令我终生难忘。

后来在亲友及爱心人士的帮助下，南京第一程化疗结束后，我们顺利转到了苏大附一院，在血液科51病区陈苏宁主任团队治疗。第一次见陈主任是刚住院后在家属谈话室，陈主任非常细致认真地分析病情给我听，他是我见过的最最温和亲切的一位医生，对我提出的各种问题，都是不愠不恼，耐心讲解，并用通俗易懂的语言去解释一些专业的问题，让我能听懂并且安心。印象最深的是，陈主任那句"我们一起加油努力，一定会好的"，这句话瞬间让我充满了力量。因为从老公生病开始，医生们说得更多的是病情的危险程度，每次听完我都特别害怕，陈主任是第一位给了我信心并让我看到希望的医生。他的语气和神态让我感觉到莫名的亲切和感动。除了陈主任，我还要特别感谢51病区的杨小飞副主任、吴倩副主任、张静人医生、徐香护士长、仲伟莹护士……每次住院期间，他们都提供了不少帮助，能得到陈主任团队的治疗，就是我们最大的幸运！因为他们尽职尽责的工作态度、高尚的医德、精湛的医术和视病人如亲人的优秀品质，不仅可以挽救病人的生命，更能从心理上拯救病人。

抗白之路除了医生的医治之外，家属的陪护也非常重要。在苏州治疗的日子里，我认识了越来越多的病友和家属。病魔无情人有情，共同的苦难让很多病友和家属都成为热心人。在这里，我要特别感谢一个人，他叫李加洪，是陈霞爱心站的义工。李叔给生病的儿子捐献了骨髓，苦难让李叔变得坚强而乐观。他很热心，给我提供了很多信息和帮助，让我们少走了很多弯路。慢慢地我还认识了一群像李叔一样有爱的人，他们大多是来自陈霞爱心站的义工。他们总会说："我们生病的时候，陈霞给了我们帮助和鼓励；现在我们好了，也想给病友们出一份力，让他们看到希望，坚强起来，与病魔做斗争！"他们的行为让我特别感动，让我真正感受到了病魔无情，人间有爱！如今，我也会利用陪护闲暇时间去陈霞爱心站做义工，希望在给自己加油打气的同时，也给其他病友带去帮助和信心！

这一年多里，发生了太多太多，让我感到欣慰的是，小学四年级的女儿在没有我们辅导的情况下，课后自主学习，以优异的成绩获得了三好学生荣誉；儿子虽然只有3岁，但在爸爸生病后，感觉突然长大了，知道关心爸爸，体贴妈妈；老公由原来情绪低落，到现在信心满满……所有的一切，都在往好的方向发展。这一年也让我学会了坚强，更学会了感恩。在此，向帮助我们的所有朋友说声：感恩遇见，谢谢你们！向我的老公说声"加油"！

我想，人总要经历一些挫折，世上没有走不过去的路，希望老公能快快好起来，希望我们的小家早日回归平静和幸福。

【点评】

"因为有你爱的呵护，我变成了一个弱不禁风的小女人。因为怕失去你的这份爱，我必须把自己变成一个女汉子，去勇敢地改变自己，陪着你一起战斗，一起闯关。"诸安平女士的文章，代表着很多家庭女性在家庭突遭变故时所走过的心路历程。因为爱，因为一份责任，让原本柔弱的女子慢慢学会了隐忍和坚强。所有的改变都是值得的，苦难终将过去，苦难的经历也终将会让爱变得更加纯粹，更加甜美。

爱·从不缺席

段侠 1986年8月27日生，安徽广德人。2017年2月确诊为骨髓增生异常综合征。2017年7月3日在苏大附一院接受中华骨髓库供体进行造血干细胞移植，目前康复良好。

写下这个题目，一种特别的幸福感在心中油然而生，那是人间大爱共同战胜病魔后涅槃重生的幸福！

2017年春节，我被口腔溃疡折磨了整整一个月却始终不见好转。2月16日，我一个人去浙江湖州中心医院住院检查，被诊断为骨髓增生异常综合征。主任医师告诉我们说唯一能根治此病的办法只有移植，并推荐我们去浙大附一院或苏大附一院。

我们都是第一次听说骨髓增生异常综合征，原本以为只是一个小病，父母和我都没把它放在心上。到了医院才意识到，这病的治疗居然有这么艰难，只有造血干细胞移植才能有彻底治愈的可能。那一刻，犹如晴天霹雳，我瞬间感到万念俱灰，低血小板的我晕倒在了医院的电梯里。我的父亲身体一直都不好，我那可爱的儿子也才5岁，上有老下有小的我怎能倒下去？世界可以缺少我，但是我的家不能没有我啊！

父亲做事果断，急忙给我联系苏大附一院。2月19日，我进入苏大附一医院血液科55病区，主治专家韩悦，再度确诊为骨髓增生异常综合征。于是开始化疗，一个月后，缓解出院，医生嘱咐28天后再来，继续化疗或者决定移植。

段侠

第一程化疗后恢复很好,感觉自己一切正常了,真想去工作,过正常人的生活。直到有一天,医院通知去住院,我才想起自己是一个病人,无奈只能去苏州开始新的疗程。

第二程化疗时主任再一次建议造血干细胞移植,但是这样重大的选择何其艰难!我和父亲内心都有些排斥移植方案,总觉得不到万不得已就不选择移植,毕竟风险太大。我也总是幻想着奇迹发生,自己就像某个电视剧的主角,能够经过化疗产生奇迹,得到痊愈,所以这一次仍然选择化疗。

然而,终究还是没能等来奇迹,随着病情的发展,我只能接受现实,除了移植别无选择。为了寻找合适的配型,父母都早早做了配型,都是半相合。幸运的是,中华骨髓库找到了好心人与我配型成功,一位来自河南的 46 岁的男性，愿意捐献造血干细胞。

可是，高额的移植费用又成了横亘在我们面前的一大难关。对于我们这个毫无积蓄的农村家庭来说，压力实在非常大。父亲总是安慰我说："你只须安心治疗，其他的你什么都不用操心！"我的父亲是伟大的，他全程陪伴着我，不断鼓励我，一边给我精心制订了配合治疗的护理和营养饮食方案，另一边还为巨额移植费用四处奔走，他对母亲说就是磕头下跪，也要把移植费用凑上。

第二程化疗住院期间，很幸运认识了美丽的天使陈霞姐姐。她刚成立了爱心站。陈霞姐姐一次次的慰问关怀和鼓励让我深深感动，姐姐十六年的传奇经历，深深感染着我，也让我对移植手术风险的担忧慢慢消除了。

在我们为巨额医疗费用一筹莫展的时候，父母和我们夫妻的亲朋好友、昔日同窗、社会爱心人士以及内蒙古段氏家族、河南罗山段氏家族的宗亲们都纷纷向我们伸出援手，正是他们的大爱坚定了我的信心，给了我战胜病魔的强大勇气！

2017 年 6 月 23 日，我走进了苏大附一院的移植层流舱。父亲和我约定，让我将自己在舱里的状态及时反馈给他，由他整理并写成美篇日记发表在微信朋友圈，方便病友及病属们共同学习探讨和共勉。我后来才知道，父亲的每一篇日记，居然在血液病病友群中产生了巨大的反响，正是那些用心写就的文字，那些一个父亲对患病儿子真挚的爱，一方面给更多患者家属提供了很好的护理指导，另一方面也让很多患者朋友找到了战胜病魔的力量。

在舱内的日子里，我通过手机认识了战友刘刚、小英雄战友唐皖榕和童诗轩，并有幸认识了还在化疗的抗白勇士沈雪洪校长，校长的教诲至今犹在耳畔："我们除了坚强，别无选择！"

2017 年 7 月 3 日，终于迎来了我移植重生的日子。傍晚时分，陈霞姐姐带着爱心站的天使们专程给我送来了重生蛋糕。陈霞、营养师罗洺给我送上了温暖的祝福和鼓励，还称赞我说："这是我们见过的心态最好、最坚强的大侠。"

也就在那一刻，我向远方的恩人写下了我的肺腑之言：恩人，您好！无情的病魔把我推向了恐怖、无尽的深渊……但我是幸运的，在中华骨髓库，遇到了好心的您。您博大的爱心、崇高的精神，让我感到钦佩。看着你为我捐献的生命种子缓缓种入我体内时，我感动哭了……

如今移植已有三年多了，尽管每一步走得都非常艰难，但我每一天都感受着幸福。我是一个不幸的人，但又是一个很幸运的人。这一路走来，遇到了无数贵人，感受到了他们无私的大爱！

感谢我的父母，是你们的大爱和每日每夜精心的照料护佑着我的生命！我要感恩陌生的捐献者，是您的大爱给了我们涅槃重生的机会，从此我们流着同样的血！我要感恩主治专家韩悦和她的团队，你们超一流的专业又一次在我身上创造了不朽神奇！我要感恩所有伸出援助之手的亲朋好友们，是你们让我在绝望中看见了希望的曙光！

最后，我更要祝福那些我们曾经一起战斗的病友们。我们曾一起相伴风雨，一起走过崎岖。我们同舟共济，无私互助，我将永远珍惜那一份不是亲人却胜似亲人的情感！

【点评】

因为一场大病，收获了一份大爱。读段侠的文章，他没有用过多的笔墨来叙述病情的曲折和艰难，写得更多的是一份责任，一种爱的体验。那种在生命遭遇挫折、人生遇到困顿的时候，那些来自四面八方的关爱和真情，让我们时刻感受着真情的可贵和生命的厚重。患者的父亲，更是难能可贵，堂堂七尺男儿，为了儿子，甘愿充当老妈子，为了配合治疗，每天为儿子精心配制营养餐，还把各类适合血液病患者的餐点制作写成博文，并提醒患者各类饮食注意事项，温暖着那些苦涩的心灵。从小爱到大爱，细腻而真诚，真实而浪漫。

一路走来，感恩有您

李春晓 1994年4月生，家住江苏省徐州市鼓楼区。2019年5月30日诊断为急性髓系白血病。2019年6月3日从徐州第二人民医院转到苏大附一院进行治疗，2019年11月29日接受父亲的供体进行了骨髓移植，现康复中。本文系李春晓父亲李加洪执笔。

人的一生就像一部电视连续剧，由无数集故事组成。在2019年的一集里，我经历了人生中的酸甜苦辣，也感受到了人间的大爱，学会了坚强，更学会了感恩。

2019年5月30日，我刚刚大学毕业两年多的儿子李春晓不幸查出了白血病。医生告知这一消息时，身为父母的我们几乎崩溃，天天以泪洗面。

我们得知苏大附一院血液科是国内治疗白血病著名的院科后，立即从徐州辗转来到苏大附一院进行治疗。看着孩子化疗时24小时不停地打着点滴，躺在床上吸着氧气时的痛苦，我们痛在心里却无能为力。

孩子还那么年轻。人生才刚刚开始。多么希望生病的是我们！春晓，如果可能，爸爸、妈妈宁愿用自己的生命来换取你的健康！

我们每天走在给孩子送饭的路上，看到和我们孩子同龄的人都会忍不住掉泪。如果没有这病，我们的孩子也会像他们一样，那么青春、阳光、帅气，现在也许或忙于事业，或开始恋爱结婚生子……

在几乎崩溃和绝望时，我们和孩子单位的同事、曾经的同学、亲朋

李春晓

好友都自发地伸出了援助之手。他们从全国各地赶到苏州，给我们送来了各个方面的真诚帮助，同时也给我们带来了浓浓的问候和鼓励，让身在异乡又深陷苦难的我们感到了家的温暖。

第一个疗程化疗后，我们有幸结识了陈霞爱心团队，他们身上满满的正能量时刻感染和激励着我们，让我们看到了治愈的希望，更树立了必胜的信心。

更为难能可贵的是，在爱心站里我们亲眼看到了很多治愈不久的白血病患者，他们有的骨髓移植了3年、5年，有的移植了10年、20年，大多恢复了正常人的生活。很多都是在上班、上学的间隙，来到爱心站做义工，去净化舱慰问正在骨髓移植的患者及家属们，以亲身经历鼓励病友们树立信心，战胜病魔。

更幸运的是结识了两位骨髓移植20年的白血病康复患者：陈霞（陈霞爱心慈善基金会会长）和钱玉兰女士，聆听了他们的抗白经验，看到她们两人显得比正常人还年轻、漂亮、有气质，我们由衷高兴和欣慰。第一程化疗后，爱心站的杨锦天和王启明两位义工得知李春晓情绪低落后,主动到家里看望,并进行心理辅导。当李春晓得知阳光帅气的杨锦天也是一位白血病患者,而且才骨髓移植2年就恢复得那么好时,终于有了信心,露出了久违的笑容。

2019年11月29日李春晓经过四程化疗后,在苏大附一院成功地进行了骨髓移植,苏州陈霞爱心站的陈霞理事长亲自带领义工们到净化舱为李春晓鼓劲加油,并将自己抗击白血病的日记《生命依然美丽》签名赠送给李春晓。

正是这些坚强又可爱的爱心人士,向白血病患者不断传递着这样一个信息:只要你不放弃,白血病就可以得到有效治疗,治愈后的病人能和正常人一样健康生活。也正是由于他们的榜样式激励,我们才真正有了信心,看到了希望。

如今,李春晓骨髓移植16个月了,除了有些皮肤排异外,其他恢复得非常好,还为自己制订了学习计划,每天坚持学习计算机方面的自学课程并进行一个小时的户外锻炼,他对未来生活充满了信心。

2019年,这一年我们虽然经历过痛苦,但更多的是收获着感动!

2019年,我们要感恩的太多太多——感恩苏大附一院血液科51病区陈苏宁主任团队的所有医护人员,感恩苏州弘慈血液病医院9病区陈峰主任团队的所有医护人员,是你们以精湛的医术给了孩子第二次生

李春晓家人向陈霞基金会赠牌

命，是你们以高尚的医德和无微不至的关爱，让孩子在骨髓移植后的关键时期得到了最好的后续治疗，让孩子获得了重生。感恩苏州陈霞爱心站所有义工及社会上所有的爱心人士，是你们让我们看到了人间的大爱。感恩亲属、朋友、同事和同学们，在我们最困难无助的时候，是你们雪中送炭，帮我们共渡难关。

在此，向所有帮助我们的朋友说声谢谢！

【点评】

读李春晓家人写的文章，可以看到一个有志青年，在人生遭遇重大挫折时所感受到的迷茫和无助，同时更能感受到一个青年人重生后的信心。所有经历必将成为他开启未来人生的宝贵财富。

爱从未消失

王茹 2001年4月9日生,安徽省全椒县人。2019年2月经江苏省人民医院确诊为急性淋巴细胞白血病。目前在苏大附一院接受系统治疗。2019年3月27日转入苏大附一院血液科治疗,同年8月12日,由父亲作为供体进行了骨髓移植,目前康复中。

  当我决定写下这个题目的时候我的内心非常开心,那是经历风雨遇见阳光后的开心,那是和家人和病友战胜病魔后的开心。

  我是学音乐的一名高三学生,我叫王茹。2001年4月9日出生于安徽省滁州市全椒县,现在的我休学在家。家里有爸爸妈妈和姐姐,还有年老的爷爷奶奶,姐姐嫁人了,爸爸是我们家的顶梁柱。我很爱他们。

  2019年春节,我牙龈和鼻子出血,没日没夜的流血让我感到害怕。于是第二天我爸爸妈妈就带我去县医院去做了检查,当时血常规报告全都是"箭头",医生把我父母叫去说可能是白血病,让我们去大医院进一步检查。当天下午进了江苏省人民医院住院,2月19日诊断为急性淋巴细胞白血病。几天后我进行了第一程化疗,化疗前期感觉浑身无力不想吃饭,后期就特别难受一直吐,经过二十几天的治疗完成第一程化疗出院。

  出院当天,我爸爸和表姐夫连夜赶到苏州去求医。3月27日,进入苏大附一院血液科52病区,主治专家薛胜利。住院第二天查出肺部

王茹

感染了,不能用大量的化疗药。一个星期后转院去了弘慈血液病医院6病区治疗肺部感染,主治专家胡晓慧。经过一段时间治疗,4月30日我出院了。

在住院期间主任就让我们执行移植这个方案,我和家人都知道移植有风险,但是为了生存,我坚持选择移植。于是爸爸和姐姐做了配型,姐姐和我不相合,爸爸和我半相合。中华骨髓库也没有找到,只好用爸爸的了。

对于我们农村家庭来说,这么昂贵的移植费用简直无法想象,姐夫说把房子卖了都要攒齐。俗话说得好,"一方有难,八方支援",亲朋好友、同学、老师、爸爸的同事、学校和社会上的爱心人士都纷纷给我送来了温暖和帮助。

2019年8月12日下午5点12分,爸爸的骨髓流进了我的身体,一个伟大而又神圣的时刻到了,我重生啦!

首先,我要感谢我的爸爸,感谢他为我做了这么多,受了很多罪。

我的爸爸他连抽血都怕，但是为了我扎了很多针他却什么都不说。感谢他给了我第二次生命，还一直鼓励我。

其次，我要感谢我的妈妈，感谢她把我照顾得这么好。五月的康乃馨没有牡丹的雍容，没有百合的浓香，只有默默散发的沁人心脾的清香，如同母亲的爱。感谢母亲。

再次，我要感谢我遇见的两位主任，一位是薛胜利主任，一位是胡晓慧主任。你们是美丽的天使。在你们的精心照顾下，一个个被病痛折磨的患者恢复了健康，重新走上了工作岗位，你们的工作看似平凡却非常伟大！

又次，我要感谢陈霞爱心站所有的志愿者们，感谢你们每个星期三去舱里慰问我们，鼓励我们。你们辛苦了，感谢你们！

感谢我的哥哥姐姐，我的同学和老师。感谢你们一直鼓励我和关心我。一直让我难忘的是我高三的班主任和我的音乐老师，在我最难过的时候他们每天晚上都会打电话问我今天感觉怎么样。每天都会鼓励我，我想对两位老师说老师谢谢你们，我想你们了。

2019年8月12日到2021年3月6日有一年六个多月了，现在的我很好。最后送给正在治疗和在家疗养的"小白"们一句话："无论遇到什么事都要保持一个好的心态。"

【点评】

酷爱音乐的美丽女孩王茹，有一个充满爱意的家庭。尽管家庭并不富裕，在遭遇重大苦难时也会变得困难重重，可是因为爱，在重大苦难面前，家庭中每一个成员都变得无比强大。在爱的家庭里长大的孩子，必然带着爱和善良的基因，当人生遭遇看似无法翻越的困难时，爱会吸引爱，善良会催生善良，人间大爱如潮水般涌来，苦难也便不攻自破了。

谢谢你的微笑

张燕

2001年7月2日生，新疆伊犁人。2018年6月确诊为急性髓系白血病。2018年11月2日在苏大附一院接受哥哥供体进行骨髓移植，2019年1月康复出院，目前正在康复中。

向无垠的蓝天，借一朵洁白的希望，好让阴霾早点消散。当灾难突然降临时，我们只能冷静接受，只能选择坚强地活着。活着不是为了怀念昨天，而是面带微笑，努力抓住幸福！

大家好，我叫张燕，今年19岁了，是一个来自新疆伊犁的女孩。很不幸，在2018年6月1日那天，因为出现双肺严重感染，我被确诊为急性髓系白血病。6月2日下午辗转来到苏州，3日开始住院，紧接着就开始了三轮漫长的化疗。10月23日进舱，11月2日进行了骨髓回输。出舱后便在弘慈血液病医院，后又因为膀胱炎、肺部感染，在医院住了两个月。

治疗膀胱炎期间，我对激素有了严重依赖，后来又因皮肤排异，激素一直没法停。出院后，停激素变得尤为艰难。一停激素就浑身乏力、呕吐不止。

移植后9个月的时候，由于免疫功能尚未恢复，不幸感染了视网膜炎，需要反复往眼球上打针，双眼共打了十五六针终于控制了炎症。然而3个月后又突感眼睛不适，经查又得了葡萄膜炎。治疗也没有什么特

张燕

效方法，就是滴眼药水，注意用眼卫生，提高免疫力。2020年6月份时，刚刚做完骨穿的我，想拖着疲惫的身体稍稍散散步，突然感觉腿脚发麻，疼痛难忍。做了核磁共振检查，结果是骨质疏松，骨科医生说是因为激素吃得太多，并嘱咐我一定要多晒太阳，多吃高蛋白高钙的食物。直到2020年12月份，葡萄膜炎才好，却又出现黄斑水肿，所幸不是很严重。就这样反复折腾了两年半，两年来与家人都是分隔两地，过年都没法和家人团圆。直到2021年的第一天，我终于回了家。

我呢，其实是一个很爱笑的女孩。在移植舱里，有一次一个医生来查房，问道：很多病人因为难受总耷拉着脸，可你，怎么总是在笑？我说，因为微笑能让我快点好起来，也能让家人少一点担心。

一路艰难走来，陪伴和鼓励我的是家人的微笑、医生的微笑，正是这样的微笑，给予了我无穷的力量！

在苏州两年多，妈妈不辞辛苦地陪护着我。刚刚确诊的时候，妈妈始终对我隐瞒着病情，精心我为准备一日三餐。每次来看我时总是面带微笑。后来我才知道，那段时间她有多不容易，一个人默默承受着巨大的压力和痛苦。

移植之后，因为在康复医院出现了太多波折，妈妈总是在弘慈血液病医院、苏大附一院两个地方来回跑。那段时间几乎每天都下雨。妈妈骑着电动车，在风雨中来回奔忙。我难受，妈妈就不停地陪着我，安慰我。有一回，因为激素减量过快，我腿痛得整夜难眠，妈妈帮我又敲又揉，抱着我一宿未眠，早上等我迷迷糊糊醒来的时候，她居然已经为我准备好了热腾腾的面条。由于过度担忧，她长时间耳鸣，两鬓也出现了很多的白发。

我爸爸和哥哥都是不善言辞的人，但是在我生病后爸爸总会说：小妮你放心，要好好治病，爸妈一定会给你把病治好！哥哥也时常鼓励我要加油！

我骨髓移植的时候哥哥正在备战高考，却义无反顾地来到苏州为我抽髓移植。抽完骨髓也顾不上好好疗养，在我出舱的时候就回了新疆。高考备战的时候是最累的，他刚做完抽骨髓手术，只能忍痛整天坐在那里复习。因为我哥哥耽误了两个月的高考复习，可他从未抱怨。

爸爸呢，则在家孤独地承受着所有重担，治疗费用的筹措、家里家外的一切事务全压在他一个人的肩上。终于有空闲了，就忙着给我们打视频电话，电话里的他每次都是笑着，话不多，却总是很啰唆，我知道他其实有多想来到我们身边。

就这样，爸爸在家努力着，妈妈在苏州努力着，哥哥在学校努力着，我也在和病魔抗争努力着。我们一家人都在努力着，奋斗着，因为有家，所以才让我们在这场特殊的苦难里感受着温暖、爱和幸福。

特别要感谢那些给了我新生命的白衣天使。他们有的给了我无微不至的关怀，有的给了我第二次生命，还有的让我重见光明。

第一次来苏州时接诊的金主任，听说我们是从新疆赶过来的，病情很重，推迟一个小时下班专程等我们，还及时帮我们安排病床。我们有任何问题，金主任总会耐心回答。我的主治医生傅主任，给我的第一印象就是温柔和蔼，说话带着一股苏州调调，温声细语的。化疗期间，每次大查房，傅主任一进来总会说："燕子感觉怎么样了？一定要注意防护，戴好口罩，好好恢复，其他什么都不要想！"每次门诊复查她也总是带着微笑，让人心里总是暖暖的。

当然还有我的眼科医生朱医生。朱医生对我们患者，特别是白血病患者总是非常用心。知道我们这个病花钱多，总是处处照顾着我们。检查眼睛的时候非常仔细，每次看完门诊都细心叮嘱我们，鼓励我们，对病人很是负责。

无论你在何方，无论你在何处，只要你身穿那件白色工作服，你一直保持着微笑，不计辛苦，不论忙碌，你的微笑就是一剂最好的良方。生命因为有了你的微笑，变得更加坚强，生命在你的微笑中不断创造奇迹，你用微笑诠释着生命的价值。我只想说一句，谢谢你们的微笑！

其实天很蓝，乌云总会散；其实海不宽，此岸连彼岸；其实泪也甜，当你心如所愿！微笑是人生最美的花朵，当你遇到为难事时，请你用微笑来填补！

微凉的风，捎去我的祝愿，愿你所有的烦恼都靠边，所有的幸福都在身边！加油，抗白勇士们！

【点评】

来自新疆伊犁的美丽女孩张燕，在那些与白血病抗争的日子里，病魔曾经不止一次想夺走她的光明，甚至想夺走她年轻的生命，她却始终用灿烂的微笑迎接着病魔向她发起的一次又一次进攻。最终她用自己的乐观和坚强，收获着家人的微笑、医务人员的微笑、美好生活的微笑。《谢谢你的微笑》向我们传递着积极乐观的人生态度，也传递着重生以后我们内心所满蓄的深深的感恩之心。

若命运不公，就和它斗到底

李昊阳 2000年10月20日生，江苏靖江人。2017年7月确诊为急性髓系白血病。2017年12月在苏大附一院接受自体造血干细胞移植，2018年1月11日出院，目前康复良好，在苏州经贸职业技术学院读大一。

这是一个比悲伤更悲伤的故事。我叫李昊阳，男，江苏泰州靖江人，是一个00后的学生。不出意外的话，我不过是个和其他人一样为了高考而拼搏奋斗的高中生。都说高考能改变人的一生，可是忽然有一天，命运却和我开了个玩笑，它让我的人生提前发生了天翻地覆的改变。

2017年7月6号，还在上高二的我因为一场发烧进了医院，检查之后初步判断为疑似血液病。因为不相信这个诊断结果，随后家人带我来到苏大附一院。这是全国比较有名的治疗血液病的医院。为了搞清楚病情，我来到了这座城市。在做了骨髓穿刺之后，最终还是不得不面对这令人崩溃的事实，我被确诊为急性髓系白血病。

起初我还被蒙在鼓里。医生说先办住院，当时我还对自己说，没事的，挂几天水我就可以回去继续上学了，我还有好多任务没完成呢，马上高考了，我可不能掉队。然而，事情终究是瞒不下去的，当护士给我挂化疗药的时候，我看到了上面写着的"阿糖胞苷"四个字，我才知道，这是治白血病的药！

李昊阳

不知从何时起我接触到了"白血病"这个词,可能是电视剧,可能是书本上,也可能是身边的人,反正我一直以为那只是个离我很遥远的东西,哪曾想现在竟然落在了我的头上!

化疗的过程很煎熬,呕吐、腹泻、口腔溃疡、便秘、失眠是常态。每次挂化疗药的时候我的胃里都在翻江倒海,接连几天都没有胃口。正常人吃药是一粒一粒吃,我都是一把一把。药物也使得我开始脱发,那时候用手稍微一揪就轻松拽下一把,晚上睡觉掉在枕头和身上的头发扎得人浑身难受,后来我索性剃了光头。就这样,我在那段暗无天日的日子里浑浑噩噩地度过了三个疗程。

三个疗程的化疗之后,我准备进舱进行骨髓移植。因为是中低危,而且在第一个疗程之后,我的基因拷贝数就已经转为阴性,所以医生建议做自体移植（其实还有个原因是因为骨髓库没有找到合适配型）。我一直以为前面三个疗程已经够艰难的了，进了舱才发现原来还有更猛的在等着我。大剂量的化疗把我血液中的白细胞杀到几乎为零。那段时间我只能卧床，所有的活动都不能离开床的范围，就这样在舱里待了20天，出来的时候足足瘦了10多千克。

  从怀疑到抵触，再到接受病情，这是一段曲折的心路历程。起初我的心态也不是很好，因为在我的认知里，我以为得了白血病就相当于必死无疑，就算接受治疗，那高昂的治疗费用，于我也是另一种折磨。我的家庭并不富有，为了一个看得到结果的事情，真不想白白浪费钱，拖累整个家庭。所以起初的我想过放弃治疗，这样还能替家里人减轻点负担。但是，在经历了一段时间的治疗之后，面对家人的悉心照顾、医生的恪尽职守、朋友的殷切问候，以及陌生人的加油鼓劲，我的心态有了些许转变。另外，在治疗期间，有幸认识了陈霞，那个江苏省首例接受台湾同胞捐赠骨髓并移植成功的白血病患者。初次见到她，感觉不像是个生过病的人。她的眼里有光，从她的眼中我仿佛瞬间看到了希望。深入了解后，我得知了她曾经与白血病对抗的那一段艰难的岁月，我被深深震撼了，也渐渐有了信心和勇气。她可以做到的事，我想我也可以，白血病岂能轻易打倒我这堂堂男儿之身！鲁迅先生说，真的勇士，敢于直面惨淡的人生，敢于正视淋漓的鲜血。我要当那个抗白勇士，活下去，并且要活出风采来。如今，我终于做到了，我很庆幸我挺了过来，现在我可以很骄傲地说，我是抗白勇士，当初的那份坚持是正确的。

  在家休养的那段时间，因为不能出门，想着反正在家待着也是无聊，不如学点东西。于是索性就买了把吉他开始自学。慢慢地，可以出去稍微走动走动了，有时约上几个病友一起去公园散散步。骨髓移植半年后，我开始去爱心站做义工，参加一些志愿活动，去舱里看望其他病友。我一直觉得，生这种病，三分靠医生，七分靠自己，很多病都是被自己吓出来的。心态，是很重要的东西。所以如果当初我连自己都放弃自己了，恐怕也不会有现在的我站在这里了吧！

  差不多在家休养了两年的时间，现在我又重新回归到校园的生活。可能是对苏州有感情了吧，所以我决定留在苏州上大学，因为是苏州赋予了我第二次的生命。

现在，我已经移植满 3 年 3 个月了，一切都在朝着美好的方向发展。

我感觉我是幸运的，在经历了这么多磨难之后最终还是挺了过来。那句话说得好啊，我们永远不知道明天和意外哪一个会先来，灾难来临的时候不会提前通知你，关键看你以何种心态去积极面对。人啊，好好活着，就是最大的财富。我希望所有人都能够怀抱一颗感恩之心于这个世界，世界也必然对你温柔以待。

【点评】

读李昊阳同学的文章，你很难相信这是一个 00 后孩子在面临人生重大挫折时所表现出来的状态。"我要当那个抗白勇士，活下去，并且要活出风采来。"这是他在被病魔围困时由心底迸发出来的呐喊。正是这份勇敢乐观的精神，让他在抗白的道路上越走越坚定，越走越幸运。

大爱济苍生，感恩新时代

王薇

1979年2月19日生，苏州人。原在新加坡国际学校工作。2019年10月经苏大附一院确诊为T淋巴母细胞性淋巴瘤。三轮化疗后，2019年2月27日接受堂哥供体进行了造血干细胞移植。目前在苏大附一院接受系统治疗，正在康复中。本文系王薇父亲王玉林执笔。

年年三八妇女节，今又三八妇女节。三八节，有着我终生挥之不去刻骨铭心的记忆。

作为一个男同志，为何对这个节日总是念念不忘呢？这要从两年前三八妇女节所发生的事说起。一想起这个节日，首先映入眼帘的是那张温柔而善良的笑脸。他叫郭承俭，是苏州陈霞爱心站那些默默无闻奉献社会的爱心人士中的一员。

两年前，我的女儿罹患T淋巴母细胞性淋巴瘤。2019年的3月8日中午，我接到医生的电话，要我尽快赶去医院，我的心为之一震，急急匆匆地赶到医院。接受骨髓移植不久的女儿突发紧急情况，急需补输血小板。可是当我带着帮助我输血小板的同志赶到市中心血站时，却被告知采血者体检不合格。当时女儿血压又很高，医生说今天如果不及时输血小板，晚上有什么状况谁也承担不起这个责任。可这个时候再找其他朋友赶来捐献，时间肯定来不及。当时的我，急得像热锅上的蚂蚁，一

王薇（左）和父亲王玉林（右）

时不知如何是好。此时有一人来到我身边，见我焦急而又无助的样子，关心地询问我发生了什么。了解情况后，主动提出愿意义务为我捐献血小板。当时我看他已是50多岁的人了，实在于心不忍。然而这位好人说他是陈霞爱心站的，帮助他人捐献血液和血小板不是第一次了。这使我突然想起了陈霞爱心站的那些好心人，他们在我女儿住院期间曾多次来到病房和净化舱给病人以温暖鼓励和热情帮助，这位好心人的身影就在其中。

情况紧急，也容不得我多想，为解燃眉之急，我拿了好心人递来的"义务献血卡"直奔医院。可是到了医院医生却告知要先登记后献血，患者才能使用血小板。这下又把我给难住了。由于匆忙我连好心人的名字都没问，只能拽着"义务献血卡"团团转。突然"义务献血卡"上献血人的名字进入了我的眼帘。原来他就是郭承俭，中华骨髓库江苏第一志愿者，陈霞爱心站知名人士。我立刻按卡上的电话号码给他打了电话，他二话没说赶到医院，先和医生沟通，然后到医院血库中心，说明了病人情况危急，请求给予变通。血库中心的医生被郭先生的大爱之举所打动，同意在下班前为我女儿先解决0.5个单位的血小板，解燃眉之急，明天继续提供血小板。郭先生不仅自己为我女儿义务献血小板，而且还帮助我及时与医生沟通。我们全家感激万分，无以为报，只能向他深深鞠躬。下午4点半我到女儿舱外得知，女儿已经开始输入血小板。

在好心人的呵护下，女儿终于能过上一个平安之夜了。郭承俭的大爱深深地感染了我，我想今后我一定要将这大爱传递下去。

2021年1月16日我女儿住医院进行巩固治疗，同病房有一个19岁的白血病患者，移植后肝排近三个月了。小伙子虽然病情严重但十分乐观，热爱生活，对未来也充满向往，有时和同学通话会发出爽朗的笑声。可不知什么原因小伙近期常发脾气，饭也不吃。我问孩子的妈妈什么原因，原来为了给孩子看病家里已经花了所有积蓄，入院所交的医疗费用完了且已欠款，孩子的妈妈说到此处眼泪哗哗直流。这位妈妈前几年遭遇车祸，头部留下残疾。真是个不幸的家庭。

苏州的白血病患者和家属在遇到困难时总会寻求陈霞爱心站的帮助，如住宿、患者的烧饭、与医生的沟通等。我抱着试试看的心情拨通了陈霞爱心站杨锦天的手机。杨锦天也是一名白血病患者，移植已四年，现在陈霞爱心站做志愿者，和我女儿是同一个主治医生。我把同病房小伙的情况向他做了介绍，问不知能不能给予什么帮助。很欣喜的是杨锦天立刻给予明确答复，可以帮助孩子筹款，并与有关方面负责人联系，很快与病人家属加了微信，第二天筹款事宜就全部办好了。我女儿1月23日出院时，听说已筹到约3万元，为这个小伙的继续治疗解了燃眉之急。我要替他们一家感谢杨锦天和陈霞爱心站所有的爱心人士，我想听到这个消息的人一定也会动容。我也从内心祈祷这个19岁的孩子在医务人员的精心治疗和众爱心人士及父母的呵护下会越来越好。

我女儿移植已整整两年了，在治疗的过程中，陈霞爱心站的爱心人士的身影常伴随在我们病患和家属身旁。与医务人员的沟通平台"真真有爱"我们能看到你们；为病人提供服务的爱心厨房、营养讲座能看到你们；与病患沟通，给病患坚定信念的骨髓移植舱有你们；为病患家属作护理讲座，对病患心理进行辅导有你们……

我们要感恩的太多太多，有精心治疗患者的医护人员，有一直陪伴照顾患者的父母亲人，有为患者提供移植骨髓的供体捐赠者，有陈霞爱心站的爱心人士，有为这个事业作出奉献的人们，有关心患者的亲朋好友，等等。结合疫情，放眼全球，让我一直在思考一个问题：当下我们应该最感恩的是什么？这个时代感恩的最强音应该在哪里？总有一种力量在我内心深处油然而生。感恩吧！我们这个阳光灿烂、生机蓬勃、激情满怀的伟大新时代！正是这个新时代造就了这么一群可爱的人，也正是这个新时代给患者带来了福音。

【点评】

　　白血病的治疗是漫长而曲折的，每个患者及其家属都会经历一段刻骨铭心的治疗过程。王玉林先生在爱女王薇患病后，作为一位年已古稀的老人，同样不辞辛劳地奔波在协助治疗和护理的第一线，每天迎接着各种各样突发状况的考验。他的文章以治疗过程中所遭遇的一个突发状况为切入口，由一个个体的雪中送炭延伸到一个群体的无私奉献，用我们内心充盈的感动和感恩，努力发掘人性的力量，积极颂扬这个新时代的真善美。

期　待

张慧玲

1995年9月6日生，云南楚雄人。云南师范大学附属润城学校小学老师。2019年6月经云南省第一人民医院诊断为急性淋巴细胞白血病。2019年10月23日在苏大附一院接受弟弟供体造血干细胞移植，现康复中。

春意正浓，行道边的樱花漫天飞舞，寒冬里光秃秃的枝干期待过这般美丽的风景吗？

我叫张慧玲，出生于1995年9月6日，家在云南楚雄。2018年大学毕业，在云南师范大学附属润城学校当一名小学老师。每天被一群活泼可爱的孩子围绕在身边，陪伴他们健康成长，虽然辛苦，但是我发自内心地觉得幸福满足，因为做老师一直是我的理想。我努力工作，热情满满，期待着给工作辛苦的农民父母和正在上高三的弟弟提供一些帮助，让他们过上更好的生活。也期待着和心爱的他不久后可以组成一个幸福的小家庭，共赴白头。成家立业是每个人的梦想，而我已经触手可及。

2019年6月1日，这个非常开心的日子，我和孩子们一起举办六一活动。刚刚和孩子们庆祝完节日的我突然感觉身体不适。到医院检查，医生说血常规情况不好，建议我到别的医院进一步检查。我连续换了三家医院，每换一次，我的心就更往下沉。6月3日，云南省第一人民医院给我的病情下了诊断——急性淋巴细胞白血病。诊断书上冷冰冰的几

张慧玲

个字，似乎在嘲讽我无力继续的那些梦想。我期待报答爱我的爸爸妈妈，期待把我可爱的孩子们带到毕业，期待为他穿上美丽的婚纱，期待看到弟弟考上理想的大学。而此刻，那些期待在疾病面前顷刻间被撕得粉碎，我无助，崩溃，挣扎……

晴天霹雳的消息，让我一度觉得这是一场梦。昏昏沉沉中醒来时我已经躺在病床上，左右手扎满针管。爸爸妈妈心疼地看着我，"他"默默地买来住院需要的东西，朋友、同事、孩子家长们一一都赶来慰问，医生护士来了又来，我开始不得不接受这个残酷的事实。第一次化疗马上开始了，化疗的后我不断呕吐，无法进食，脱发暴瘦。每天有吃不完的药，做不完的检查，还剃去了我心爱的一头长发，我的心情低落到了极点。我不再去想工作生活，也不关心病情进展，我只期待每天早晨看到病房窗外的太阳，我想活着。

第一轮化疗虽然痛苦，但非常顺利。医生说我需要做骨髓移植，移植后可能痊愈。我开始信心满满，期待移植手术；但对于移植，我还充满未知。出院那天，陈霞姐姐带着她的爱心团队来到了医院，也给血液科患者和家属带来了温暖和鼓励。看到陈霞姐姐走进来的一瞬间，她那么美丽、温柔、自信，很难想象她曾经也遭受过这样的磨难，同时我的期待似乎有了光，我告诉自己我肯定能好起来，恢复后也能像她这般美丽自信。

通过她们的经验分享，我对移植也有了一定的了解，包括费用、排异、饮食、后期恢复……父母和弟弟很快为我做了配型，都是半相合，通过检查，医生选择由弟弟为我捐献骨髓。紧接着做了第二、第三轮化疗，一样的痛苦，我的身体越发瘦弱，出现肺部感染、胃出血这些突发情况。最难的日子里我想过放弃，但沮丧过后我又不停告诉自己好事多磨，一定能好起来。终于熬到进舱移植的日子，这时的我只剩37千克，已经瘦弱得无力站立，但我非常兴奋，我觉得终于盼来了重生的机会。

进舱之前，很多困难也接踵而来。几轮化疗已花光了家里的全部积蓄，已经无力承担高昂的移植费用。我的工作单位云南师范大学附属润城学校马上为我筹款，学校领导、同事、学生家长都力所能及地提供帮助，亲人、朋友、很多社会爱心人士纷纷伸出援手，远在海外与我素不相识的陈胤哥哥慷慨捐助，这一刻，瞬间让我觉得世界充满温暖，更让我对战胜病魔有了强大的信心。在大家的帮助下我进了移植舱，2019年10月23日，看着小小的一袋干细胞缓缓流入身体，心情难以言喻。感恩弟弟，让我有了第二次生命。移植舱里，强化疗的痛苦、"涨细胞"的疼痛、反复高烧、胃出血、失眠、一天10多次的呕吐……种种折磨之后，我的内心却越来越坚定。我不喜欢一个人孤独地待在小小的移植舱里，我期待赶快出舱，赶快出院。42天之后，我终于出舱，几次排异稳定后出院回到出租屋里，那一刻，我觉得自己是涅槃重生的凤凰，走过了所有阴影，期待着久违的阳光。

而今，我是一个移植后一年零五个月的小朋友了。虽然还在恢复，还没复职，但我对生活充满热情。练练字，弹弹琴，跳跳舞，逛逛公园……站在窗边看着楼下来来往往的行人时，会微笑地感叹"活着真好啊"。我已经不再去想从阴影里走出来费了多大劲，不去想做化疗、抽管、做骨穿与腰穿时的痛苦,不去想抗排异时吃了大量激素丑到几个月不照镜子的日子,那些痛苦的记忆已经开始模糊,心里只剩满满的感激。感激我的父母、弟弟,爸爸夜夜在工地加班,妈妈睡了半年椅子,弟弟高三还得经常往医院跑,我深知坚持到今天不是我足够坚强,是我的家人足够坚强,一直顶着巨大的金钱和精神的压力;感激男朋友,把任何一点空余时间都挤出来陪我,一下班就到医院陪吃、陪聊、给我按摩洗护;感激同事、朋友、亲人,给我巨大的帮助和鼓励;感激医护人员,每次危险关头都尽心尽力;感激陈霞爱心团队的杨锦天哥哥,在我没有信心的时候给我鼓励,热心答疑解惑;感激那些甚至未曾见面但充满爱心的哥哥姐姐……现在的我已经和过去的痛苦说再见了,满怀信心地期待着明天。

要有所期待啊,未来有让人想象不到的美好……

【点评】

拥有一份教书育人的美好事业,拥有一份幸福美好的爱情,对于26岁的女孩张慧玲来说,人生应该说是相当幸福圆满了。然而,就在她的学生即将毕业,就在她憧憬着披上白色的婚纱,与爱人步入婚姻殿堂的那一刻,上天却和她开了一个残忍的玩笑,无情的病魔把所有的美好顷刻间撕得粉碎。关键时刻,她曾经对这个世界所付出的善良和爱开始从四面八方投射回来,让她在痛苦无助中看到希望,让她在绝望中重新找回了向死而生的勇气。我们相信,经历暴风雨洗礼后的铿锵玫瑰,必将更加绚丽芬芳。

人间值得

朱先阳 1991年5月生,南通如皋人。2016年9月确诊为急性淋巴细胞白血病。2017年4月8日在苏大附一院接受造血干细胞移植,目前正在康复中。

岁月如梭,转眼间近五年的光景悄然流逝。回想这近五年的艰辛历程,脑海中浮现出太多的记忆碎片。我作为一个"小白",从2016年9月罹患白血病至今已经迈入第五个年头,从一开始疑似到确诊,仅存的一丝希望破灭,瞬间跌入谷底,那应该是我人生中最绝望无助的时刻。面对突如其来的一切,以及根据自己听闻的有关白血病的相关信息,惴惴不安中我开始踏上了抗白之路。

那年我刚满25岁,和所有这个年龄的青年人一样,走出农村开始踌躇满志踏上社会。

朱先阳

一个年迈的爷爷,一个我初中时期就因开颅手术后残疾的父亲,还有一个已经扛了太多生活的苦难几近崩溃的母亲,这就是我的家,一个已经遭遇了太多磨难的家。如今面对着高昂的治疗费用,我觉得我前面的路漆黑一团或者说根本无路可走。我清楚地意识到我可能成为彻底压垮这个家庭的最后一根稻草。我经常一个人在夜里彻夜难眠,真怕自己就这么离开这个家,我担心万一自己离开后他们将如何面对。

不管我有多少的彷徨,抗白的路还是从南京开始了。第一次住进医院化疗时,那种压抑的气氛让我五味杂陈。比起化疗带来的苦痛,我更苦闷的是自己的治疗却总是不顺利。总是出现各种发热和感染,从而使治疗费用不断地往上涨。也就在这个绝望的时刻,我所在的公司——南京地铁的同事们给我及时伸来了援手。梅姐、莉姐还带来了亲手煲的汤,在外地的朋友们也赶来给我加油打气。那段时间有了公司和朋友们的支持鼓励以及后盾,我终于慢慢重新找回了信心。

2017年春节过后,为了得到更好的治疗,我转至苏大附一院血液科。治疗期间,我得到了陈霞爱心站所有爱心天使们暖心的帮助。母亲一个人照顾不过来的时候陈霞爱心站的爱心义工们都会在。我记得舱内移植时他们为我精心准备了生日蛋糕,我还记得当我急性肠排,整个人都快不行的时候,陈霞姐的母亲特地赶来帮忙照顾,我记得我瘦成30多千克出院时,周哥如亲人一样抱着我出院,我还记得陈霞姐急着帮我联系陈峰主任并一同研究病情……太多太多的点点滴滴——正是有了陈霞姐领导的爱心天使们的鼎力扶持,我才能最终战胜病魔。

而今我已经移植快四年了,其间经历了肠道排异、膀胱炎、肝肾损伤、肺部感染……我依旧在抗白的路上。这一路走来,我的脑子虽然似乎有点愚钝了,记忆和言语能力也有所下降,但那些烙印在我记忆深处的碎片却总是无法忘却。我会好好地活,好好地抗争,绝不辜负父母的心血、公司朋友的帮助、陈霞爱心天使们的辛勤付出。

"小白"们,加油吧,我行,你们也一定行!

【点评】

  他从一个普普通通的农村家庭走来，年迈的爷爷、因病致残的父亲、被生活磨难近乎压垮的母亲……背负着改变家庭命运的他，踌躇满意、斗志昂扬地开始了奋斗的青春。屋漏偏逢连夜雨，一场大病却让他不得不停下了奋斗的脚步。有志者，天不弃。因为他的坚强和善良，在危难时刻得到了众人的无私救助，终于让这个年轻人有了再次出发的机会。相信人生的第二次出发，必将让他收获更加灿烂的人生。

压伤的芦苇不折断，将残的灯火不熄灭

武美

安徽省亳州市利辛县人，现在合肥从事白血病群体公益帮扶义工。本职服装设计，大专学历，初级社会工作师。2004 年 3 月 9 日在苏大附一院血液科被确诊为急性杂合型高危白血病，2004 年 7 月 5 日受胞姐供体进行了骨髓造血干细胞移植。目前康复良好。

武美

我叫武美，家住安徽省亳州市利辛县，现在是合肥白血病群体公益帮扶义工。2004 年 3 月 9 日在苏大附一院血液科被确诊为急性杂合型高危白血病，2004 年 7 月 5 日受胞姐供体进行了骨髓造血干细胞移植，自此重获新生。当时我还没有参加农村合作医疗保险，手机也不普及，更不知有何救助机构可以求助。从怀疑、无助、绝望到接受现实、坦然面对，中间的心路历程也只有经历过的人才能解其中味。

治疗期间那些一路陪伴和帮助我的人，至今依然深深留在我的记忆里。心中要感谢的人太多太多，他们给了我第二次生命，让我有机会在平凡的生活里充满回忆，心怀感恩：毅然为我捐髓的胞姐、苏大附一院的金正明主任和仇惠英主任以及连云港血液科的医护人员、病友陈霞、江苏电视台的编导老师、北京市道培医院的吴彤主任等，他们一个个都是我新生命的贵人，在我人生最黑暗的时刻，给我带来了希望的曙光。

记得2012年的夏天，我再次出现严重排斥反应，合并肺部感染。当时躺在医院高烧41℃两个多星期不退。吴彤主任和团队医护到我病床前，让我赶紧通知家人。我说：您就和我自己直说吧，我扛得住，如果我这次不行了，就直接帮我打电话给红十字会遗体接收站，我早已经申请好了遗体和器官捐献。当时吴彤主任拉着我的手安慰我，让我别这么悲观。当吴主任得知我是一个人看病时，即刻喊来护士长，并交代让护士或医生帮我打饭，还为我申请了一支免费的间充质干细胞使用。那一刻我感受到格外的温暖和感动，一宿没睡给血液科全体医护老师连夜写了封感谢信。后来这封信还被发布在了北京市道培医院的官网上。

经过移植，我的身体逐渐康复，我也终于开始了正常的工作和生活。为了维持自己的生活和医药费，我开始重操旧业做起了服装定制。那是我打拼了20余年终于积淀下来的赖以生存的技艺。有一天，一个偶然的机会，我在电视上看到我们县有个12岁的小姑娘患白血病。因感同身受，我拨打了屏幕上的电话，并约好时间去看望她。没想到这次探访，让那个饱受病魔摧残的家庭感受到了莫大的安慰。当时很多人对白血病是不了解的。有的以为会传染，有的甚至认为缺德做坏事的人才会生这样的病。那小姑娘的爷爷说他们每次去井边打水，村里人家都像躲瘟疫一样躲着他，借钱更是比登天还难。因为我的到来让他们一家真切感受到了同病相怜的温暖鼓励。

回来的路上我也深深被震撼了，原来我这个被病魔摧残得满目疮痍的人，活着还是有价值的，因为还有那些同样身处苦难的人需要我，我还能为他人送去陪伴和温暖。自此后我便在工作之余自发自愿地做起了白血病公益服务志愿者，一直到今天依然坚持在公益岗位上。我会用实际行动走近白血病群体，用生命去感动生命，把他人对我的爱和关心传递给那些有需要的人。

因为爱，我迎来了新生。也是爱，引领着我始终虔诚地行走在撒播爱的道路上。

【点评】

武美，一个孤独的战士，一个在生死关头依然记着要捐献自己身体的勇敢女子。正是她的勇敢、她的无私无畏，时刻感染着身边的每一个人。在人生至暗时刻，正是那份不屈不挠的斗志，那份深藏不露的善良，让她收获着众人的帮助，让她不断遇见着生命中最美丽的惊喜。

"核"你一起，涅槃重生

王亮

1995年1月10日生。2017年毕业于南京林业大学能源与动力工程专业。2018年1月经苏大附一院确诊为急性髓系白血病。目前仍在医院接受治疗中。

我叫王亮，2017年毕业于南京林业大学能源与动力工程专业，毕业后进入中国核电105所工作，主要从事国内核动力装置的无损检测工作。核安全是国家安全的重要组成部分，守护核安全就是我们这群人的重要使命。

2020年11月，我正在方家山核电站参加105机组停堆大修工作，作为百万千瓦大机组，其是长三角电力的强力保障。在连续上了将近三十个夜班后我开始出现咳嗽症状，体力开始慢慢下降。编制报告时出现体力不支、呕吐等状况，体重持续下降，连走路都变得愈发艰难，遂请假回家休养，经过一个月左右的检查，最终确诊为急性髓系白血病，遂立即前往苏大附一院血液科开始接受治疗。

经过第一轮化疗，情况得到了极大缓解，出院一周后的骨穿结果显示染色体由45条转变为正常的46条，获得完全细胞遗传学缓解。现在经过了第二轮巩固治疗后在家休养，等待第三轮化疗的开始。

一直积极乐观的我在元旦节的晚上还是流下了眼泪，觉得挺不公平的，明明那么努力，那么乐观，现在却只能拘步于咫尺病床，蜗居于这

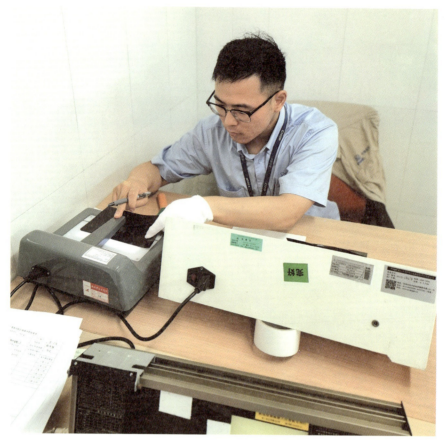

王亮

小小的病榻，我拥有了足够的时间来反思之前的过往，思考现在以及未来的人生。

和沈雪洪校长相识于庚子年冬至，第一次见面是在宾馆里，短短的头发、高高的鼻梁，鼻梁上架着一副无框眼镜，一双大眼睛笑起来眯成了一条线，话语里透露出历经沉浮后的从容和温和。这是个和蔼可亲的老师。沈校长和我细致讲解了确诊初期到移植后的整个治疗过程和注意事项，让我受益颇丰。治疗期间拜读了沈校长的自传《幸福守望》，叹道历尽人间冷暖，方得今日云淡风轻。治疗期间需要24小时输液，由于我吐得相当严重，趴在床上没有一点力气，偶尔睁开眼发现主管护士一直在默默地关注着我，时不时地来看一下我，然后不动声色地把药水换完，生怕惊醒了我，至今回想起来仍觉得心有余热。

  这些温暖的人和事让我更加坚信：未来也许荆棘遍布，但仍可咬牙上前。就像史铁生在《余生很长，别慌张，别失望》一书中设计自己下辈子的生活一样，移植后就相当于重生，拥有了再次选择自己生活方式的机会。如何和现在的自己告别，如何设计自己"下辈子"的生活，我想也许已经有了答案，那一定会很精彩。

【点评】

  读王亮同学的文章，总让人肃然起敬。为了国家的富强，人民的安康，作为新时代的核工作者，他和无数默默奉献在国家核事业岗位上的科研工作者一样，始终坚守在最危险的岗位上，在国家最需要的时候挺身而出，让我们感受着新一代青年知识分子的担当和力量。第一次见到这个坚强又乐观的青年人时，我的内心无比动容和钦佩，总想为如此有志向，又如此有骨气的年轻人提供一些帮助，因为他们终将是我们这个国家走向繁荣富强的中流砥柱。

以勇气为枪,刺破阴霾

张晁睿

1999年10月3日生,学生。江苏省盐城市人。2018年1月经苏大附一院确诊为急性淋巴细胞白血病。2018年6月8日接受移植手术,目前就读于盐城幼儿师范高等专科学校,正在康复中。

"世上莫名其妙走霉运的人多的是,都是一边为命运生气,一边化悲痛为力量地活着。"这是东野圭吾《变身》里的一句话,在读此书时这句话于我而言只是佳句,可万万没想到老天给我开了个玩笑,让我更贴切地理解了这个句子。

2017年年末,刚刚艺考结束没多久的我踌躇满志,准备复习迎接接下来的高考时,因为身体疼痛住院。开始只是以为之前过度劳累,稍微养养便好,可谁知疼痛始终不见好转。医生建议做骨穿进一步确诊,于是父母为了减少我的恐惧,给我编造了善意的谎言,说是身体里有不好的东西,查一查就能知道是啥,然后对症治疗就能好了。因为打了麻药,骨穿似乎没有想象中的痛,却比想象中的难受。抽取骨髓的时候,我憋着气透过床边的镜子看见我的脸因为心悸而变得惨白,嘴唇微微颤抖,身体也因为恐惧而变得发冷。当医生结束拔出钢针时,全身终于放松了下来,不由自主地深吸长叹了一口气,眼角也流了一滴眼泪。因为疼痛,还是害怕?估摸更多的是彷徨与迷茫吧,毕竟那时候被家里人蒙在鼓里,自己也只能从家里人的眼神中猜测一二。

张晁睿

结果出来的当天,父母便将我从医院带出来,让我躺在后座,一句话也没说。原本晴朗的天气似是阴云满布,风雨欲来一般。当天下午我们便到了苏大附一院。下车时,一直没说话的母亲对我说,到大医院待一会儿,然后咱们很快就能回家。我茫然点了点头,在准备进入病区时,因为只能一个家属陪着进去,父亲便让我坐在轮椅上,推着我进去。病区门关上的那一刻,我转过头,透过紧闭的玻璃门看见母亲一人在外面的角落捂着嘴,肩膀抽搐着,像是在哭。我抬头看了看父亲,他没有注意我,在看向前方的病区门,眼神坚定但有着些许担忧。我张了张嘴想说些什么，却又不知道说些什么，便沉默了。

此后，母亲独自在角落哭泣，父亲与以往不同的眼神时常出现在我梦里。每个被梦惊醒的夜晚，我只能独自在被窝里偷泣。

世上没有不透风的墙，身患白血病的事也因为在手机上偷偷搜索自己挂的药水而得以确认。很奇妙，我以为自己会是悲痛难受，接受不了。没想到我自己知道时，心里松了口气，像是在说，原来就是这样。当我问起母亲时，她给我盛饭的手抖了一下，她用袖口快速地抹了下眼角，吸了吸鼻子满不在乎道："又不是啥大病，很快就好了，先吃饭，今天做了你喜欢的菜。"我拿着筷子看着她说，没事，我没瞎想，就是怕你们累了。吃完饭后，母亲在卫生间里洗碗，水哗啦啦地响了好一会儿，出来时看见她通红的眼睛，我不免有些难受。因为病区规定病人没有特殊情况，家属不允许陪床，晚 8 点后就要全部离开，母亲把弄好的水果放我床边，叮嘱我晚上睡觉一定要盖好被子。我一一点头答应，在她关门后我闭上了眼睛，这是长大后第一次感觉那么不想离开母亲。

"叫什么名字？""张晁睿。"一次又一次问答的流程，护士在换药水时每次必问这个问题，像是怕我被顶替了一般，可谁会顶替我这个倒霉蛋呢！每次睡熟后因为药水没了，导致输液宝"嘀嘀嘀"作响，着实想将它拿掉，但又怕因为睡过头，不能及时发现药水没了而导致回血。

除去入舱的一次，我总共化疗了三个阶段，第一阶段可真是消极得很，努力地给父母装出我很好、我没事的样子，但却骗不了自己。加上药物的反应，一天吃一口食物已是常态，心理与生理的双重折磨，让我迅速消瘦。每次母亲抓着我的胳膊时总是心疼地说，对不起，没有给你健康的身体。许是感觉到了我的消极，父亲便拜托陈霞姐来开导我。在陈霞姐来前，父亲就打电话和我说，陈霞已经好了十几年，现在人非常健康，你也会和她一样。当时我听了没放在心上，这运气要多好啊，我也能吗？我要是运气这么好就不会得病嘞！

当晚，陈霞姐便来到我的病房，我有点诧异，这完全不像是生病的人啊！乌黑光亮的头发被扎起来，显得十分精神，因为她戴着口罩，我只能看着她的眼睛，浓密的眉毛下那双眼睛像个斗士一般充满了力量。陈霞姐轻声与我交谈了好一会儿，"天将降大任于斯人也，必先苦其心志，劳其筋骨，饿其体肤，空乏其身。"这是她鼓励我时的话，虽然没有立马让我产生斗志，但好歹让我有了希望，内心也有光亮产生。陈霞姐还说："既然我们没有办法躲开命运给予的困难，那我们就不妨将他当作我们前进的动力，将悲愤化为力量，击垮命运设置的阻碍。"

是啊！我如此消极，给看在眼里的父母带来了很大的压力，不然父亲也不会恳请陈霞姐为我开导一番。少年当如晨曦，耀眼灼热，我不应当如此消极黯淡，更不应该为到来的苦难哭泣，而应当鼓起勇气，面对过去和将来！

现在我康复已经快三年了，这三年来跌跌撞撞，吃过苦，受过累，但到目前为止，一直朝着我心里所想的方向发展。目前我已经重新回归校园，在师范类学校读书。希望我也能将自己内心的能量带给周边所有人，也希望看到这篇文章的病友能鼓起勇气，与命运给予的阻挠战斗。让你我以坚强为盾，勇气为枪，刺破那笼盖在头上的阴霾！

【点评】

张晁睿病友的文章写得真好！他以病情的未知、担忧、恐惧到逐步接受、勇敢面对这样一个心理过程的转变为主线，以细腻的笔触和丰富的情感，写出了一个血液病患者的心路历程。

春天的第一缕阳光

严璐

1987年12月生,籍贯江苏泰州。2017年1月22日,被确诊为急性淋巴细胞白血病。2017年6月13日在苏大附一院接受以父亲为供体的骨髓移植,目前已重返工作岗位,状况良好。

古语说"三十而立",可是我在30岁却倒下了,本以为27岁那年的重病,已经让我经历了什么叫人间苦难,往后的日子会平安健康了,可是老天在30岁的时候又给我一拳重击。

30岁前,我在一座叫泰州的小城市,在一家全国连锁企业——苏宁集团做着培训的工作,日子过得平淡但真实。然而这平凡的日子却在2017年的年初被打破了。

2017年1月16日,在朋友和家人的祝福下,我过完了30岁的生日。因为那段时间感冒咳嗽老是不见好,又临近过年,我就独自去医院抽血做了一个血常规,做完没多久出报告后,窗口抽血的人跟我说白细胞数值偏高,其他数值也有问题,让我去血液科看下,我当时觉得肯定是误诊,并没有听医生话去血液科。回家告诉父母后,父母觉得还是听医生的话,做个骨穿比较保险,于是第二天我便买票去了江苏省人民医院。

我记得那天是2017年1月22日,当被确诊为急性淋巴细胞白血病时,我一个人呆坐在江苏省人民医院门诊骨穿室外的长椅上,整个人旁

严璐

若无人地哭到无法抑制。接下来的入院治疗，整个人懵懵懂懂地完成了第一轮的化疗。

因为白血病非一般重疾，所以第一轮化疗前，又预约了上海瑞金医院的号，以及苏大附一院傅铮铮主任的号，想多看几个专家，听听专家的意见。因为苏大附一院血液科移植方面的名声远扬，所以最终我们还是选择了苏大附一院血液科。

第一轮化疗结束回家后，父亲只身一人带着我的资料去了苏州看傅主任的门诊。后来根据医院通知住进了苏大附一院54病区，家属也在医院附近临时租住。

刚转入苏大附一院时，由于一般时间不让家属探视，我有些许的不适应。每个房间两个病人，大大的落地窗，可以看到外面，不至于让人感到压抑。后来也就慢慢适应了，而且感觉比第一次化疗时整个人的状态好很多。在苏州的三轮化疗，我感觉自己状态一次比一次好，傍晚打完点滴，如果允许，还会去病区的长廊走走，跟病区别的病友聊聊天。

说来也比较巧，每次住院化疗，我都被安排在靠近窗户的病床。当春天的第一缕阳光通过落地窗照进病房的时候，我仿佛看到了生命之亮光。每当通过落地窗看到外面沐浴在阳光下自由行走的人们，我都不禁告诉自己：加油，等康复了，我也要尽情享受这美好时光。对于健康人来说，这么一件小小的事情，那一刻在我眼里却突然变得那么奢侈。

第四轮化疗时，爸爸在净化舱向舱里的家属"取经"的时候，非常幸运地遇到苏州陈霞爱心基金会的陈霞姐姐。陈霞姐姐特地到病房看望了我，看到移植十几年的陈霞姐姐恢复得那么好，给了我莫大的鼓励。加入了陈霞爱心病友群，我好像找到灯塔一样，有疑问有难处，病友们都能给予我最大的帮助。在群里结识了一位正在移植的老乡病友，他给我普及了移植的各种知识，告诉了一句让我受用很久的话：移植就是换个地方挂水，让我对进舱移植更是充满了信心。

5月31日早上，医生通知我，让我进舱移植。当听到那个消息的时候，内心真是无法用语言形容的，既期待，对新生命的期待，又担心紧张，对未知的紧张担忧。6月1日，国际儿童节，在完成了骨腰穿、抽血体检、双腔插管等一系列进舱前的准备工作后，我喝了一瓶化疗时最爱的娃哈哈，进了期待已久的移植舱。在舱内的那段日子，虽然化疗摧残着我的身心，可是我的大脑却史无前例的清醒。6月13日（很幸运跟陈霞姐姐重生是同一天）我顺利回输了父亲的骨髓和干细胞，十来天后顺利出舱，中间虽然也出现一些小插曲，但是都在可控范围内。

移植后三个月左右，租房住在苏大附一院附近的那段时间，我每天下午去附近的景区或者公园散步游玩，放松心情，慢慢恢复。到今年，跌跌撞撞一晃也接近四年了，一切都还好，对于我来说很知足。现在的我，最重要的事就是好好爱自己，让自己身体慢慢恢复，让一切渐渐步入正轨。

记得曾经在知乎看到一个话题是"年轻时得了大病是什么感觉"，但是像我这样得了两次大病的人，或许很多人会觉得很绝望吧。其实当检查出白血病的时候，一开始我很绝望，后来我慢慢想通了，生病是老天给我机会改变自我，可能第一次我没有意识到，所以老天给了我第二次机会，让我反省改变。所以亲朋好友觉得现在的我整个人的气质、心态还有性格都有改变，变成了一个开朗的人。

每次当父母陪同一起去苏州复查的时候，他们经常感叹说无法想象我17年是怎么走过来的，而我经常安慰他们不要去回忆，要向前看。难道是我已经忘记了那段苦难的日子吗？当然不是。苦难对于我们来说永远是记忆犹新的，可是我发现每个走过来的病友或多或少都会选择屏蔽那段痛苦的回忆，因为当下我们是幸福的，我们懂得抓住现在幸福的每一分每一秒才是重要的。有句话是这么说的：苦难从来就不是什么正能量的东西，千万不要感谢苦难，你最应该感谢的，是走出苦难后浴火重生的自己。

【点评】

读严璐病友的文章，看到了一个在人生连续遭受两次巨大挫折后，却依然如此乐观坚强的青年女性形象。不禁让人想起那句话"自助者天助之"。第二次更大的灾难来临时，她没有自怨自艾，更没有怨天尤人，而是始终用自己柔弱身躯里那颗强大的心迎接着命运无情的挑战。春天里的第一缕阳光，你柔弱中自带光芒。坚强如你，福报绵延！

绝处逢生花更艳

曹淇惠 2004年8月23日生,江苏省东海县人。2019年12月确诊为急性淋巴细胞白血病。2020年8月在苏大附一院进行造血干细胞移植,目前正在康复中。

人活一辈子总会有很多经历,各种各样的经历就拼凑成了自己的人生。

我叫曹淇惠,女,2004年8月23日在江苏省连云港市东海县一个普普通通的家庭出生。在本地县城的初级中学就读初三。

"人生不如意十之八九",就在我的生活一切顺利,信心满满迎接中考的时刻,上天却开始把我的生活调成了困难模式。不幸突如其来,将我的梦想砸得粉碎。

2019年12月的一天,我突然连续两周高烧不退,右边淋巴结肿大,当时以为太累了,也没有在意,每天吃点消炎药,以为很快就能好。

直到12月8日的那天早上,刚刚起床的我突然感觉特别恶心,不想吃饭,这才意识到问题的严重性。当天的下午去到医院,医生经过检查,很快就确诊了是急性淋巴细胞白血病。紧接着第二天爸妈和我哥就带着我来到了苏大附一院,当天我就住进了血液科,开始了漫长的治疗过程。

回顾整个治疗过程，真是既惊险又幸运。我先后经过了五个疗程化疗，其间发高烧3次，共做了15次左右的骨腰穿，打针抽血更是家常便饭，次数多得早记不清楚了。化疗期间最让我害怕的就是发烧。记得有一次，当时正在疫情期间，我突然高烧不退，一开始都不敢去医院，特别害怕被当成新冠疑似病例被隔离起来。

曹淇惠

在家整整烧了3天，出现了皮内出血，最后不得已只能赶紧住院。可到了医院还是无法退烧，又连着烧了几天。那些日子正是疫情最为紧张的时候，房间内只有我一个人。夜里发烧的我把自己蜷缩成了球状，瑟瑟发抖。幸好有个护士姐姐晚上总会定时来看我，每次感觉我烧得厉害就往我肛门中塞药。护工阿姨每天把饭摆放在桌上，然后喂我吃药。陈主任每次来查房的时候总会耐心询问我的情况，然后为我制订精准的治疗方案。都说爱笑的人运气不会太差，在我最绝望无助、最需要安慰的时候，正是他们像亲人一样照顾我，才将我一次次从生死边缘拉回。

最为幸运的是，我有一双无微不至照料我的父母。他们总是不离不弃，为了给我治疗，耗尽了所有的心血。为了我能得到最好的救治，我眼看着爸爸的脸上多了很多皱纹，妈妈的两鬓添了很多白发。

在结束五轮化疗后，我开始进入移植净化舱，在移植舱里我整整度过了24天。移植前的几天，由于大剂量化疗，特别难受，什么也吃不下。终于熬到了移植回输的那一天。当天，爸妈和爱心站的工作人员特地给我过了一次难忘的生日。回输后，我的情况一天天好起来，爸妈脸上的笑容也渐渐多了起来。9月18日，我就顺利出舱了。

窗外日光弹指过，席间花影坐前移。现在的我已经移植有6个月了,身体的各项数值都很正常,每天在家还能搞搞卫生,研究一些菜品的制作,生活也渐渐地步入了正轨。

经历这一场曲折的经历,尽管坎坷,有时痛彻心扉,近乎绝望,但是,当暴风雨过去,一切恢复平静的时候,我突然感觉到那风雨后的彩虹是如此灿烂,那穿透乌云后的太阳是如此可贵。我一定会更加珍惜这来之不易的健康,我一定会更加珍惜家人和所有朋友所给予我的最温暖的鼓励和最珍贵的爱。

西风几时来,流年暗中换。无论从今往后会经历什么,我一定会记得,身后永远都有家人和朋友的陪伴,我也一定会变得更加坚强。

【点评】

曹淇惠同学,在这样的年纪遇到一场突如其来的疾病,经历了那么多的痛苦折磨,却始终那么顽强,那么乐观,看似柔弱的外表下却深藏着一颗强大的心。最为难能可贵的是,在与病魔战斗的日子里,她还学会了体谅父母、理解父母的不容易,学会了用感恩的心去看待未来的人生。相信经历了这一切,她一定会开启一场别开生面的人生旅程,祝福这个可爱的女孩,幸福平安!

爱，让我再次扬帆起航

王梓萱

2011年3月10日生，家住扬州，籍贯陕西咸阳。2018年9月确诊为急重型再生障碍性贫血。2019年5月在苏大附儿院进行造血干细胞移植，目前状况良好，2020年9月已经复学。本文由王梓萱母亲张燕以其女的口吻执笔。

你们知道顶级的能力是什么吗？是涅槃重生！传说朱元璋曾说过："雪压枝头低，虽低不着泥。一朝红日出，依旧与天齐。"我亦坚信风雨过后定有彩虹。

2011年3月10日我出生在一个非常有爱的家庭，爸爸妈妈把所有的爱都给了我，即使在我出生的第二年有了弟弟，但爸爸妈妈对我的爱也未减少分毫，我无忧无虑地生活了8年，身边的人经常夸我懂事、聪明，如果不是那场意外，我大概就这样在家人爱的呵护下幸福快乐地长大……

2018年的9月7日，是我和家人永远都忘不了的日子，因为反复发烧、血项异常，在南京儿童医院我被诊断为急重型再生障碍性贫血。其实

王梓萱

当时我并不知道这是一个什么病，只是从妈妈爸爸惊慌失措的神情看出，应该不是我以前得的普通感冒。也就是从那天开始，我经常会看见半夜偷偷哭泣的妈妈；从那天开始我会隔三岔五地去医院住院输血、输血小板；从那天开始，妈妈每天在网上查资料、加病友咨询相关问题；从那天开始，我便休学踏上了漫漫求医之路……

爸爸妈妈带我看了好多血液科的专家，他们都说治疗我的病有三种办法——药物治疗、抗胸腺细胞球蛋白免疫疗法及骨髓移植。那会儿对于这个病我们都了解得太浅显了，打听了好多病友，都说能药物治疗就先不要尝试其他的，骨髓移植风险很大，是万不得已才选的路。

妈妈选择让我先药物治疗，这样保守、安全，因为她太害怕失去我。原本正常、幸福的家庭生活被突如其来的疾病彻底打乱了，那段时间，白天奶奶在家照顾我，爸爸妈妈上班，晚上就是爸爸妈妈照顾我。因为我血小板低，牙齿不停地往外流血，妈妈不眠不休地帮我处理。那段时间中药、西药我每天要吃一大堆，导致我都没有胃口吃饭，药物作用使我整个人开始浮肿、"长毛"。有句话叫"药医有缘人"，显然我并不是那个有缘人，4个多月的药物治疗对我没有任何效果，反而病情越来越严重。因为免疫力差、细胞低，我得了脓毒症，高烧不退，那会儿恰逢春节，我在老家医院治疗了10多天没有任何效果，爸妈立刻带我启程赶回扬州，在扬州苏北人民医院继续治疗，20多天过去了依旧没有任何起色，我还是反复高烧且伴有肛周感染，屁股疼得整夜无法入眠，主治医生建议妈妈带我去苏大附儿院看看，说那边有专门的儿童血液科，有办法控制我目前的情况。

收拾好行囊，我们连夜驱车来到了苏州儿童医院，我记得很清楚，那天是2019年的3月8日，至今想起那天的事情，我们全家都感到后怕，如果那天不是在医院，我可能就没有任何治愈的机会。

那天我们挂的是苏大附儿院血液科吕慧医生的门诊，她一看到我的检查结果，直接让我们住院治疗，非常感谢她当时的英明决断。当天办完手续到病房已经晚上8点多了，妈妈先给我洗漱好让我休息，那天赶路、看诊、办理住院折腾了一整天，爸爸妈妈和我都很疲惫，大家睡得很沉。突然我被身边冰冰凉凉的东西给惊醒了，同时感觉我的屁股在流东西。我赶紧叫醒妈妈，妈妈打开灯后，我们都被眼前的场景给吓蒙了，毫不夸张地说，我和妈妈是睡在血泊里的，我莫名地肛裂大出血，半个床单都被我的血染红了，如果当天没来住院而是在家里，后果不堪设想。爸爸赶紧去喊医生，夜深人静的病区一下子乱糟糟的，护士拿药棉给我按压伤口止血，医生开医嘱联系血站送血（我的血红蛋白当时只有 54 g/L，正常人是 110—150 g/L），用了 3 个多小时我的血才止住了，但我同时也被禁食了（防止后面上厕所时再出血）。没过两天我再次肛裂大出血，这次我被送进了重症加强护理病房，因为那里面医疗器械比较齐全，有什么情况都能及时得到处理。重症加强护理病房是家长不能陪同的，里面都是重症的小孩儿，我很恐惧，很想爸爸妈妈，每天我都期盼着那仅仅 2 分钟的视频连线，只有这时候我才能看见爸爸妈妈。妈妈一直强调让我坚强，不要害怕，说我一定会好起来的，他们正在想办法，只要我不再出血，很快就出去了。爸爸妈妈从来都不会骗我。真的在重症加强护理病房的第四天晚上，护士阿姨说我明天就可以出去见爸爸妈妈了。那天晚上我早早地就睡了，而且睡得很香……我是事后才知道，就在那几天，爸爸妈妈为我四处借钱，最后还发起了网络筹款，因为苏大附儿院血液科主任（也是后来我骨髓移植的主治医生）胡绍燕给妈妈说，你家孩子情况很不乐观，她不能再耗下去了，要想救她只能骨髓移植了，她的免疫细胞几乎为零，你们要做好一切准备，放手一搏了。

从重症加强护理病房出来后，我的感染控制住了，也不再发烧了（此前我整整反复发烧了 2 个多月），开始了骨髓移植前的各项检查及准备。2019 年 4 月 30 日我进舱清髓了，5 月 10 日我分别回输了爸爸的骨髓血及外周干细胞。移植舱里一个月的时间，每天抽血检查、24 小时不停地输液，其间因为化疗药强烈的副作用——掉头发、吐、发烧、浑身没有力气，但我的内心却是幸福的，我知道我的病快要好起来了，我的痛苦生活就要结束了。妈妈没日没夜地照顾我，但是她却说不累，我想妈妈跟我一样，因为那份希望，所以浑身才充满了力量。

从进移植舱到出院，一切都比较顺利。原以为就这样慢慢在家休养，很快我就跟正常孩子一样了。可老天给我的考验还没有结束。出院后需要每周复查及时调药，前三个月都顺顺利利地熬过来了，虽然各项数值都还没有达到正常值，但不影响正常生活。移植3个月后，根据我的恢复情况也咨询了胡主任意见之后，妈妈带我回扬州休养。2019年9月12日，是去苏州复查的日子，这天爸爸因为工作原因不能开车带我们去苏州，我和妈妈坐高铁去的。刚移植的孩子就像刚出生的婴儿一样，抵抗力差，暴露在公共环境中，一路上妈妈已经把我保护得很好了，给我戴了3层口罩，凡是我坐的地方、我站的地方，2米以内都被妈妈喷上了消毒液，就怕被感染什么病毒，那天的复查结果还不错，一切数值都是稳中有升。可真是怕什么来什么，复查后的第二天我就莫名地发烧了，在当地医院输了3天液后，我们还是去苏州住院治疗了，这一住又是2个月的时间……

经过检查我被确诊感染了乙流病毒，又是长达半个月的反复发烧，发烧控制住没两天我的各项数值又几乎像移植前一样了。但这次比移植前的情况还要糟糕，病毒感染导致了免疫性溶血，又开始输血、输血小板，因为我体内还有抗体，主任开始给我大剂量激素冲击治疗，效果也不是很理想，后面又连续充了4次间充质干细胞，这才慢慢稳定下来。可因为大剂量激素的原因，我血糖升高了，接下来的两个月是我最痛苦的两个月，激素的作用使我变得很胖，胃口也非常大，老是想吃东西，可每餐吃饭都要按克数计算，一天要测8次血糖、注射4次胰岛素，手指因为测血糖都快被扎成马蜂窝了，胳膊也因为注射胰岛素又紫又疼，我特别难受，肚子又饿身体又笨重，自己都不能翻身、行走，干什么都要妈妈帮忙，我不再开口说话，那段时间我就像生活在地狱一般痛苦。两个月的时间随着激素慢慢减量，我的血糖也慢慢降下来了，饮食也开始慢慢没有那么多限制了，我们都以为这次肯定没事儿了，一切都好了。

为了照顾我，妈妈请了快一年的假，所有的经济压力都压在爸爸一个人身上，从我确诊到这次溶血总共花了近70万元，看着我的情况还比较稳定，妈妈开始上班了。现实残酷的考验永远来得那样让人猝不及防，在妈妈开始上班的第三天早上，在上完厕所擦屁股时，我被吓了一跳，纸上全是血，再一看马桶里都是血，我赶紧打电话叫爸爸妈妈回来，即刻启程去了苏州，溶血再次复发，而且比之前情况都要糟糕。因为供血不足，我心慌气短只能靠吸氧来缓解。最后胡主任与其他主任会诊决定，进行血浆置换加小剂量环磷酰胺联合治疗消除我体内抗体，可血浆置换需要做深静脉置管，我的血小板数值太低，就怕置管过程中出血不止。可当时我的情况太紧急了，来不及顾虑那些风险了，只能避重就轻硬着头皮往前冲。

不知是"天将降大任于斯人也，必先苦其心志，劳其筋骨，饿其体肤"，还是我真的命不该绝，我的血小板在置管前数值开始上涨，我顺利做了深静脉置管，并连续做了4次血浆置换，这次血浆置换是在重症加强护理病房做的，这是我第二次进重症加强护理病房。这次的我比上次坚强得多，虽然每天要扎数不清的针，我始终没有流过一滴眼泪。不是我不疼，是我知道我不是孤军奋战，我有爱我的爸爸妈妈一直在外守护着我，我不能辜负他们的希望。这次的治疗虽然我受了很多罪，家里也花了好多钱，可一切都很值得，从那以后我一天比一天好，所有的数值逐步达到了正常值。

两年时间，从确诊到一切数值正常，过程真的太艰辛且很漫长，几经生死徘徊，好在我和家人都坚持了下来。2020年9月份，在休学两年后我再次踏入校园，开始了正常的学习生活，这是我及家人期盼已久的时光。我的这一天太来之不易了，我要好好珍惜当下的每一天。这两年爸爸妈妈为我操碎了心、受尽了苦，现在我一切正常了，无论在学习上还是在生活上，自己能做的事我尽量都不会麻烦爸爸妈妈。2020年学期末考试，我数学考了满分，语文考了91.5分，看着爸爸妈妈欣慰的表情，我开心极了！

妈妈说人一辈子的苦都是相同的，我只是提前把所有的苦放在一起承受了，以后的日子就会平平安安、顺顺利利。写下我的这些经历，不为别的，只为鼓励那些正在被病魔折磨的你们以及你们的家庭，在我们同期移植的孩子里我算是很不顺利的，我都能挺过来再次扬帆起航，你们一定也可以，加油，不要放弃，胜利就在不远处。

借此机会我想感谢一路以来帮助过我的所有亲人、朋友以及素未谋面的好心人，还要感谢苏大附儿院血液科的胡绍燕主任以及她的医护团队，没有你们就没有今天的我。谢谢你们将身处水深火热的我和我的家庭拯救出来，我们会将你们的爱心、善心延续下去，尽我们所能来回馈于社会！

【点评】

　　王梓萱（母亲张燕）的文章，尽管篇幅较长，但通篇读来，令人唏嘘而感动。梓萱小朋友真可谓是历经磨难，九死一生，如此脆弱娇艳的生命之花，在病痛的反复摧残下，愈挫愈勇，这个小生命的顽强堪称奇迹，是我等学习的榜样！更为难能可贵的是，张妈妈的语言功底，非常扎实，真情流露，一气呵成，可见其照顾女儿的一片真心。孩子能否极泰来，涅槃重生，伟大的母亲功不可没。

雨后彩虹　铿锵玫瑰

钱玉兰

1977年12月生，家住苏州市相城区元和镇。2000年10月确诊为急性髓系白血病。2001年3月8日在苏大附一院进行骨髓移植，目前在苏州陈霞爱心慈善基金会担任义工，生活工作良好。

我叫钱玉兰，1977年12月出生，有一个比我大两岁的姐姐，现在和父母生活在苏州市相城区元和镇。我已经骨髓移植20年了，目前是陈霞爱心站的一名义工。

秋天是美丽的季节，是丰收的季节。可是在2000年的金秋10月，我却被确诊为白血病。

在查出白血病之前，我是苏州大学财经学院大四的一名学生，也是一名校田径队的运动员。参加过全国大学生田径锦标赛，并获得了女子七项全能的季军；在省运会、市运会都夺得过冠军。我还是苏大第一届女子篮球队队员，并代表苏大参加省篮球联赛夺冠；也是学校第一届校长杯女子游泳比赛100米冠军……曾经驰骋在运动场上的运动健儿，在2000年的10月25日结束了运动生涯，随之而来的是医院的一纸确诊报告。去学院请病假时，老师们都无法相信，那个曾经充满朝气活力的钱玉兰居然得了白血病。命运往往就是这样，从此我开始了不一样的人生。

2000年10月26日，我有缘来到吴德沛主任的医疗团队进行治疗，

钱玉兰

通过三次化疗后进行了亲缘异体骨髓移植。

化疗过程中,免不了会出现出血、感染等小插曲,不过都是有惊无险,一关一关地都被我闯过来了!哈哈,应该是我命大吧!上帝为你关上一扇门的同时总会为你开启了一扇窗。

我第一轮化疗就进净化舱了,化疗刚结束,由于血小板数值过低,鼻腔内的一根小血管破裂导致血流不止。半夜三更父母打电话给吴主任,吴主任二话不说冲到医院来到我的舱里,马上输血小板,通过眼耳鼻科值班医生的会诊,止血海绵对我不起任何作用,最后决定用浸有凡士林的棉纱条填塞。填塞的时候,那个疼痛,让人崩溃,一向好强的我也忍不住叫出声来。只感觉两眼都鼓出来了,由于鼻腔被堵塞,喝水都很困难,只能用嘴呼吸,无法躺下睡觉,只能坐在床上,几天几夜,就这么熬过来了。四五天后,尝试着把棉纱条抽出来,谢天谢地,出血点修复了。第一轮化疗后的骨穿报告显示完全缓解。这是一个非常好的兆头!

不过第二轮化疗的时候出现肛周感染;第三轮化疗的时候因为第二

轮化疗后的腰穿没躺好，产生了后遗症——头痛。

  第二轮化疗还有件趣事，在舱里化疗，护士告诉我，就在隔壁舱有个和我差不多大的病友，叫陈霞。于是我和陈霞开始了净化舱里的卷纸交流，每天向护士借了笔，以卷筒纸为媒介，让护士或护工阿姨帮我们传递纸条，开始了卷筒纸上的交流，我们互相鼓励，谈论梦想。护士对我说，其实在净化舱里是不可以互相传递物品的，会有交叉感染的风险！可是看到我们通过交流互相鼓励，也就不阻止我们了。

  第二轮化疗后，我进行了亲缘间的血样配型。记得那一天，护士长高兴地跑到我的病房里来，兴奋地对我说："钱玉兰，告诉你个好消息，你的配型报告出来了，你姐姐和你全相合！"这意味着我可以做骨髓移植，我的病可以治愈了。可是当时的我并没有感到多高兴。因为据我的了解，异体移植的风险比较大，会出现意想不到的排异反应。我退缩了！当时的男友不断鼓励我说："你看人家陈霞多乐观，你要向她学习，做了移植，才能治愈，等你好了后我们就结婚，以后也不要去外面工作了，买台电脑，在家里炒炒股。"就是他的这句话，让我有了活下去的欲望，他对我的感情就是我当时的精神支柱。虽然后来他和我分手了，但是我没有恨他，而是非常感恩他，如果没有他，也许就没有今天的我了！

  就在我第二轮化疗结束后，血项也稳定了，来到父母所租的房子里休养。学校及学院的领导、老师都来看望鼓励我，并带上学校师生们的捐款。他们告诉我，我生病的消息在学校里都传开了，各个学院都发起了爱心捐款活动，特别是我们班的同学，拿着募捐箱，一个宿舍一个宿舍去跑，为我募捐！知道这个消息后，我非常感动。于是在学院陈赞老师的鼓励下，我郑重写下了入党申请书，我要用我的实际行动来证明，我一定要战胜病魔，将来回报领导、老师、同学及社会爱心人士，我定会成为一名合格的共产党员！

  第三轮化疗的时候，有一天，值班医生来到我的舱里，告诉我，陈霞在病房吐血了，而且吐出来的是很硬的血块，并感叹道："陈霞的求生欲实在太强大了！"就是这一句话，让我更坚定了做移植的决心，我一定要好好活下去。

  2001年3月8号，通过前期的一系列准备工作，我进行了骨髓移植。吴德沛主任亲自出马，在手术台上抽取我姐姐的髓血。护士小心翼翼地抱着髓血，一瓶一瓶地送到舱里，说，这个髓血可比黄金都昂贵啊！是的，这可是救命的髓血啊，多宝贵啊！姐姐受苦了！随着髓血一滴一滴流进血管，我的心里暖暖的，有点想哭的感觉。此刻重生，要感恩姐姐的爱心及付出，感恩吴德沛主任及医疗团队！这次，我在净化舱里一共待了 60 多天。当时，唐晓文医生是我的管床医生，每天都会来净化舱查房，只要有些不舒服，她都严阵以待。在医护人员及父母的精心护理下，我于 5 月底正式出院。

20 年前的净化舱，条件没有现在的好，没有玻璃窗，和外界的联系只能靠电话，每天父母都会问我想吃点什么。虽然没有胃口，可是为了让父母安心点，我每天都会想些能吃的东西来让他们做。在舱里每天都会给医生、护士、护工阿姨们微笑。虽然在净化舱很寂寞，还好带了一个收音机，每天都听电台节目。最有趣的是，每晚都要听鬼故事，到了第二天，讲给护士听，讲得护士们都害怕了！哈哈哈，我是不是有点像个捣蛋鬼！

7 月份，看着我恢复得非常好，父母便带着我回到了蠡口的家中。7 月底由于肺部感染，我再次入院治疗，8 月份治愈出院！由于肺部感染过，父母特别担心我感冒。

2002 年 9 月，移植一年半后，我回到学校把剩下大四的学业完成。2003 年 7 月，我顺利毕业，拿到了苏州大学商学院财政专业的学士学位和毕业证书。2004 年在我们蠡口家具城找了一份家具销售的工作作为过渡。2005 年 5 月正式开始职业生涯，在泰园社区工作。我特别珍惜这份来之不易的工作，工作非常努力，经常为了社区的各项评优工作加班加点，由于工作出色得到了上级领导及社区领导的赞许。

2012 年，为了不断突破自我，我辞职创业，先后开了一家汽车用品店和奶茶店。由于过分劳累，饮食没有规律，我得了糖尿病，不得已，把店铺转让，在家休息，又一次体会到健康才是革命的本钱！

2020 年 10 月，我参加了陈霞慈善晚会，陈霞的大爱、自信、乐观又一次鼓励了我。于是正式迈出了当爱心义工的这一步。陈霞爱心站，是一个充满了爱与温暖的团队，真诚对待每一位来寻求帮助的病友及家属。每周三进舱慰问及周日的病区慰问是我必参加的活动，风雨无阻。

我以自己的亲身经历去慰藉、鼓励病友及家属，以此来感恩社会，回报社会。

今年3月8日，是我重生20年的生日。苏州陈霞爱心基金会精心安排，帮我过了一个非常有意义的生日。爱心站的队友们给了我一个大大的惊喜，连夜做了一个短视频以此来庆祝我的重生。在庆祝仪式上我许了一个小小的心愿：继续做一名快乐的爱心义工。

星星之火可以燎原，爱心可以传递，我想用我微薄的力量把陈霞爱心站的大爱传递给更多的白血病病患及家属，让他们看到希望，传递正能量。

这就是我这20年来的经历，一路跌跌撞撞，在社会各界人士的关爱下，度过了移植后的20年，虽然做义工才半年，但这半年收获满满，我获得了生命的价值感，体验到了生命存在的意义。感恩党，感恩苏大附一院血液科，感恩家人，感恩生命中出现的每一个人！

【点评】

20年前得白血病，一定是一件更为可怕的事。那时医疗条件和治疗经验都严重不足，白血病的治愈率还很低，作为摸索实验阶段的"小白鼠"，能够顺利闯关，其复杂和艰苦程度可想而知。正是像钱玉兰这样的白血病战士，他们在最艰苦的岁月里，永不言弃，不屈不挠，为后来更多的白血病患者树立了榜样。如今的她，始终行走在撒播爱的道路上。读钱玉兰的文章，让人感受到的是走过狂风骤雨、尝尽人生苦涩后的从容和淡定。她就像是春日里最绚烂的玉兰花，迎着太阳，微笑绽放。

一切都是最好的安排

吴佳

籍贯江苏张家港。2017 年 2 月经苏大附一院确诊为急性髓系白血病。2017 年 9 月接受自体干细胞移植手术，目前康复良好。

  2017 年正月初七，一个阳光明媚的早上，我早早醒来。护士推着工作车进来给我做最后的采血。我已经在这里住了一个星期了，扁桃体严重发炎，低烧不退。经过一周的治疗，今天感觉一切正常，最后做采血检查后就能出院了。恰巧今天是新年第一个工作日，等办妥出院手续，我就可以去上班了。上午接到领导通知，说他要去上海开会，让我办理好出院手续后尽快回单位。我做好了一切出院的准备，满心欢喜地筹备着新一年的工作，对一切都充满了期待。

  左顾右盼等了很久，却迟迟不见医生来通知我出院，内心慢慢焦躁起来。过了很久，终于看到医生来了，可不是一个，而是来了一群医生。我很纳闷，就这么个小毛病都治好了，怎么来这么多医生看我？只见几个医生在病房里耳语几句后又都出去了。我内心突然有了一种不祥的预感。果不其然，原本的病房医生带着另一位医生折返回来了，让我尽快通知家属来医院。

  就这样在没有任何心理准备的情况下，我被告知得了白血病，需要立刻转院。当时真是晴天霹雳，那年我刚好是而立之年，年前刚刚投身到光大证券工作，美好前程刚刚在我心里铺展开来。这突如其来的变故

吴佳

让我心里乱作一团,我根本无法相信这样的现实。

在浑浑噩噩中,亲属陪同我已经来到了苏大附一院。当时已是傍晚时分,周围的一切陌生又恐惧。走进隔离病房,这里的一切让我感觉非常压抑,我就像个木偶一样配合着医生的指令。医生很平静地告诉我患的是急性髓系白血病,我一个人躲在属于我的那个床位罩子里,沉默了很久才拿起电话,强作镇静地通知了单位。放下电话的那一刻,我彻底崩溃了,把自己蒙在被子里开始哭泣。

第一次面对骨穿和腰穿,第一次接受化疗。也许是绝望和害怕,也许是心情坏到了极点,整个疗程,我没有走出过病房。第一疗程结束,已经整整一个月,终于走出病区的我,抬头看着蓝天白云,我的眼角又一次湿润了。这也是我最后一次流泪,内心五味杂陈,现实已经残酷地摆在面前,只能接受了。由于病情特殊,到家之后,我谢绝了亲朋好友的探望。在家休养一个月,医生通知入院接受第二轮化疗。这轮化疗,我已经很坦然了,积极配合着医生,一切已成定局,内心也就慢慢想通了。同病房隔壁住的是个孩子,他已经治了3年,病情很严重,最后彻底放弃了,他和家人眼里的绝望给了我很深的感触。

一天，医生很遗憾地通知我说骨髓库没能找到适合我的供体，但是同时也给我带来了好消息。由于第一轮化疗过程我恢复得很好，根据我的病情，可以在之后化疗完成后提取自己的造血干细胞，如果一切顺利，我可以通过自体移植的方案获得治愈的机会。我心情大好，每天早晨晚上一有输液的空闲，都会到走廊里来回徒步锻炼。就在这样的时候，我认识了同样喜欢在走廊上锻炼的沈雪洪校长。当晚我们聊得很投机，就互换了联系方式。他还赠送了自己写的《幸福守望》一书作为鼓励，让我一定要积极乐观，勇敢面对。化疗期间，我也开始接受亲朋好友在规定时间内的探望。单位领导和同事、亲朋好友们纷纷前来，给我送上帮助与鼓励。每天最期待的就是，下午5点父亲能够进病房给我送晚餐并陪我说话。突然发现原来父亲做的饭菜不像想象中那么难吃了，一向言语交流不多的父子相互之间话也变得多了起来。每天有所期待，也就感觉时间过得不像上个疗程那么缓慢了。在医生的帮助、朋友的关怀、战友的相互鼓励下，第二轮化疗顺利结束了。

第三个疗程开始后，开始尝试提取自体造血干细胞，心里有些担忧，受化疗药物剂量加大影响，有一段时间特别难受，等到身体数值回升准备提取干细胞的时候，我听到了同样想走自体移植方案的沈校长，提取干细胞失败了，心里愈发担忧起来。可他还是鼓励我说，年轻的我一定会成功的。果不其然经过多次提取，终于达到了移植手术时所需的量，而沈校长那里也传来了好消息，他在骨髓库中找到了合适的配型，可以接受异体移植了。正应了他经常说的那句话："一切都是最好的安排！"

我俩都回家开始等待手术的日子。或许和沈校长比较有缘，我们进舱的日子相差了一天，而且两个舱紧挨着，无形中又增加了战胜病魔的信心。虽然不能面对面打气，身体难受时我们还是敲墙相互鼓励。过程虽然难受，心中却一直充满希望。所谓好事多磨，在舱里战斗了一个月后一切顺利，达到出舱要求。出舱后第一件事就是我跑到沈校长的那个舱口。成功出舱的我要为我的战友沈校长打气。所有人都被我惊吓到了，赶紧让我坐下，激动的心情让我瞬间忘了我还是个病人。

可能因为是自体移植，回家后的我恢复比较快。由于其他原因，我辞去了工作，自己尝试着经营一家小超市。每周在家附近的医院定期做检查，半年多后身体各项数值慢慢恢复了正常，我也开始步入了正常的社交和生活。病魔其实真没那么可怕，只要勇敢面对，摆平心态，积极治疗，终会重获健康。现在的我重生三年多了，始终怀着感恩的心面对每天的生活。最后再次感谢所有医护人员和关心我的所有亲朋好友。也希望同样身患疾病的你不要害怕，勇于面对，一切都会好起来的，让我们一起期待明天会更好。加油！

【点评】

吴佳，一个刚刚三十而立的帅小伙，原本有着一个温馨的家庭，一份令人羡慕的事业，靠着自己的智慧和努力打拼，美好人生的序幕正缓缓拉开。可就在此时，一份无情的诊断报告却让所有美好的可能顷刻间化为乌有。这样的一种心灵打击绝不亚于疾病本身所带来的伤害。从字里行间可以看出，他是一个情感丰富的人，他是一个心思缜密的人，他也是一个心地善良的人，他更是一个打落牙和血吞，有着钢铁般意志的人。病房长廊里的一次邂逅让我们成了无话不谈的好朋友，相邻净化舱时敲墙传意的鼓励安慰让我们成了亲密战友。继续潇洒前行，真正的美好才刚刚开始。

你，有双隐形的翅膀

宋心竹

1996年12月17日生，安徽省明光市人。2012年2月23日确诊为淋巴细胞白血病。2012年6月18日在苏大附一院接受中华骨髓库供体造血干细胞移植，目前状况良好，在咖啡行业工作。

2012年初春，正值花季的我，在教室里和平常一样上着早读课。突然胃疼得厉害，只能请假由妈妈陪着去诊所挂水。心细的护士见我手上身上多处淤青，提议我去医院检查血常规。第二天妈妈带我去医院检查血常规，因身体虚弱我一直坐在椅子上等结果。忽然听到检验科医生叫到我名字，让妈妈把报告拿给医生看。看见拿着报告单的妈妈特别着急，她没有给我看，而是一个人直接去了停车场方向。我悄悄站在医院门口看着妈妈，只见她一边打电话一边在不停哭泣，我意识到自己身体出了问题。从医院回到家里，妈妈就给我穿衣梳头。很快！爸爸到家了，舅舅也来了。我明显地看出他们的神情都非常凝重。

强忍着难过和疑惑，我跟着爸爸一起坐上出租车准备去南京。路程开到一半的时候，舅舅来电话建议我们直接去苏州，说那里的血液科比较有名。没等爸爸放下电话，我已经泣不成声了。我问：我到底什么病？非得跑那么远看？爸爸安慰说：不严重，看过医生就好了。

由于路途太远赶到苏州时早已错过了医生门诊时间，第二天家里人早早就去医院排队挂号了。经过一路颠簸，又等了一个晚上，我的身体

宋心竹

上出现了一系列变化。耳朵后面突然多出好多疙瘩,来到医院,我用尽了所有的力气还是走不了路,是姨夫和爸爸把我架下车来的。爸爸扶着我进入韩悦医生的门诊,医生仔细检查后让我先去抽血检查,这又是一个漫长的等待过程。不久爸爸被医生喊走了,让我坐在椅子上等待。就看着爸爸和医生着急的神情,貌似在说床位紧张,安排不了住院。只听医生很急切地说:非常严重,不能耽误了。

不多久,爸爸拿着医生开的住院单,扶着我往住院楼去。一路上我感觉喘气都困难,根本没法行走,爸爸连拖带扶和我来到了一个电梯口。当我们乘坐电梯到达 55 病区时,我懵了:为什么这里全是光头?是不是走错地方了?医生把我带进病区,原来我的只是临时加的走廊上的一个床位。爸爸安顿好我,护士就让他出去准备生活用品。我不知道当时爸爸是什么样的心情,但我知道他一定很难过,只是努力不在我面前表现出来。

不久，来了一个医生，告诉我要做骨穿。我弱弱地问：什么是骨穿？听着就很害怕。医生很温柔地回答：就是做个检查，不用担心，会打麻药。我只能像个机器人一样听从医生安排。当针穿进骨头的那一刻，我感觉到了疼，想哭却不敢大声。

2012年2月23日，那天阳光明媚，化验的结果出来了：急性淋巴细胞白血病，听都听不懂的名词。我不愿意接受，但它偏偏就是来了。同一天，爸爸用轮椅推着我又去了一个陌生的地方：透析室。爸爸安慰我说：需要做三次透析，再治疗一段时间就可以回家了。我懵懂又认真地点点头。透析第一天一切还顺利，可第二天我的血管就很不争气，因为血小板数值很低，第一天扎针的地方根本没办法看了，全是淤血。第三天是最为恐惧的一天，爸爸不在身边，就我一个人被护工推着进了透析室，医生连着扎了三针都不行，心里难过，身体又痛，我就不停地哭。后来换了一波医生给我扎，终于在脖子的大动脉处扎上了。这时候爸爸也到了，静静地陪在我身边。

三天透析结束，我的第一轮化疗开始了。一个月后，经过各项检查后，爸爸和我说："治疗很有效果，你的病情得到了缓解，过两天就可以回家休息了。"

在家休养的日子总是过得很快，很快又收到了入院通知。后期又经历了两次化疗。化疗时真的很难受，胃部不舒服，检测的数值不正常，每天都会观察自己的检查报告。直到有一天，医生跑过来说："你简直太幸运了，很多病人等了很久都找不到一个合适的配型，你却找到了多个全相合的配型志愿者，你有机会做移植了。"那天，家人们都特别开心，我也感觉看到了久违的希望。

终于迎来了进舱移植的日子，我的内心忐忑不安，只能隔着玻璃和家人电话交流。2012年6月18日，医生乘坐飞机赶往天津帮我带回了好心人捐赠的干细胞，当天夜里那一袋液体缓缓输入我的身体，我彻底获得了新生。后来的日子一天比一天好，胃口也变得非常好。能吃下去的我绝不会浪费。

31天后我成功出舱，来到娄葑医院做康复治疗。本以为所有的难关都已经过去，不料老天像是给我开了一个大大的玩笑，出舱没几天。

肺炎、肠道排异、皮肤排异接踵而来。原本喜悦的心情一下跌入谷底。因为医药费的原因，爸爸只能先回老家再次四处借钱，最后关头没有办法只有把老家唯一的房子给低价卖出填补医药费。看着爸妈为我四处奔波明显苍老了，我的心里很不是滋味。在娄莳医院住了一百多天后终于可以出院，为了定期复查，只能继续租住在医院附近，一住就是三年。

非常感谢我的父母和亲人，他们始终不言放弃，不断鼓励着我，让我时刻感受着亲情的伟大。特别感谢韩悦医生，在我危在旦夕的时候，用精湛的医术救治我，给我希望。特别感谢那位陌生的干细胞捐献者，是你的无私捐赠给了我第二次生命。谢谢母校，在我们为医药费发愁的时候，你们伸出了援助之手，解了我们的燃眉之急。还要感谢那些病友，在我绝望无助的时候是你们用温暖的话语感染和激励我。

如今我也在努力学着帮助别人，用我的亲身经历去帮助那些和我一样需要帮助的人。生病两年后，我开始尝试学习自己感兴趣的专业：幼师。后来在上海一家托育园度过了一段开心的时光，每天陪着孩子，带他们跳舞、唱歌、学习。现在的我正在学习做一个咖啡师。渐渐地从咖啡"小白"到现在一点点知道咖啡知识，我越来越喜欢制作咖啡这一行，希望自己未来的生活如咖啡一般越磨越香。

希望世界上所有的"小白"们一起加油，你，有双隐形的翅膀，不断飞，坚持下来就一定能看见不一样的风景。

【点评】

　　花季少女宋心竹，在最纯真无邪的岁月里，突然被病魔击倒，从而走过了一段痛苦迷茫的岁月。是父母亲人的精心陪伴、是白衣天使的精心治疗、是无名英雄和众多爱心人士的慷慨馈赠，逐渐融化了她内心绝望无助的坚冰。无情的病魔非但没有摧垮她脆弱的躯体，相反，在一次又一次的暴风雨中，让她的斗志在顽强生长。于是，风雨过后，一个乐观自信的美少女得以璀璨重生。

你且心安

刘达

2000年8月5日生,江苏省江阴市石庄人。2017年11月3日确诊为急性髓系白血病。后在苏大附一院接受亲属供体造血干细胞移植,目前康复良好,准备自学考试中。

刘达

我叫刘达,男,生于2000年8月5日,父母在江阴打工二十余年,我也就在江阴石庄的小医院里出生。

我当时就读于江阴青阳高中,那个高二真是匆匆忙忙,也真是昙花一现,毕竟我的学习生涯也就定格在了那个阶段。

高二,由于一些机缘巧合,我做了班长。后来我知道,是因为高一班主任叶老师说我在管理这一方面做得很好，推荐了我做班长。我听到这个消息时有点发懵，但还是勉为其难担了下来。

你永远不知道明天和意外哪个先到，一个突发状况让我猝不及防。有一天，我突然感到全身战栗，脚下虚空，高烧不退。于是立刻回家，洗了个热水澡，当时还在想着明天桌子上多了多少张试卷呢。第二天父亲带我去了璜土镇的医院，我还记得老医生咬着眼镜腿看着化验报告，斟酌了一下说辞，锁着眉头对我父亲说道："我也不好说这情况，你们还是去市里的医院看看吧。"他怕我父亲不当回事又多嘱咐了几句："这情况有点特殊，最好快去市里医院检查一下。"

我父母都是普通工人，也没车，父子俩就坐着公交车去了江阴市里。一个半小时的路程，我也没多想，一路上迷迷糊糊地睡着，到了医院又迷迷糊糊地躺下被抽了几管血，还做了骨穿。等了很久后，迷迷糊糊中看着那个年轻的医生在洁白的化验单子上写下了一个代号：Mx。x是几我也不记得了。

第二天，开始躺在病床上输着氧气，这阵仗以前还只在电视上看见过，只觉得一股塑料味儿，凉凉的，在鼻翼间游走。由于发烧，嘴边长起了水泡。我总想在那些单子里偷偷查看那个MX，但什么都没有。只是心里隐约猜到了事情有点严重。正在此时，我的班主任来了，和我说了一些要放平心态、不用担心课程的话。我那些可爱的同学们也用校园卡打电话给我，说想我了。我只是顺口敷衍说，我马上就会回去的。

可是事与愿违。

父母还是用委婉的话轻轻告诉了我的病情，让我转院去苏州。理由是我堂姐在那里做护士，方便照顾，又说那边治疗这个病很在行。可他们丝毫没有提花费问题，但是我知道这一定会给我们这个普通家庭带来巨大的负担。我内心甚至不想治了，想回学校看看同学，和他们一起抱怨学习的压力，一起在那晚自习结束后仅有的十几分钟买一份炒饭，然后和室友们聊游戏，聊没写完的物理题，聊刚考完的数学答案，聊那些八卦……此刻的我多么希望能继续拥有这些周而复始的所谓痛苦的感受。

我还是去了苏州，听说这里的床位很紧张，我是幸运的，刚好有个人出院，我就顺利入院了。因为是无菌病房，所以家属只能在固定时间进来送饭。

　　一进病房，遇见一个小伙子在柜子旁边摸索着，胖胖的，很喜感，聊天也很风趣，我俩没两句就成了朋友。后来我才发现他长得挺高，年纪却比我小四岁，反而这个弟弟不停安慰我要调整好心态。然后护士过来指责了这位弟弟随便下床的行为。我还认识了逗趣又忙碌的护工阿姨和来去匆匆的护士们。由于我不喜欢用尿壶，喜欢自己去厕所，这使得我也被护士姐姐们多次批评。

　　随后一批又一批的爱心人士向我发来问候，父母也给我介绍了很多病友。他们的努力、他们的坚持、他们的乐观一次次鼓舞着我，我的心情慢慢轻松了许多。学校一放假，我的手机上面的互动也多了起来，同学们给我募捐，不断送来各种祝愿。化疗后，回到家中，老师们带着全校的祝福、捐款前来问候，还送来了同学们写给我的纸条，都是满满的鼓励和温馨的祝福。而后是政府相关工作人员忙前忙后的悉心帮助，协助我们完善大病补助方面的手续等，至今想来心里还是暖暖的。

　　进舱的时候刚好过年，我笑得格外开心，吃着病友互助站做的饭，看着春晚，护士姐姐督促着我不准熬夜，护工阿姨笑着喊我"小平安"，电话的那头，一群叔叔阿姨们为我祷告，另一边，网络捐款、社会朋友们的一声声的祝愿，让我感受到这个社会是如此温暖。

　　我开始期盼，我想要出去亲吻雪花，我想要轻嗅三月油菜花香里隐藏的春天的味道，我想要等我长回头发好好拍个照……

　　终于康复出院后的我，尝试性找了一份工作，后来还是辞职了。一是怕身体再出现什么意外，二是觉得趁着年轻还是要努力学习。现在的我正准备参加自考，只有努力提升自己，才能更有效地实现自我价值，才能更好地回报社会。如今的我触摸着三月的春泥，沐浴着初夏的小雨，嗅着九月的桂花，吻着腊月的白雪，享受着活在人间特别的幸福。

　　最美好的莫过于再次拥有，能感谢的莫过于那些在背后默默付出的父母、朋友。感谢党的领导下，这个社会的医疗保障体系日渐完善。所有这美好的一切，让我们在为病担忧时，母亲能道一句：你且心安。

【点评】

　　刘达，一个热爱生活的男孩，一个深受老师和同学喜欢的优秀高中学生，本来可以通过高考谋取一个美好的前程，一场大病却阻挡了他追逐梦想的脚步。好在倔强的他并没有被病魔打倒，在最艰难痛苦的日子里，父母的精心陪伴、医生的科学救治、师生的温暖鼓励、社会各界的真情相扶，让他重新看到了一个充满无限美好的世界。读他的文章，在字里行间可以感受到他的坚强和乐观，也能感受到他在获得新生后不甘平凡、勇于进取的勇气和自信。

除却巫山不是云

周明珉

1982年10月生,从事外贸工作。籍贯江苏泰州。2018年经苏大附一院确诊为急性髓系白血病。2020年1月8日进行了造血干系胞移植,目前康复中。

很幸运,还能在电脑旁写这篇文章。疾病是人类的敌人还是朋友可能说不清,我觉得两者兼有。在健康面前它是个敌人,我们希望远离它。在死亡面前它可能是个朋友,它在提醒你做错了,让你悬崖勒马,不要执迷不悟。谢谢疾病提醒了我:要善待自己,更要善待身体!

我更喜欢现在的我,没有了病痛,满身活力,安静地享受着阳光、绿树、花朵、小草、小鸟等带给我的美好世界。此刻我的心是从容的,心中包容着大千世界。想象自己是一粒尘埃,心大到可以容下整个世界,那是多么美妙啊!

自我介绍一下:1982年出生的我叫周明珉,来自江苏泰州,患病后求医于仇惠英主任的医疗团队,在苏大附一院经过前三轮化疗,之后在弘慈血液病医院进行了第四轮化疗并移植,移植至今已十四个月有余。原以为人生就像自然凋谢的落叶,是经历慢慢老去的一个过程,也曾仰仗着自己还年轻,距离老去还有一段很遥远的岁月,觉得一切尽在自己的掌控之中,直到那一场变故。

那一年的风比以往的都要凶,那一年的雨比以往的都要冷,那一年

周明珉

的心比以往的都要碎，那一年的泪比以往的都要多。那一年夏天我得了白血病，那一年是 2018 年。之后一段时间我被吃惊、怀疑、惶恐、愤怒、抱怨、伤心、后悔、绝望等情绪折磨着。夏去冬来，我已经过了三轮化疗，并且都完全缓解。当时医生建议我做移植，我坚持不移植，也没继续化疗。

2019 年 10 月，在一次肚子不舒服并发烧后，没有明显征兆，病魔已卷土重来，感恩仇主任再次收留了我。我的沮丧里面多了一份绝望，不安的心日渐平静，听天由命吧。在弘慈做完第四轮化疗，还是完全缓解的，但病由原来的中危变成了高危。

主任说移植是先苦后甜，可以根治。2019 年 12 月 18 日，听从主任安排我进舱了。人生不知要经历多少次赌局，但这一次赌的是命。舱里面的痛苦对于每个人是不同的，这期间我听到最多的一个字就是"熬"！哪一位战友不是从"化疗"熬到"移植"再熬到走向胜利的呢？我一直赞同：父母给你的，你永远也无法还清。父母给了你生命，你却没法给父母生命。但在 2020 年 1 月 8 日这一天，随着儿子的造血干细胞一滴一滴流入我体内，我重生了，他给了我新的生命。

2020年的疫情带走了很多无辜的生命，那时我能在舱里接受医护人员的精心治疗真是一种奢侈。真心地感谢她们，感恩白衣天使们，在我生命里凝结着她们无数的心血与汗水。另外，家人义无反顾对我的宽容和照顾，支撑着我能活到现在，他们原谅着我的倔强和无知，默默承受着物质和精神压力，为了让我能挺住而强颜欢笑。此外还有我的朋友们特别是病友们，谢谢你们陪我度过了那段最黑暗的岁月，我深深祝福你们，感恩有你们！

"天有不测风云，人有旦夕祸福"，未来是个未知数。我们能做好的只是今天的自己，那就做好今天的自己吧，至少今天的幸福快乐是属于自己的。希望我们都能不忘过去，砥砺前行，成为自己喜欢的自己！

【点评】

读周明珉战友的文章，一气呵成，行文流畅，文字优美，几乎不需要做任何改动，可见其文字功底相当了得。从发病到治疗，从治愈后的欣喜到病情复发后的无奈，再到由年幼的孩子捐髓救父获得新生，病情曲折又漫长，其间心酸能让人感同身受。文章篇幅不长，但同样写出了一个血液病患者的艰辛和不易。病情康复后对生活的态度，对他人的真诚感恩，都很有厚度。正如他自己所说：谢谢疾病提醒了我要善待自己，更要善待身体！看似简单的一句话，其实就是对新生命最为真切的领悟。

不抛弃不放弃之战白小记

傅蔚

1983年2月生,家住江苏省南京市玄武区,公务员。2021年2月经江苏省人民医院确诊为急性髓系白血病。目前在苏大附一院接受系统治疗。

2021年2月10日,除夕的前一天,我骑着"小毛驴"前往江苏省人民医院取我的骨穿检查报告,连续3年血小板数值降低,牙龈出血困扰着我,但我觉得身体应该没有什么大问题,平时感觉良好,也许吃点药就可以安心回家过年了。

除夕前,医院门可罗雀,不是急重病人是不会来的。我到骨穿室取报告,护士严肃认真地告诉我:"马上挂号,给医生看。"从她异样的表情中,我有一丝不祥的预感:可能情况不好。年轻的陈医生看着报告单,眉头一皱说:"考虑急性白血病,需要立即住院。"我头一蒙,不太相信自己的耳朵。医生看出了我的紧张和焦虑,拍拍我的肩膀说:"听到白血病很可怕是吧?不要紧张,可以治的。"

回到家中将这个悲伤的消息告诉家人,一家人茫然无措,这么严重的疾病前途未卜,生死难料。晚上和妻子辗转反侧,无法入睡,手机中搜索查看有关白血病的各类信息,看得心思更乱,感觉希望渺茫。第二天入院见到主治医生,头脑中闪过我调皮又可爱才两岁的儿子,坚强的我流下了眼泪。我还没有抚养他长大成人,看着他娶妻生子呢。我现在

傅蔚（右）和家人

能做的就是找到好的专家，好的医疗条件，全力配合治疗。很快我转院到苏大附一院，这里是治疗白血病的权威医院。

随着治疗的开始，和医生、病友接触的增多，我对疾病慢慢加深了解，心中也逐渐恢复了平静，有一个名字——"陈霞"时常出现在耳边。她是谁？有什么不一样的故事？一本陈霞日记《生命如此美丽》放在了我的床头，我认真阅读每一篇日记，感受着陈霞的痛苦和坚强以及对生命的渴望，也感受着她父母的坚定执着以及医者仁心、社会大爱。她是病人的榜样，看到她就看到了战胜病魔的希望。

苏州这座城市，因为苏大附一院和陈霞爱心慈善基金会而充满了温情和爱，给我们这些病友和家属带来了希望和温暖。我的妻子在陈霞爱心站义工的宣传下参加了三八妇女节爱心活动，我的爸爸妈妈来到坐落在祖家桥16号的爱心厨房，得到了义工们的关心慰问，并和其他病友家属相互慰藉，交流治疗陪护心得。回看着2020年5月以来每一期"真真有爱名医讲堂"的视频，我和家人获益良多，为后续科学治疗和护理奠定了基础。我暗暗决定：等我病好了，我和家人一定也要加入爱心站，帮助更多有需要的人，奉献自己的力量。

虽然失去了健康和自由，每天挂着各种药水，但幸运的是我的病床挨着一个大窗户，这就是我每天看到的世界。窗外的蜡梅告诉我"梅花香自苦寒来"，偶尔在屋檐上嬉戏的喜鹊也许会给我带来好运。我想，面对疾病，正能量是最有效的药，它让我更加理解生命的价值，更加珍惜所有！

【点评】

年后才刚刚确诊的战友傅蔚，因为内心的一份责任，面对突然如其来的病情，以军人的钢铁意志和强大信念，开始了一场艰难而果敢的战斗。陈霞的抗白故事让他瞬间找到了希望和力量，爱心人士的真诚互助让他感受着一座城市的温暖。所有这一切，为他即将开始的抗白征程增添着无穷的力量。坚强如你，乐观如你，终将攻无不克，战无不胜。

爱，让我重新扬起生活风帆

陈学松

1970年12月生，籍贯江苏仪征，就职于扬州市烟草公司仪征分公司。2020年9月3日经扬州市苏北人民医院血液科确诊为急性髓系白血病，同年11月转院至苏大附一院。2021年3月，在苏州弘慈血液病医院进行脐带血移植，目前正在康复中。

"突发高烧，重度贫血，初步诊断疑似白血病，建议转诊苏北人民医院。"2020年9月3日，仪征市人民医院一张诊断书彻底打破了我们一家三口幸福平静的生活。

突如其来的打击，让妻子一度晕倒。当晚妻子叫来120救护车，随我来到苏北人民医院。躺在病床上昏昏沉沉的我只知道，当晚抽了36管外周血，还在后背做了骨髓穿刺，我隐约感到了病的严重性。

第二天，经过一系列检查，消炎抗病毒，连续20多天的高烧和肺部感染终于得到控制。在我的一再追问下，妻子看我病情、情绪稍稍稳定，终于将骨髓穿刺的结果告诉了我。我想不通，平时不抽烟，不酗酒，热爱运动，饮食上也很注重营养健康的我，20多年来没住过一次医院，不知为何突然得此重病！得知病情的我也陷入了极度消沉。

进入第一个化疗阶段，身体出现了严重的药物反应，恶心呕吐，浑身乏力，并出现了幻觉，精神也接近崩溃。绝望之时，是妻子58天的日夜陪护，不离不弃，耐心开导鼓励着我。"你是男人，你是一家之主，你这样倒下去怎对得起我和女儿……"妻子的一席话触动了我的心灵深处，让我深感作为丈夫和父亲的责任，也让我真切感受到了妻子的爱。绝望之时，年逾八旬的父母，每日挑选新鲜食材，精心制作营养菜肴，叫上出租车送到30千米外的病房，并拿出积攒多年的养老钱让我安心治病，让我感受着伟大的父爱母爱。绝望之时，我和妻子双方单位领导到医院看望，送上鲜花，带来祝

陈学松（右）和家人

福。妻子所在单位还发起了爱心募捐活动，1 000多名干部员工，慷慨解囊。绝望之时，我和妻子的家人、亲朋好友、同学陆续前往医院或家中看望。妻子的高中同学赵小兵，开车带着我年迈的父母，奔走医保、民政、红十字会等部门，为我争取报销政策上的支持和大病救助，还多次发动同学进行捐款。母亲的学生夏春祥，一位70多岁的老人，在我生病后，主动照应我的父母，为他们做饭料理家务，奔走在同学中，筹集医疗费用。"患难见真情"，他们深深地感动着我，让我迅速从绝望中走了出来。

为了让我得到最好的治疗，妻子毅然决定带我去苏州进行下一阶段的治疗。在苏大附一院血液科住院期间，妻子更是事无巨细，每天奔走于出租房、菜场超市、医院，每早5点半起床，直至晚9点才能"下班"，过度的辛劳，加上精神和经济上的压力，压垮了她的身体，体重一下减轻了7.5千克，原本健朗的身体，出现乏力咳嗽、恶心呕吐、肩胛疼痛等症状，在我多次催促下，才去医院做了一次检查。作为一个丈

夫，我是看在眼里，痛在心里。

在傅铮铮主任及其团队精心治疗和护理下，经过两个疗程的化疗，病情得到完全缓解。没有合适的供体配型，治疗一度陷入绝望。无奈之下，拿出了保底方案——让女儿配型。女儿随即在美国医院做了配型，不久将配型报告（半相合）发了回来。可此时的美国疫情肆虐，中美航班锐减，回国的机票一票难求，短期内无法回国，我又一次陷入绝望。

绝望之时，是陈霞爱心慈善基金会让我认识了陈霞、钱玉兰、杨锦天、小周等抗白勇士，他们的抗白经历和感人事迹深深地感动了我，让我再次树立了战胜病魔的信心和决心。陈霞爱心厨房，让我找到了"家"的感觉，在这里，病友们可以敞开心扉，交流抗白经验，分享病人营养菜谱。在这里，筹款顾问高老师免费帮我发起了360大病筹，助我筹集了医疗费。在这里，闵立峰带着义工队的小伙伴们不辞辛劳地连夜帮我们搬了家。在这里，"抗白战士"小周不厌其烦地教我看化验单、检查报告，让我掌握了更多的血液病医学知识。在这里，义工钱玉兰一次又一次地陪着我妻子找医生、跑中华骨髓库，直至我住进了弘慈血液病医院净化舱。

3月11日，在进舱第三天中午发生的一件事，更是让我对医护人员敬佩不已。当一瓶抗真菌药水快挂结束时，我的身体出现了严重的过敏反应，下身抽搐，两手发麻，上身燥热发红，满身是汗，呼吸急促，肚子胀疼，恶心呕吐……"停水封管，上监护仪，给病人氧气面罩，扎留置针，推肾上腺激素，挂葡萄糖水……"闻讯赶来的顾主任，发出了一连串施救指令。由于抢救及时、施救得当，症状迅速得到缓解，生命体征也逐渐恢复了正常。

回输的第五天中午时分，我出现了浑身乏力、头痛、呕心等症状，体温38.4℃，正在弘慈血液病医院高级专家门诊的吴德沛主任得知情况后，抽出宝贵时间特地到净化舱看望我，为我鼓气加油："学松不要紧张，不要怕，回输后发烧属正常现象，我们的医护人员会处理好的，要坚持，要有信心，熬过这几天就会好的……"吴主任的一席话，让我感动，更让我激动，我的信心和力量也更足了。

整个移植方案，吴德沛主任、马骁院长全程参与，全程指导。在回输的第十二天，早 8 点不到，移植病区吴小津主任突然推开了病房门，今天这么早就来查房了，我很诧异，还没缓过神来，她已走到我的病床前，笑嘻嘻地说道："老陈，向你道喜，你的脐带血细胞成功植入，这在我们病区纯脐带血移植，特别是双份脐带血移植史上算是奇迹，让我们没想到，没想到，继续努力加油哦。"我激动得说不出话来，流下了入舱 32 天的第一滴眼泪。

"路曼曼其修远兮，吾将上下而求索"。尽管今后的道路曲折而又漫长，但我坚信，只要我们树立信心，坚定信念，永不言弃，越坚持就越幸运，我们就一定会战胜病魔，就一定会让生命之花重新绽放！

【点评】

　　读陈学松战友的文章，没有读到病痛带给他的诸多痛苦和绝望，更多的是读到了一个中年男人身上所特有的那份坚韧和责任，更多的是这个年龄走过沧桑和苦痛后所想表达的一份感恩情怀。这人世间或许会有亲人间的冷漠和决绝，但也不乏陌生人之间的真情关爱。一份坦荡，一种释怀，平淡人生，精彩无限。

爱在延续

张云

1991年10月生,江苏省扬州市宝应县人。2013年6月确诊为骨髓增生综合征。2013年9月30日在苏大附一院由弟弟作为半相合供体进行骨髓移植,目前与同样身患白血病移植康复的先生共同创业。

如果不是这场疾病,我可能永远无法感受到这个社会有如此温暖。与其说我被血液病坑了一把,不如说血液病陪伴着我走过了童年,走过了青春,见证着我的成长。

张云(左上)和家人

5岁的我知道了一个名词,血小板。7岁的我懂得了血小板的作用。13岁的我知道了一个全新的医学名词,缺铁性贫血(血小板减少症)。18岁的我知道了一个洋气的名字:ITP(原发免疫性血小板减少症)。23岁的我又知道了一个新词：MDS（骨髓增生异常综合征），并且在那一年我不得不做了一个手术：骨髓移植。

这一路走来，我对血液病一点不陌生，13岁的我就能看懂血常规报告。这些年我真的感恩我的家人对我的不离不弃，像我这样给家中带去无尽折磨的孩子实在是非常罕见的。我还清楚地记得，那一年我爸揣着家里凑的钱，带着我第一次去苏大附一院的情景。那时候的医院旁边还都是小旅馆，住宿费也就每晚35元，可就是这每晚35元的费用对我们家也是相当贵的。旅馆老板娘人很好，见我们都不舍得去外面吃饭，就给煮了碗面。我还记得那晚，父亲紧紧拽着那个装钱的袋子，生怕被人摸走，整晚都没敢睡着。

第二天一早，父亲拿着单子又是排队又是跑缴费，我只能一个人跑进去做骨穿。那时候骨穿在大腿上做，尽管非常害怕，但我还是能看清医生抽取骨髓的全过程。那一年我13岁，没有哭没有闹，也没有喊疼，这样的手术早已因为习惯而变得麻木了。每次检查完都得等几天才出报告，因为知道我们跑一趟医院不容易，每次医生总会给开几个月的药量，一大堆药，花费上万。

原以为我这一辈子靠药物维持就可以了，然而23岁那年，上天连这样的安稳日子也不愿再给我了。人生中最大的一场狂风暴雨已经悄悄来到了我的身边。一天，我突然感觉肚子特别疼，刚刚开始还以为是痛经，还坚持上了一天班。第二天实在疼得厉害，就连翻身都已经非常困难，只能去了医院。医生让做B超检查，赶去医院三楼B超室的时候，疼痛让我嫌电梯太慢，我是自己爬楼梯上去的。做B超时，我把医生都惊呆了。我的整个腹腔竟然全部是血，并且还在出血。通知父母后，医生让我准备好做手术。

在上海保守治疗两个月后，我决定一个人带着一大沓检查报告去苏州。第一次见到了苏大附一院血液科主任，直到现在我还记得那个满脸笑容的样子。他问我有人陪吗？我说：没有，您直接说吧，来苏州找您我只想知道我到底到哪一步了！他说：具体哪一步要检查了再说，但是肯定不是ITP。拿着报告走出门诊，我哭了，内心千万遍对自己说：老天爷玩笑大了哈，你这不是要我命，是要我爸妈的命啊。找了酒店，关机，好好哭一场，哭累了就睡了，醒来已是半夜。呆呆地望着天空，苏州的夜晚还是很美，我开始努力试着给自己打气，努力拨通父母电话，通知他们来苏州。

我的主治医生一位超美的女医生，笑起来真好看。她对我说："准备做移植吧！通知家里父母兄弟来配型，我们这边安排床位。"我爸红着眼小心翼翼地问：我们要准备多少钱？医生回复说大概要准备50万元。对我们家而言，当时别说50万元，10万元都难，这么多年我父母的钱基本都让我给送去医院了。回老家的车上爸爸语重心长地对我说："如果我真的凑不到钱，希望你别怪爸。"

因着对生的渴望，我写了人生中第一封求助信。内容简单而直白，我想活下去，希望得到大家的帮助。朋友、同事都给我转发，并给我转来爱心款，我曾经帮助过的病友也给我转来他们的心意。我特别感谢抗癌女老师于娟家人以及她的朋友，他们了解我的情况后，纷纷给我捐款，于娟老师的爱人更是以个人名义借了20万元给我。如此大恩，令人终生难忘。

我14岁的弟弟为我捐赠了骨髓和干细胞。移植那天，爸爸亲手从手术室把弟弟身上刚刚抽的骨髓和干细胞抱到移植舱，交给医生，他见证着一场爱与生命的接力。

这场疾病也成就了我的爱情。我认识了我的先生，一位比我早两年做移植的病友。他始终在精神上鼓励着我。他见过我的光头，也见到过长发及腰的我，并真的在我长发及腰时娶了我。先生是"211大学"的学生，若不是这场疾病，他说铁定读博，但是他从不抱怨这场疾病，这场疾病反而让他提前知道了生命的价值。因为病情，让他不得不做移植，不得不休学。有着共同经历的我们，走在了一起。

移植6个月后的我开始创业，那时候就想着尽快把债还了。先生完成本科学业后就开始帮我，我们现在有了自己的公司，我在做移植5年后生下了一对龙凤胎，我们还共同资助了9名孩子上学。我们都有一个共同的梦想，那就是要把我们曾经感受的这份爱传递下去。对于苏大医疗团队，我始终怀着深深的敬意和感恩，是他们让我历经百转千回终于活了下来。感谢我的师兄圆慧以及所有的爱心人士，是你们的无私帮助，让我感受着温暖，重拾了生的勇气。感谢我的家人们，你们无所畏惧，从不退缩，把我一次又一次从死亡的边缘奋力拉回。

生命无常，沐浴着今天的幸福，我时常会想起我的战友们。有时还会难受落泪，但无论如何，我们都必须学会坚强地活着。

【点评】

读战友张云的文章，简直令人难以置信，一个人从5岁开始就被疾病的魔爪紧紧抓住，从童年走到少年，又从少年走到了青年，其间病魔愈发张狂，一步步将她逼入绝境。此等长时间的折磨，实乃旷世奇闻。也就是这样一个坚强而执着的女孩，与死神进行着一场马拉松式的赛跑。苦心人天不负，她以对生命的顽强信念和对生活的无限热爱终于跑赢了厄运。如今的她收获了甜美的爱情和幸福的生活，正以崭新的姿态迎接着灿烂的新生，延续着这人世间爱的传奇。世上无难事，只要肯登攀，如此经历必将激励更多依然身处苦难的人。

带着幸福来见你

吴中权

1983年7月生，籍贯江苏新沂，现居苏州，就职于某中央企业三级公司。2015年5月经苏大附一院确诊为杂合性白血病。经系统化疗后，2015年7月18日接受父亲供体进行了半相合骨髓移植。移植一年半后恢复工作，目前康复良好。

我有勤劳朴实的父母，我有漂亮贤惠的妻子，我有情同手足的兄弟，我有聪明可爱的儿子。我还有一份看上去别人都很羡慕的工作。我所拥有的这些，是生病以后，我的大学班主任告诉我的。她说，这些都是我的大学同学所羡慕的。我叫吴中权，曾是一名白血病患者。

过去已过去

2015年，刚刚开始幸福生活的我在公司所属温州的一个工程项目上工作。整个工程前期进展不太顺利，兄弟们的士气有些低落。时值五一国际劳动节，我们希望联合公司所属附近其他工程项目的员工开展一场篮球友谊赛，提振士气。一切准备就绪，所有人都期待着节日的精彩。

当时，天空蓝得深邃，景色宜人。只是那几天的我，喉咙不舒服，吃了点药，但是不见好转，头痛也越来越难以忍受。去了隔壁的诊所，

吴中权

医生给我量了下体温，超过 38 ℃。

"我这还不能给你看，你这体温有些高，去医院看看。"

"感冒了，你帮我挂个点滴好了。"

"不行的，你还是去医院看看吧。"我折回去叫驾驶员开车送我去医院。

"门诊不给我看，非要让我去医院，别到了医院也不给看啊。"我开玩笑地说。

"瞎说啥，来抽支烟。"我们有说有笑中到了区里的医院。医生了解情况后，开了个验血的单子。接着去抽血。

我拿着血常规的报告给医生看。此时的我浑身感觉无力，头痛欲裂。

"你得到市医院去看一下。"

"怎么了，医生？"

"看报告，不太正常，白细胞数值非常高，血小板数值很低。"

"知道是什么原因吗？"

"不太好确定，有两种可能。"

"哪两种？"

"一种是特别严重的病毒感染，另一种就是白血病！"

听到"白血病"三个字,我懵了,彻底懵了。顿时喉咙不疼了,头疼的感觉也没了。"我老婆孩子怎么办?我爸妈怎么办?"这是脑中的第一个反应。

"抓紧去,现在都快下班了。"医生说。

我拿着病历本和报告单,走出了医院才回过神来。心想医生真会开玩笑,感冒竟然好了。上车,走人。

"怎么样?"驾驶员问我。"被我说中了,这里也不收我,说有可能是病毒感染或者白血病。叫我去市级的医院。"

"不可能,怎么会有这种病,现在怎么弄?"

这时一个陌生电话打了过来。

"请问你是刚才来看病的那个人吗?"

"是的,怎么了?"

"你现在就去市医院,别耽搁,快去。"

我这才意识到问题的严重性。此时快下午6点了。

一路上,心里可谓打翻了五味瓶。七拐八绕地到了市医院。天已黑,医院也下班了,挂了个急诊,程序如前一般。只是检查的项目增加了。结果出来了,门诊医生打电话给一位医生,据我估计,应该是血液科的专家之类的。

"医生,结果怎么样?"

"你这情况基本上90%可以确定是白血病,你现在办理住院手续,做进一步检查。通知你的家人也抓紧过来。"

"啊?我家不在温州,我只是在温州打工的,另外我现在身上连钱包都没带,以为就一个感冒而已。"

"那跟你单位说一下,你先住院吧。"

"我能不能先回去跟家人说一下,商量一下?"

"你要是今晚想回去,你得给我签字。"然后我在病历本上签上了名字。走出医院的大门,我已经有些坦然了,我知道,基本上可以确定我得了白血病。

一路上我就在琢磨着怎么办,到了单位,篮球赛已结束,我开始在网上搜索"哪里治疗白血病最好"。百度一搜,一大堆。我逐条地看着,记录着。经过信息筛选后得知,苏大附一院在治疗白血病方面经验丰富，患者反映也很好，而我正好有苏州的医保，遂请假回苏。

过去已过去，但是不论如何，遇事要沉着冷静，所谓"病急不能乱投医"。

当下是当下

我独自一人从温州直奔苏大附一院，后来才知道这是相当危险的一段旅程，同时也知道为什么温州市医院的那个医生让我签字才同意我离开，因为当时的我血小板特别低，随时都有危险。我挂了个血液科的号，同样的程序，只不过多了个血涂片。医生看了报告单，确诊白血病，可是没床位。此时，我的主治医生韩悦正好路过，医生叫住了她："韩主任，这儿有个白血病人，需要马上住院，你那儿有没有床位接收一下？""我这下午正好有个病人出院，你让他去办理住院手续吧。"

随即我办理了住院手续，来到55病区。

"来干吗？"护士问我。

"住院。"

"就你一个人？"

"那你让家人现在抓紧过来。"

我老婆在苏州上班，怕她接受不了，还想着晚上回去当面跟她说这个事，无奈只好让她过来了。她到了以后我把情况跟她说了一下。末了我说："你别难过，这个病估计九死一生，暂时就别跟家里其他人说了，免得让他们伤心难过着急，等我死了，烧成灰了，再说吧……"我把后事都交代了，以防没机会说了。

接着就是骨穿，最终确定为杂合性白血病，高危中的高危，别人插管是单腔，而我进舱时又插了一根，是双腔。在净化舱内，有四根打点滴的管子同时往我身体里输入各种化疗药。第一疗程开启后第三天我高烧，抱着冰袋睡着了。我做了个梦，梦见自己和一群散发着火光的怪兽搏斗，我使出浑身解数，拳打脚踢，最终我击退了他们，然后就醒了，烧也退了。护士说，还好你醒了，要不然可能就醒不来了。其实，在我做梦的时候，我老婆已经签收了第一份病危通知书。

我生病的消息，已经传遍了几乎所有的朋友圈、同学圈、同事圈。

在我需要血小板的时候，公司工会号召大家为我捐献血小板，在我治疗费用紧张的时候，公司组织员工为我捐款20万，公司领导带着全体员工的爱心，来看望我、鼓励我。后续的时间除了化疗，就是不断来人，朋友、同学、同事从全国各地专程来看我，给我打气，也给我捐了不少钱。我老婆准备的一次性鞋套用得最快。

由于我属高危中的高危，移植也迅速被提上了议程，而且刻不容缓。于是开始骨髓库配型，可没有合适的，就连我弟弟也没配上，以至于他着急地问妈妈："小时候总说我是捡来的，我到底是不是你亲生的？怎么和我哥没配上型？"我儿子5岁，年龄不适合。我爸爸56岁，按当时的医疗水平，年龄偏大。韩主任跟我老婆说，我这个病情必须尽快移植，等骨髓库的配型结果，时间来不及，但是又没有合适的供体，只能用我爸爸的搏一下了，虽然机会很小。选择是艰难的，我心想反正也是死，那就搏一下，万一成了呢？

现实即是如此，感情的真假、人情的冷暖，只有在这种时候，才能够感受到他们的真谛，我是一个不幸的人，我又是一个幸福的人。

未来有未来

2015年7月7日进入净化舱，17日回输骨髓血，18日迎来重生的第一缕阳光。说来也巧，我的农历生日也是七月十八。

舱内将近一个月的生活，体验过的人终生难忘。大剂量化疗，让我连黄水都吐出来了。很多东西想吃却不能吃，吃完东西要用三种药水漱口，以防口腔溃疡，水有时候不想喝却不得不逼着自己喝，因为喝少了会得膀胱炎。在舱里我可能还有一点和别人不一样。正常情况下，除了擦身体、大小便，一般情况下都不允许下床。当我听说很多病友因长期卧床，以至于出舱后不能站立后，我便每天偷偷地沿着床来回踱步，其实那也是非常危险的行为。出舱以后就是到疗养院继续一个月左右的治疗，我算是比较顺利，未出现其他曲折。不顺利的人，出现的情况或者说所受的磨难各不相同，唯一相同的就是痛苦、煎熬、折磨。

随着治疗、用药、恢复，复查逐渐间隔一周、一个月、一个季度、半年，药量从一开始每天七八种、十几片，逐渐减少至停药，我用了一年半的时间，这期间也经历了很多人和事。

一年半以后，我向公司申请返岗工作，公司根据我身体康复检查情况，给我安排了合适的岗位，并给予了适当的照顾。我也是根据身体承受情况，逐步适应，尽力而为，各项工作越做越好，得到了业主单位、公司的充分肯定，先后获得了各类荣誉。在我看来，干好本职工作，是对公司、对同事最好的回报。

工作从起色到出色，生活也逐渐好转，幸福的大门重新开启。与此同时，我也在思考，除了努力工作，好好生活，如何把大家对我的爱传递下去。我尝试过与大学班主任联系，想每年帮助一两名母校的困难大学生，但因各种原因未能成行。机缘巧合，我遇见了陈霞爱心站的朋友们，我和他们一道深入移植净化舱，和病友及家属沟通，用自己的经历，给他们提供些参考，让同样备受煎熬的人少走些弯路，多增点信心。能让更多像我这样的人，带着幸福来见你。

觉得不幸，是因为我得了白血病；觉得幸福，是因为从生病开始，诊所没有以为是简单感冒随便给我挂点滴、区医院没有把我留下看病、遇见了韩悦主任并正好有床位、我父亲年龄偏大但和我配型成功并成功移植，更重要的是人生低谷时的那些真情！一切都是最好的安排，未来还未来，但未来一定可期，让我们一起带着幸福来见你。

【点评】

读战友吴中权先生的文章，虽然篇幅较长，但条理清晰，结构合理，手法独特，丝毫没有拖沓冗长之嫌。三个章节设计巧妙，让人不忍割舍。泰山崩于前而面不改色，黄河决于口而心不惊慌，岁月的历练让他在无法预料的困难面前更加沉稳，更加睿智，也更加勇敢。正是这样的一份坚毅果敢让他能坦然面对坎坷的人生，最终化腐朽为神奇。

枯萎并不代表凋谢

樊甜

1997年9月生,籍贯重庆市。2020年5月经医院确诊为T淋巴母细胞白血病。2020年7月在重庆大坪医院进行两次化疗,后转入苏大附一院,11月接受父亲供体进行了半相合骨髓移植,现康复中。

我叫樊甜,来自重庆,出生于1997年9月14日。2020年对二十多岁的我来说是一生中风波最大的一年。从3月份开始,我一直在多家医院求医住院,经过多次活检取样,直到5月份最终确诊为T淋巴母细胞白血病。

一开始家里人都瞒着我,就怕我承受不了。后来知道实情的我一直不敢相信,这突如其来的变化彻底打乱了我的生活节奏。

7月15日,在重庆大坪医院开始化疗,化疗的副作用让我开始反胃呕吐,头发大把大把脱落,我的精神状态也因此变得非常低落。更为严重的是身体各项数值不断下降,化疗期间还并发口腔溃疡,最严重的时候十五天没法吃东西,完

樊甜(左一)和家人

全依靠营养液维持。最糟糕的是整整十五天没法开口说话，本来就是急性子的我，在内心焦躁又无法言说的状态下近乎崩溃。

我爸妈和大哥两个月一直轮流陪在我身边。最初发病时我的左眼无法转动，出现了看东西重影的症状，五米外基本看不清楚。最难熬的那段日子，是他们的爱抚慰着我焦躁不安的情绪。我父亲嘴上不善表达但行为却总是充满了爱。记得口腔溃疡最严重的时候，有一次我爸喂我稀饭，我试着去嚼口中的米粒，大米咽下去的那一刻我激动地对我爸说我能咽了。那一刻我看见我爸眼里居然满是泪水，那一刻时间仿佛凝固了。我情不自禁扑进父亲怀里，父子俩相拥而泣，也是这个拥抱给了我莫大的鼓励和勇气。

后来在重庆进行第二轮化疗，效果都不是很好，我的主治医生给我父母说我现在这个病情，走是早晚的事，化疗只是尽可能延长时间而已。听到这个消息让我原本稍显平静的生活再次风起云涌。我爸妈得知这个情况后急得像热锅上的蚂蚁，他们四处打听，寻找医院，不愿放弃任何一线希望。我也不愿轻易向命运低头，不管过程再痛苦的我都要努力活下去，为了自己也为了父母。功夫不负有心人，我妈终于打听到苏州治疗白血病很有成效。那段时间我妈重庆、苏州两头跑，所幸的是苏州这边的医生说我还有希望。人生最幸运的事莫过于在绝望的时候得到生的希望，这消息对于那时的我来说真是久旱逢甘霖一般。

苏州离重庆1 600多千米，离开家乡来到此处，这一路有太多的不容易。来到苏州后还是一如既往的化疗，医院根据我的病情对症下药，效果立竿见影。经过化疗我的眼睛好了，视力恢复的那一刻，我内心的喜悦无法用言语来表达。同时我也更清楚地看到了父母因操劳而异常消瘦，大哥也因为辛苦而变得憔悴，是他们在最黑暗的日子里陪着我，是他们默默承受着各方面的压力，想尽办法让我看见希望的曙光。希望的光穿过黑暗，我相信一定会永远照耀在我的生命里。

顺利完成了四轮化疗，我迎来了更大的挑战——骨髓移植。因为没能找到更合适的配型，医生最后选择我爸作为供体。11月21日，我终于进了移植舱。可能注定命里多磨难，进舱后大剂量化疗和激素的使用让我产生了严重的幻觉，每天像来回在天上和人间穿梭。

12月2日，期待已久的移植手术彻底结束。一周后我突发了急性胰腺炎，痛得我在床上翻来翻去直到虚脱，疼痛让舱里的每一天都很难熬。一周后胰腺炎终于渐渐好了。可另一个并发症又开始了。一开始是嘴巴不停分泌着口水，到后面嘴巴完全张不开，最后整个口腔包括舌苔全部溃烂，苦不堪言。后面的四十多天，没法说出一个字，只能像哑巴一样比画手势进行简单交流。最初我还能强忍疼痛坚持服药，饭是根本没法吃了。后来吃药都困难，恶心到嘴巴里吐血块，整个口腔基本上都烂了，喉咙也是肿的。在移植舱暗无天日的那段日子里，幸好有爸妈这两束光照亮着我。一到开放探视时间，我爸妈就会出现在病房玻璃窗外，默默地看着病床上的我。见我一口饭都咽不下，估计他们也愁得不行。

那些日子里，对于我和父母最高兴的是陈霞爱心站中爱心人士的到来，陈霞女士本人也来了。他们用自己的切身经历激励着我们。他们的鼓励，也安慰着我的父母。那些最艰难的日子总算熬过来了。12月21日我顺利出舱，然后去疗养院，一直到平稳出院，回家。

攀登的过程或许漫长，但巅峰的景色是值得的。这短短的文字记录了我跌宕起伏的曾经，但那却是我靠信念熬过来的每一天。信念很强大，只要不轻言放弃，就一定有希望。打败了病魔，以后的生活还有什么是不能坦然面对的呢？毕竟除了生死都是小事。不管是在重庆还是在苏州，我遇到了很多给我鼓励的人，我的亲人、朋友以及陌生人。当然还有陈霞爱心站的众多爱心人士。他们对我们的鼓励，是一种无形的力量，也是一种美好的祝福。等我康复后，我愿意像他们一样去鼓励其他的患者，为他们带去希望，用我自身的力量为他们带去希望的光，哪怕只是很微弱的一点光。

枯萎并不代表凋谢，现在的我已经做移植一百多天了，其实我记得每一个重要的日子，进舱的日子，做移植的日子，出舱的日子，因为这是我归于平静生活的日子。现在一切都挺好，一天更比一天好，愿生病的人最后都能恢复健康，回归生活。

【点评】

  樊甜，名字真甜，可现实相当残酷。正当风华正茂的年华，遭遇如此之痛。然而也正是这场苦难让一个原本无忧无虑的年轻人瞬间变得无比坚强，瞬间看到了生活中本来总是被忽略的那些朴实的情感和真挚的爱。也正是在这样的涅槃之后，我们混沌的双眼开始变得越来越澄澈，让我们能认清这个世界，认清今后应该承担的责任，人生由此变得与众不同。

生命的期待

王福勇 1988年2月生,家住安徽省广德市。2021年在安徽省广德市人民医院确诊为急性髓系白血病,目前在苏大附一院就诊。本文由王福勇爱人沈清玲执笔。

我叫沈清玲,王福勇爱人,来自安徽省广德市。我们有一个平凡而幸福的家庭,有善解人意的父母和一个年仅8岁如小天使一般漂亮可爱的女儿。家庭虽不富裕,但我和爱人经过努力已经能温饱度日,并朝着幸福的未来努力奔跑。爱人和我在浙江辛苦打工,日子虽然忙碌,却充满着期待,甜蜜而温馨。然而这一切在2021年年初却被无情打破了,一场突如其来的变故在阖家团聚的时刻降临了。

农历庚子年腊月二十八的晚上,到处都洋溢着过节的气氛,我们也正忙着为过年做着准备。就在这个时候老公突然晕倒了,我顿时慌作一团,情急之下,隔壁邻居帮着我将老公送到了医院。县医院的医生初步诊断为重度贫血,需要给他安排住院并进行输血治疗。为了难得的团圆,赶在大年三十我们出院了。医生告诉我们过一星期再来医院复诊,当时想着老公平时工作太操劳,如今因为贫血已经输血治疗,应该不会有大碍。过年家里事情又很多,直到辛丑年正月十六才去医院复诊。化验结果显示血红蛋白很低,医生就建议给做了骨穿检查。在等骨穿报告的这几天我们还是没想那么多,直到医生单独找我谈话我才知道事情严

王福勇

重了。医生说老公确诊是白血病，当时的我整个人都懵了，眼泪控制不住地往下掉，但我还是坐在那里仔细地听着医生给我讲解他的病情，应该如何治疗，去哪里治疗最好。

  2月1日我们就来到了苏大附一院，挂了第二天陈苏宁主任的号。在看陈主任之前，我当时还抱着侥幸的心理，希望陈主任跟我说老公的病应该是误诊的。见到陈主任的当天下午我们就办理了入院，入院第二天又做了骨穿等进一步的检查，于是我们就被迫走上了一条抗白之路。

老公比我大两岁，我们经过五年的自由恋爱才步入婚姻的殿堂。说真的，他作为一名老公一点也不称职，总是忙于工作，因为他希望通过努力工作给我们更好的生活。他属于那种大大咧咧的性格，生活中不够细心，不够浪漫，我们也从来没有什么节日，更别说结婚纪念日。他也没有给我买玫瑰花或巧克力，带我看电影，或者好好陪我外出游玩一天，有时候我们甚至还会吵架。可当我告诉他病情的时候，他居然要求出院而不愿意治疗，他怕病没治好钱却花光了，给我们母女的生活造成负累。我心里非常难受，他在被病魔折磨的时候首先想到的是我跟女儿，却从不为自己考虑。我跟他说，钱花光了没关系，病好了我们再挣钱就是，只要我们一家人在一起比什么都好。

都说男儿有泪不轻弹，刚开始入院治疗的那几天，他哭了，不止一次地流泪，我心里清楚，他不是担忧自己的病情，而是担忧这个病有可能给我们这个家庭带来的后果。我没法好好安慰，也不知道怎么安慰他，因为我一开口安慰他，也会忍不住掉眼泪。

在医院每天只有两个小时的看护时间，那时候我最烦的就是别人问我老公怎么样了，也很烦别人安慰我，每一次都像在把我伤口再伤一次。每天当我晚上一个人回到清冷的出租房时，眼泪就会控制不住地往下掉。我只能努力压抑自己，强迫自己多吃饭，把自己照顾好，因为我知道这个时候我是万万不能再倒下了。每次走进病房时我都要做好长一段时间的心理准备，让自己看上去比较开心，对未来充满希望。我知道只有这样，我才能给他希望，只有我在他面前有一个好的心态，才能使他不会有太大的心理负担，不会太给自己压力。我一心想着，他一定要扛过去，我们的孩子还小，我和孩子都不能没有他，他在，家才在。

化疗的这些天，我每天想着怎么给他做可口营养的饭菜，我会主动跟那些长期照顾白血病患者的家属讨教经验。说实话有时候我送过去的饭菜他嫌弃，我心里真的很难受，甚至内心有些恼火。偶有生气发火，生气过后我又非常自责和后悔，我知道化疗之后的人会变得敏感而易怒，我应该体谅才对。

送饭期间，在我老公病区的走廊上，我遇见一群穿着蓝色衣服的义工，他们主动告诉我说他们是陈霞爱心站的义工，可以提供免费爱心厨房使用，让我有什么难处都可以去找他们。当时我的想法是，哪有这么好的事？肯定是骗子。后来的几天我发现有好多患者家属都在陈霞爱心站，慢慢地我也动了心。直到一位患者家属说3月19号在18号楼有陈霞爱心站和医院共同举办的公益活动，而且有陈苏宁主任和徐香护士长为我们讲解白血病的知识。我很庆幸我去参加了，这次活动让我感受到了满满的正能量。我第一次清楚地意识到，我们遇到了这么优秀的医生，这么细心的医护人员，心里瞬间充满了希望。

人这一生中，总会遇到磕磕碰碰，我也坚信人会苦一阵子但不会苦一辈子。我相信我的老公一定会好起来，重新回到我们幸福的家，加油老公！

【点评】

确诊白血病，对于患者本人而言，无疑是一种痛苦折磨，尤其是作为一家之主的丈夫而言，身体的疼痛还是其次的，家庭的压力，责任感的驱使，这些无形的精神折磨很多时候会成为压垮自己的最后一根稻草。这个时候，一个通情达理的亲人的鼓励和安慰就显得尤为重要。本文作者作为患者妻子，能始终不离不弃，在困难重重的情况下，不断学会心理调整，用内心的隐忍和坚强给予丈夫无微不至的关怀体贴，很不容易。正所谓夫妻同心，无坚不摧。坚信这样的一份爱必将催生生命的奇迹。

生命之光

倪章欢

1996年7月生,生于重庆市开州区白桥乡。家住苏州。2012年经太仓市人民医院确诊为急性髓系白血病,后经苏大附一院治疗,由母亲提供半相合供体并配合脐带血进行移植,目前康复良好,自主创业中。

倪章欢(右一)和家人

我叫倪章欢,1996年7月27日出生于重庆市开州区白桥乡。父母亲都在太仓乡下从事水产养殖工作,家中还有一个正在上学的弟弟。现在的我在苏州,是一个卖花的小姑娘。

回忆应该是甜蜜的,可我的回忆一打开心情总是会非常沉重。回到2012年,那一年据说地球会迎来大灾难,人类有可能遭受灭顶之灾。不过最终人类的灾难没有出现，我却经历了一场可怕的灾难。

那个冬天，还在上学的我因为感冒一直流鼻涕，还有点发烧，实在坚持不住，学校通知我爸，把我接回了家。我在镇上卫生院开了点感冒药，吃了几天没见好转。我开始浑身乏力，走几步路就气喘吁吁。每次和家人们一起散步，我总是走在最后的那一个。但这种情况我们都没有放在心上，只以为是感冒引起的。直到有天晚上睡觉，我的蛀牙开始疼了起来，疼得我在床上直打滚，眼泪都浸湿了枕头。整晚都被折磨着，在浑浑噩噩中终于熬到了天亮。我爸再次带我去镇上的小诊所，一个老中医一看到我刷白的脸就叫我赶紧去验个血。然后看着血常规的单子，他摇了摇头，叫我爸带我去市里医院检查。我爸又载着我去了太仓市人民医院，医生看了化验单子，让我去做骨穿检测。那是我第一次做骨穿，我从没听说过"骨穿"，心里非常害怕。我躺在病床上，门外进来了两个医生和几个护士。我按医生指示躺好，护士上来按住了我，紧接着在我腰间上打了麻醉针。我害怕极了，紧紧地抓着我爸的手，又一个针扎进我的骨头里，我疼得大哭，我看到我爸的眼睛里面含着泪光，他把头别了过去。当天晚上我发烧到40 ℃，整个人迷迷糊糊的，医生在我胳肢窝里夹了冰袋降温，我睁不开眼，脑子里乱嗡嗡的，也听不清他们讲话……第二天，正月初六，我被确诊为急性髓系白血病。听到这个结果，我的第一反应就是问我爸：我还能不能去上学？随后脑子里慢慢浮现出电视剧里的剧情，得了白血病的人头发都会掉光，我是不是也会变成光头？

然而，我爸接下来的一句话更让我难以接受。他说，我不是他们亲生的，是他们领养的。我懵了，我的人生简直就是一部生活中的电视剧。后来我爸说他原本是不打算告诉我的，要不是这病来得太突然，我的身世也绝不会被提及。

听亲戚说苏大附一院是治疗白血病最好的医院之一，但是血液科一床难求。我刚转来苏大，只能先在急诊室加床，过了几天终于进到了血液科17病区，但也只是在走廊上加的病床。我刚入院时内心很抵触，情绪容易激动，气一上来我的鼻子就止不住地流血。我既害怕又无助，只能慢慢学会面对现实。开始化疗时很难受，药物总会让我呕吐、腹泻、头疼。在得知我并不是我父母亲生的消息后，我慢慢了解了我的原生家庭：家中有四个女儿，我是老三，由于当时经济实在困难，他们才不得已将我送出，生身父母对我也是无比愧疚与不舍。当他们得知我生了病，全家人心急火燎，即刻从重庆来到苏州与我骨髓配型，两个姐姐与我都是半相合，最后决定采用我妈妈的造血干细胞并外加与我配型成功的脐带血进行移植。术后恢复得不错，一个月后我转到娄葑医院疗养。康复期间除了并发膀胱炎以外一切都比较顺利，在那里疗养了一个多月便回家休养了。

时间似乎过得很快，一晃今年已是我重生的第九年了。我已经完全恢复了正常人的生活。每天两点一线，我很喜欢现在的工作，每天与花儿做伴，心里也很阳光。对那些曾经帮助过我的人，我的内心依然心存感激。我的老师，我的同学，还有很多帮助过我的爱心人士，谢谢你们的善良，谢谢你们所给予我的温暖和关爱。我更要感谢我的父母，因为一场病，让我多了一份亲情，特别是我的生母，是您给了我第二次生命，要是没有你们，这个美好的世界或许就跟我无缘了。

一个人是寒冷，两个人是微温，三个人是温暖，我们大家在一起是热情……有一篇课文《海燕》，它告诉我要像海燕那样坚强自信，藐视病痛，搏击它，战胜它。在面对病魔时，我们也要顽强、乐观、坚定，我们要穿上铠甲与它搏斗，狠狠地把它踩在脚下，骄傲地跟它说：我赢了！

这是一场生与死的抗争，你们要坚强，要对未来充满向往，生命之光总会青睐那些对未来充满信心的强者。

【点评】

幼时家贫骨肉散，豆蔻年华病魔欺。此等悲凉生世原本只应剧中有，然章欢病友却成了剧中的主角。读完章欢病友的文章，不禁心生唏嘘，这个女孩的遭遇实在不一般。所幸的是，这样一个花季少女，在命运多舛的岁月里，如同荒漠里盛开的格桑花一样，坚强勇敢地经受着岁月的洗礼。如今终于云开雾散，人世间的亲情和温情无限滋养了她灿烂新生。愿这么一个可爱善良的卖花姑娘未来的幸福人生永远像花儿一样绚丽芬芳。

感谢这世间不动声色的善良

苏宇伟 1971年10月出生,家住江苏江阴,在江阴市纤维检验所工作。2018年9月确诊为T淋巴母细胞白血病。2019年3月7日在苏大附一院接受女儿提供的干细胞进行移植,目前正在康复中。

2018年8月初,在不经意间发现肩颈部两侧都有圆形的凸起,触之没有痛感,身体没有任何不适,当时也没多想,未引起注意。一个星期后才与好友一同去检查,经历了核磁共振、穿刺、活检……一直自我感觉良好,自以为身体棒棒的我开始焦虑、害怕、祈祷,渴望奇迹出现,期盼是一场虚惊……当9月20日傍晚,经确诊为T淋巴母细胞白血病,我站在肿瘤医院病理科三楼连廊处,面对病理诊断书,举目四顾茫然无助。暮色中,妻子强颜欢笑欲言又止,紧紧握住了我的手……我的心一下子坠入了深渊。——现在回想深深体会到得此类大病是一件多么受罪的事情,不仅仅是疾病带来的难受,更有求医过程中种种曲折所带来的沉重心理压力。

来不及怨天尤人,也没时间悲伤哭泣,家人争分夺秒,通过查询、咨询初步了解到T淋巴母细胞白血病的凶险及大概的治疗过程……想尽一切办法,哪怕提前一天、半天得到医治,生的希望就会多一分。爱人反复权衡,把我送到苏大附一院血液科金正明主任团队处就诊治疗。这个决定现在看来是如此英明正确!T淋巴母细胞白血病的治疗,找对医院是第一要务;找对医生治疗更是关键。否则后续

苏宇伟

治疗会有一系列的问题,效果会受影响很多。

经过三个半疗程后,病情得到了全面缓解。移植,是个艰难的选择,但对我们 T 淋巴母细胞白血病患者来说,似乎没得选择。2019 年 3 月 7 日至 8 日,当看着孩子的骨髓造血干细胞和外周血干细胞缓缓输入我的身体的那一刻,我感到心疼不已;孩子麻醉醒来第一件事就是和我视频,她虚弱而坚定地说:"爸爸,我把最好的、最听话的'战士'给你了,你一定加油哦!"那一刻,我泪流满面又充满希望地踏上了"重生"之路!在净化舱里 36 天,瘦了 12.5 千克的我,也曾悲观消极、自怨自艾,一次次抬头问天"为什么是我";也曾暴躁易怒,不信任……但经医护人员耐心疏导,精心治疗,经家人好友的陪伴和鼓励,我重拾信心,克服了种种困难,于 3 月 28 日顺利出舱,凤凰涅槃了。

目前移植已两周年多了,这两年多有忐忑,有不安,有小不顺,但总算平平安安、顺顺利利过来了,造血和免疫系统也在恢复中。如果说有什么体会:一是要坚强,必须坚定信心;二是要自律,要严格按照陈峰主任所说的来"严防死守"。

最喜欢一句电影台词——许多年以后,这一行字一闪,我们的爱恨情仇、痛苦忧愁都会消失了,生活剩下云淡风轻的美丽。所以,这两年多的苦和经历就不再细说了。

这次大病,改变了我和我家原有的人生轨迹,这段经历让我懂得了人间真情,懂得了珍惜,懂得了感恩。这段经历更让我体悟到什么是真正的善良友爱。

如市住房公积金管理窗口的那位领导。当时提取公积金新政策刚出台,我们的公积金提取申请,她快速审核,及时输入,并特意提醒上级优先审批,15分钟就处理成功。只因她看到了"造血干细胞移植",只是想让国家这些惠民政策尽快落地,帮到我们。

如陈霞爱心站的义工们,他们与我素不相识,但热心帮我的外购用药提供证明并去找主任和医务科盖章,让我在截止日期前递交了所有材料,顺利报销费用。只因为他们也都曾是经历者,知道如何为病友们解除后顾之忧。

如苏大附一院北门口那位曾载我女儿一程的陌生大叔;同住"尚客优"指导我女儿烧菜的小杨姐姐、老板娘等;同期一起移植,常指点我爱人迷津的病友父母等;告知我们很多医疗信息的众多病友及其家属;及时告知我们医保新政策,减轻我们经济负担的老同学;听到我女儿做捐献后不适,冒雨驱车赶到苏州的亲人、朋友……

在这两年半的求医治疗过程中,这样善良友爱的朋友和陌生人实在太多太多了,他们如同家人一般,默默地在我们看不见的地方,为我们担心,为我们奔走,为我们解忧,为我们出力……

我们患者,不需要同情,更怕难堪,所以,我特别感谢我遇到的所有这些不动声色的善良友爱。他们在帮助我们的同时,给我们留足体面和自尊;帮忙做好事的时候,努力不着痕迹,安静、温暖。愿这些善良友爱的人,都一直有好运气;愿生病的人,都能大病后痊愈,化险为夷。为了当下的安宁,为了以后能侍奉父母,为了给女儿最幸福的婚礼,为了弥补妻子这几年的辛苦,为了感谢关心帮助我的领导同事、朋友们,我会继续坚强、自律,调整好心态,积极乐观地生活,努力传递这份善良友爱!

【点评】

　　天下父母，有哪一个不希望自己的孩子幸福健康？作为一个父亲，想得最多的就是希望能穷尽自己所有的努力，把最稳稳的幸福给到自己的女儿。然而因为一场突如其来的疾病，在万般无奈的情况下，只能让女儿抽髓相救时，内心深处那一份不忍和心酸，只有真正经历着的人才能有真实的体会。经历了一场狂风暴雨的洗礼后，人到中年的我们，似乎一切的苦难都能轻易忘却，然唯一无法忘却的就是那些给予我们生的机会，在生命近乎绝望的时刻给予我们温暖和希望的那些善良的人们。心怀感恩再出发，我们后面所拥有的人生也就有了全新的意义。

用爱点燃生命之光

潘丽　1991年3月生，家住河南，是一名初中教师。2016年10月查出骨髓纤维化，2018年12月在苏大附一院完成造血干细胞移植，现正在康复中。

每天在讲台上给孩子们传授知识，看着学生们一天天地长大，一天比一天学的知识更多，很是欣慰。我只想这样平平淡淡和孩子们一起度过每一天。农村的孩子大部分都是留守儿童，父母外出务工，把孩子托付给我们，作为老师，我有责任好好培养他们。可是万万没想到我还是辜负了他们，突如其来的疾病让我没办法重回校园。

我们一家三口生活虽然清贫，却是简单而幸福的。我非常喜欢这种宁静的日子，能看着孩子一天天长大，陪他学说话，听他学着喊爸爸妈妈，就这样陪着家人平平淡淡生活。然而，这点小小的要求，对于我来说却成了奢望，突如其来的变故彻底打破了宁静的生活。

2016年10月24日，我被诊断为骨髓纤维化，病魔就此改变了我的人生轨迹，我的生活瞬间失去了往日的光彩，从此冰冷的病房成了我很长一段时间的归宿。面对嗷嗷待哺的孩子，作为母亲，我多么渴望能给予他爱和陪伴，可这一切都彻底被打碎了。在无数个黑夜里，身体的疼痛和心理的煎熬，总让我彻夜难眠。

经病友介绍，我来到了苏大附一院。主治医生苗主任告诉我，通过

潘丽

骨髓移植，我这病还有治愈的机会。本来已经绝望的我，终于看到了希望的曙光。

2018年12月18日终于迎来了进舱移植的日子。在一个叫净化舱的小屋子里，每天24小时不间断地输液，大剂量清髓化疗让我不知白天黑夜地上吐下泻，终于熬到回输干细胞那一刻，然后等着新细胞缓慢生长。整整23天，终于迎来了2019年1月10日出舱的日子。出舱后我去了康复医院。

本以为到了康复医院后会越来越好，哪曾料想噩梦才刚刚开始，那里居然成了我后来最不愿回忆的地方。因为前期怕排异不敢乱吃东西，胃口本来就很差，只能勉强吃点东西，每次吃了就吐，吐了继续吃，为了不让家人着急，我得逼着自己把饭吃到肚子里。其间经历了很多生不如死的感觉，头疼，肚子疼，彻夜失眠，必须靠安眠药才能睡着。

终于等来了重见光明的日子，出院的第三天凌晨四五点的时候，我突然做了个噩梦，梦见被疾病折磨的我蹲在角落里抱着头全身哆嗦。梦里的我被痛苦重重包围，充满了恐惧、无助、绝望，我拼命挣扎，大声呼救……突然有个人抓住我的双手告诉我："孩子！一切都过去了，你越来越好了！"于是我睁开了眼睛，看到眼前的母亲，禁不住又一次放声大哭。

生活有时真的很难，不管过程多艰难，那些难挨的事咬咬牙总会挺过去。只要努力就有希望。记得曾经前一秒还在有说有笑的病友，下一秒就阴阳相隔。我有时会突然想到他们，也会感到心痛。我不知道我能活下来是不是上帝的眷顾，只觉得人生很短，且行且珍惜！

离开家已经两年多了，两年来只有我妈妈一个人照顾我，这中间的心酸和苦累只有我们自己知道。一场病，一身债。承蒙岁月不弃，时光厚爱，我坚强地活下来了。感谢父母对我的照顾和不离不弃，感谢苏大附一院让我有重生的机会，感谢苗主任和何主任以及他们的医护团队，感谢给我提供干细胞的爱心妹妹，感谢陈霞爱心站对我们的帮助，感谢所有关心帮助过我们的每一个人。

生活给我开了这么大一个玩笑，但是路还是要继续往前走。给生活一个微笑，给自己一个微笑，学会享受生活。凡事总有过去的时候，回头看看劫后余生的自己，原来万物皆有裂缝，那是用爱点燃的生命之光照进来的地方。所有的痛苦随着时间的推移终会慢慢淡去，让我们学着朝前看，一切都会变好。

【点评】

潘老师，作为一名青年教师，她怀揣着为人师者最赤诚的热情，精心照料和陪伴着那些缺失亲情的留守孩子，用爱心和耐心给予他们人生启蒙和希望；作为一位年轻的90后妈妈，她用女性特有的温柔和爱守护着自己平凡的家庭，呵护着自己年幼的孩子。然而，一场疾病来势汹汹，企图破坏她最质朴的事业追求和最简单美好的生活。她在痛苦中苦苦争斗，在绝望中迎接新生，来自四面八方的亲情关爱让她慢慢学会了坚强面对。相信经过这样的淬炼，她终将获得一个更加与众不同的人生。

路一直都在

孙洁

1993年9月生,家住江苏镇江。目前在一家辅导机构做家教老师。2015年9月经南京鼓楼医院确证为急性髓系白血病,2016年3月15日在苏大附一院由母亲作为供体完成造血干细胞移植,现正在康复中。

我叫孙洁,1993年9月13日出生在一个温暖而普通的家庭。

2015年9月20日,一个星期天的上午,发现自己身体有异样,去到南京鼓楼医院急诊。抽了个血,等化验结果出来之后,医生就联系了血液科医生。血液科医生当时就让我办住院,但那时我还是名大四的学生,并没有那么多钱交押金。遂问室友们借了钱办了住院,并联系了在镇江的父母。

当时我并不知道自己得了什么病,直到骨穿结果出来,学院书记去医院看我,突然问:"白血病能治好吗?"我一愣,心里反问:"我得的是白血病?"直到那时我才知道原来我得了白血病。虽然当时知道白血病又被叫做血癌,得了可能会死,但我也不知道哪里来的自信,安慰自己:"有病就治,没什么大不了的。"因为当时家里没多少钱,就先在鼓楼医院进行了化疗,四个疗程化疗后,我还是决定去苏大附一院进行骨髓移植。

2016年2月中旬,我去到苏大附一院看了韩悦主任的特需门诊,直到那个时候我才知道自己得的是髓系白血病，且有四个基因突变，属于高危。

3月初在苏大附一院治疗一段时间后，没几天就住进了移植舱。3月15号用母亲的骨髓干细胞进行了移植。进移植舱之前我是充满恐惧的，但现在回想起来，除了孤独以外，其他都跟化疗差不多，并没有想象的那么可怕。

出舱之后，真正的苦难却开始了。没几天就开始出现了严重的肠道排异，名字好多天都挂在护士站病危那一栏。长期禁食禁水导致体重从入院的52千克一直瘦到32千克。长期卧床以至翻身、踢被子的力气都没有，住院半年后才终于慢慢恢复。出院后一直在苏大附近的出租房里休养。

孙洁

肠道排异好了又出现了皮肤排异。长期用药又导致了白内障，双眼伸手不见五指的时候，浑身起红疹，痒到睡不着，天天抓，还好后来用药都控制住了。但排异一排就是两年多，直到2018年年底我才停了药。

现在的我已经停药两年多，长期用激素导致的满月脸、水牛背也渐渐消了下去，长期用药导致的双眼白内障和双侧股骨头坏死也都做了手术，双眼视力都恢复了正常（顺带还把近视治好了，哈哈哈），双腿也可以正常走路了。今年开春之后我到辅导机构教小孩子写作业，虽然工资不多，但也算是我生病之后，在我大学毕业之后做的第一份工作。

从2015年9月20号到2021年3月26号，时间已经走过了2 015

天，在这 2 015 天里有太多太多的感恩。

  首先要感恩我的家人，特别是我的妈妈，他们对我不离不弃，悉心照顾。为了给我做供体，抽了八瓶骨髓后又抽了干细胞；在我肠道排异最严重、肌肉完全萎缩、完全没有自理能力的时候，是妈妈的坚持，让我去翻身、去抬腿，帮我恢复肌肉记忆。如果不是妈妈的坚持，我可能这辈子也站不起来了，是她给了我第二次生命。

  其次要感恩我的爸爸，每次都是他用乐观的心态把我从崩溃边缘拉回来。就是他的每一句鼓励支撑着我乐观地面对每一次骨腰穿手术和化疗。在我肠道排异痛得想自杀的时候，也是他跑到病房把我骂醒。记得在我双眼白内障还没来得及做手术，腿又查出来双侧股骨头坏死的时候，那一刻我彻底崩塌了，又是爸爸给了我力量，支持我顺利完成了人工关节置换手术。

  能够从南京鼓楼医院去到苏大附一院做骨髓移植，还要感谢我的母校——南京中医药大学。在我确诊白血病之后，学院就为我进行了两次募捐，共募捐了四十万余元。在我生病之后，家里拼拼凑凑也只有二十万不到，根本不够去苏大附一院移植，还好有学校的募捐款才能够让我来到苏大附一院进行骨髓移植。

  在我休学三年之后不得不复学的时候，学校专门为我做了人性化安排：专门安排我在一楼的单人宿舍，还允许妈妈在学校陪读。学校老师们和宿管阿姨们也给予了我很多帮助。特别是在我临毕业前因各种感染不得不住院，错过了论文答辩，学院领导们专门为我做了一次线上毕业论文答辩。最后的毕业典礼校长亲自为我拨穗、授予学位证书，没有他们的帮助我根本圆不了我的大学梦。

  在我肠道排异血项很低，需要紧急输血的时候，感恩我的大学同学帮我联系到苏州大学的学生们，为我献血。也非常感恩在我住院期间去看我的亲戚朋友们，在我最需要帮助的时候，向我伸出援助之手。更要感恩那些从未谋面但却无私奉献的好心人，在我最绝望的时候，是他们的善款帮我度过最难的时刻。

  时间过得很快，一晃都过去快六年了。这六年仿佛被按下了暂停键，上帝把我从原本快节奏的生活中抽离出来，让我去经历磨难，又帮我渡过重重难关。现在又让我慢慢恢复原来的生活，只是我还是那个坚强乐观的我，只是我已不是那个天真活泼的我，因为这六年里我经历了很多，学会了很多，成长了很多。

　　感恩这六年一直陪伴我不离不弃的父母，感恩这六年用尽各种办法挽救我生命的医护人员，感恩曾经关心、帮助过我的好心人，感恩一起抗白的战友们的相互激励。

　　加油！阳光总在风雨后，所有的磨难都是一种历练，用积极乐观的心态去面对。未来，我们可以骄傲地对别人说："我可是战胜过血癌的人！"

　　加油吧，抗白战士们！因为，路，一直都在！

【点评】
　　读完战友孙洁的文章，我突然有了一种全新的认识，原来乐观和坚强也是有遗传基因的。看过他们一家三口的合影，这是一个多么和谐乐观的家庭，在如此艰难的困境下，依然能够笑得如此灿烂。病魔企图夺走她的光明，让她变成盲人；企图毁了她的双腿，让她变成一个瘸子；企图摧毁她的青春，夺走她年轻而宝贵的生命。正是这样的一种强大基因的存在，让这个优秀学子，在困难如排山倒海一般压来的时候，用她的乐观和坚强与厄运展开了一场惊心动魄的赛跑，最终战胜了一切苦难，获得璀璨新生。坚强如你，无坚不摧，未来精彩，不可限量。

抗白之路，须灿烂前行

臧芷

2004年8月生，家住扬州市邗江区。目前就读于扬州市梅岭中学。2017年12月21日在苏大附一院确诊为急性淋巴细胞白血病，经过三个疗程的化疗，于2018年4月18日进舱进行亲缘半相合骨髓干细胞移植，移植以后情况良好，两年后恢复入学。目前已重生近三年。

臧芷

老实说，我从未料想过我的人生会有这样的经历。

2017年的12月份，我因膝盖疼得厉害，还伴随着低烧，去了医院检查。发现血常规略有异常，在几经辗转扬州、南京之后，最终我在苏大附一院被安顿了下来。我问妈妈："我得了什么病啊？"她一愣，说："急性淋巴B。"没听过这个病，还以为和肿瘤什么是有关的，脑海里便浮现出《滚蛋吧！肿瘤君》里主角说的"肿瘤啦——割掉就好啦——"我真的就相信了她，以为这个病很轻。同学告诉我，这是白血病的一种，我还笑着回他："别吓我——"我甚至以为我一个月就可以出院，再次回到学校……

（妈妈：对不起女儿！是妈妈太大意了，其实你几个月前就已经出现脸色发白的现象，妈妈小时候也贫血，以为青春期的孩子就容易贫血。你说膝盖疼，妈妈愣以为是成长痛，直到那天你疼得痛哭……妈妈一直很懊悔，如果不那么粗心，你是不是就可以不用受这样的苦呢?）

每一天的探视时间我都能感觉到，妈妈的眼眶是红过的，血丝爬满了眼球。爸爸的笑是挤出来的，面容满是苍白，我能感觉到他们在故作轻松。在病房与同学在手机上聊天，让他们教我新学的知识，我甚至觉得这样的生活相比于那么紧张的学习，还蛮惬意的。但过了一个星期后，我耐不住性子了，我问妈妈："我什么时候能回去啊？"得到真相的这一天，我哭了，那个已比我矮了的妈妈，那晚，紧紧抱着我，拍着我的背，安慰我，抱着我，抱着我……

（妈妈：那时的哭已经不分场合了，但从不敢在你面前流一滴眼泪。青春期的你已经太久不让我抱你了，那晚你不介意我抱着你，不介意我在你耳边低语，我说哭是弱者的表现，我说咱们可以有一个不一样的活法……我表现得那么坚强，可是离开病区我又号啕大哭……）

后来治疗的日子便不再那般灰暗了。2018年的第一天，在我的QQ空间里与自己做了约定："2018，坚强点，咱不哭。"背单词、学日语、唱歌、配音、看电影……日程被安排得满满当当，连护士姐姐每天进来都说："又在学习啊。"

（妈妈：看到你充实地安排好自己的病房生活，我们很欣慰，喜欢听你"汇报"每天做了什么，喜欢听你分享每天励志电影的故事情节，喜欢收到你发过来的自拍的光头照片……感觉可以暂时忘记头顶的阴霾。）

2018年的4月，终于我进舱了。"舱"，是一个被所有人都渲染的很恐怖的一个地方，仿佛进去就是生不如死。而我初生牛犊不怕虎，完全把那里当成了自己的家。听说别的病人都是拒绝饮食，但我却是"怎么什么时候看到你，你都在吃啊？"（护士语。）即使是在最难受的那几天，吃一口吐一口，吐了我还是继续吃，从不浪费。每天临近中午的时候，阳光透过两层玻璃，温柔射到舱内，舱里的电话传来父母的关心，轻柔如春姑娘的娇嗔。从这样细声细语的对话中，我了解到了一群人：陈霞爱心站的志愿者。似乎有了他们的出现，父母脸上的阳光多了起来，重生那一天志愿者们还给我买了蛋糕，他们的确是一群很好很好的人，不过，那时稚气未脱的我并不知道感恩。

（妈妈：每天探视时间，我们都是早早地来，锁门的人不催不走，贪婪地享受跟你在一起的每一分钟。回输那两天我是彻夜不敢眠，爸爸给你输了骨髓和干细胞身体很虚弱，我不敢惊扰他，每过一会儿就发个信息给管床的护工，拜托她们去看一下你。你也是很争气的，在舱里的一个月还是非常顺利的。那时有很多亲戚朋友来看望你，你怕烦，也很抵触任何人，包括陈霞爱心站的志愿者，妈妈能理解，妈妈不怪你。）

后来啊，出了舱，进了弘慈血液病医院，又在苏州休养了一年半，这期间认识到了很多小伙伴：比如，和我一样积极开朗的谢添艾，我们一起玩游戏，一起参加陈霞爱心站的活动，一起主持节目、唱歌、说相声等，和她在一起总会有开心的时光；比如，诚挚单纯的果果妹妹，我们一起在护士节为护士们做了贺卡；比如，成熟稳重的张晁睿哥哥，我们一起出去户外运动；比如，阳光自信的李昊阳哥哥，我们一起报名学习吉他，至今犹记得他在爱心站活动时献上了一曲，让观众无不感动落泪……

我也参加了陈霞爱心站的志愿活动，穿上蓝色的志愿服，回到那个久违的舱，我想用我的良好状态去鼓励那些舱里的病友。我主动与舱里的病友通话，相约一起参加志愿者活动，尤其感觉到舱外的家属们看到我们那种充满希望的眼神，心中莫名升腾起一股神圣感。也有些病友不愿与我们交流，甚至拉上了窗帘，恍惚间，我看到了曾经的那个我，也愈发为之前的行为感觉到深深的愧意。

而现在，我已经重回学校，阳光有时均匀地洒在桌角，攀上发梢，挑起浅笑，勾起回忆，这样曲折的过往竟成了回忆中的桃源，回味无穷却已不可即了。要说有什么后悔的，我想，可能会后悔花了那么长的时间打游戏吧，不然，现在应该是妥妥的学霸了。哈，当然啦，我现在已经很满足了。

最后，是给现在的战友们的一段话：在黯淡中找一抹亮色，便能拥有生活的多彩；在曲径中觅一朵小花，便能拥有纯粹的美好；在晦暗中寻一丝阳光，便能拥有满心的璀璨。抗白之路，须灿烂前行！

（妈妈：亲爱的女儿，整个抗白过程，你表现出的勇敢、坚强、乐观、自信，让妈妈为你骄傲！普希金在《假如生活欺骗了你》中说道："一切都是瞬息，一切都将会过去；而那过去了的，就会成为亲切的怀念。"快乐的日子已经来临！）

【点评】

"在黯淡中找一抹亮色，便能拥有生活的多彩；在曲径中觅一朵小花，便能拥有纯粹的美好；在晦暗中寻一丝阳光，便能拥有满心的璀璨。抗白之路，须灿烂前行！"这是一个多么聪慧又阳光的女孩。读着这个00后女孩的文章，感觉如沐春风一般。她的心思非常细腻，在病痛折磨的日子里，依然用心感悟着一份特殊的情感。大病中的她从没有表现出这个年龄孩子通常会出现的任性、自暴自弃和怨天尤人，取而代之的是用对生活的无限热情来规划着病房里的每一天。最为难能可贵的是，她在善于调整自己心态的同时，从来不曾忘记照顾好亲人的感受，年龄虽小，责任在肩，真爱在心，乐观向前。这样的孩子一定是学校里最优秀学生之一；这样的孩子，苍天岂能不垂怜眷顾；这样的孩子，是我们学习的榜样。

爱的呼唤

王庆兰

1970年生,家住河南省信阳市商城县金刚台镇。2020年1月经苏大附二院确诊为急性淋巴细胞白血病。2020年5月6日在苏大附一院由妹妹作为供体完成造血干细胞移植,现正在康复中。

曾经的我自信满满,对生活充满无限希望,有两个帅气的儿子和两个漂亮的儿媳,有一对可爱的孙子,还有一个勤劳肯干的丈夫。我自己在一家店里做销售,工资虽不高,但很稳定,日子过得平淡而舒心。

天有不测风云,2020年1月9号和丈夫一同去买菜,晚上感觉腰部和腿胀疼,当时没在意,到了夜晚开始发高烧一夜没睡好,第二天就无法下床了。儿子带我去苏大附二院做了各项检查,确诊为急性淋巴细胞白血病。当时,我的家人还瞒着我,看到丈夫和儿子他们红肿的眼睛,我心里才明白得了什么病。那时,我的内心比较强大,很淡定。后来,医生告诉了我实情,我不相信是真的。儿子们商量着说苏大附一院治疗白血病很好,我遂于两天之后转到苏大附一院。

在昏昏然的状态下住进了医院,医生和护士来问我病情,并让我准备做骨腰穿的时候,我就再也无法淡定了。这是噩梦的开始吗?我还能有机会走到黑夜的尽头吗?无穷无尽的绝望瞬间将我包围,脑子里反复在想,我怎么可能会患上白血病!这个词对于我来说只是一个传说,但它如今居然真实地扣在了我的头上。

丈夫一直陪在身边说着对不起，没有照顾好我。看着他憔悴的面容、红肿的眼睛，还有满头的白发，内心翻涌着绝望和心酸。孩子们无助的眼神、满脸的泪水都告诉我我的亲人们如今都跟着我一起身心疲惫。丈夫一直安慰我让我不用怕，哪怕是砸锅卖铁也要帮我把病治好。于是，全家开始四处奔走给我筹钱治病。

王庆兰

第一轮化疗开始了。在此期间，每个晚上我总是蒙着被子偷偷哭，一直到一包纸巾抽完才闭眼。醒来又伤心，因为心里总有着想不完的委屈。丈夫每天来回奔波为我送饭，儿媳妇们做饭，全家人的生活都因为我而彻底打乱了，总觉得拖累了他们，心生愧疚。为了安慰我，儿子们每天早晚都让我的两个宝贝孙子和我视频，他们不停地呼唤着：奶奶，您快点好起来，我们等着您回家，这一声声的呼唤让我忘记了病痛，这一声声的呼唤于我而言真是灵丹妙药，正是这样日复一日的呼唤慢慢地唤回了我求生的欲望和信念。

第一轮化疗终于结束，回家休养的日子好开心。看到孩子们都瘦了，我知道他们和我一样熬过了一个特殊的新年，特别心疼。家的温暖和幸福彻底融化了我内心的绝望情绪，我开始坚信我一定会好起来的，因为我无法割舍这份爱，舍不得这个家，放不下我的父母和孩子们。在家休养半月后，我调整好心态开始了第二轮化疗。

尽管如今的我信心越来越坚定，但面对化疗还是有几分畏惧，幸好有丈夫的精心陪伴和照料。同病房有一位来自上海的病友，我俩很聊得来，互相支持鼓励，日子也就没那么难熬痛苦了。很快第二轮化疗结束，准备三轮化疗。

第三轮化疗时结识了另外一位病友，比我小十几岁，和我一样的病。但是，她的心情和情绪极度不好，无论白天黑夜总会不停痛哭。这种情绪一度传染给了我，我的心情也很低落。后来我就想办法去鼓励她，和她交流其他坚强的病友抗白的事迹，告诉她我们周围很多人都在为我们而努力，我们必须振作起来，争取早日战胜病魔。在我的鼓励下，她的状态好了许多。我们每天聊家庭、孩子、事业、未来，给自己打气加油。家人送餐来的时候，我们就一起分享，觉得逆境中的相遇真是一种很好的缘分。

早晚病房消毒的时候，过道上总会坐满来自各地的朋友，大家互相安慰鼓励，现在想想，那种情形还是很开心的，因为同病相怜的病友间的安慰总是最真诚的，强大的信念也在相互的眼神里传递。

终于迎来了治疗最关键的时刻，准备做移植。兄弟姐妹、儿子都做了配型，一家人商量着谁的全相合就用谁的。我很幸运，妹妹和我全相合，丈夫高兴得眼里泛着泪花。

等待进舱的日子，既高兴又紧张，心里莫名其妙开始担心。移植前几天忍受着很痛苦的化疗，在一间小小的移植净化舱里特别孤独无助，人很虚脱，总盼着家里人给我送饭和聊天。幸好手机里总能看到一些正能量的故事，我用它们来打发难熬的日子。2020年5月6日移植完成后，想想终于快和我的孩子们团聚了，心里特别激动，甚至迫不及待地开始规划起未来的生活。移植一个月零二天后转康复中心，在丈夫不离不弃日夜陪伴以及医护人员的呵护下，2020年6月22日我终于平安出院。走出医院大门的那一刻，我激动得想大喊：我回来啦！胜利啦！

现在的我移植已有11个月了，状况一切顺利，关键是心态越来越好。感谢我的丈夫始终对我不离不弃，感谢妹妹给我新生的机会。感谢我的两个宝贝孙子一声声的呼唤把我从绝望中唤醒。感谢党，让我们积极参保，享受医疗保险。感谢所有的医护人员，是你们给予我重生的机会！也感谢自己，一直坚持。胜利在前方，加油！

【点评】

　　这么年轻漂亮的奶奶，居然已经儿孙满堂，拥有着温暖和谐的家庭，此等幸福，令人羡慕。然而，天有不测风云，一场大病的悄然造访，瞬间打破了幸福而平静的生活。从怀疑、抗拒、绝望，到最终学会面对，走向坚强，这个过程需要很多支撑才有可能顺利完成。医护人员的精心救治、爱人的贴心守护、亲人的温暖鼓励、社会的支撑助力，都是缺一不可的。可对于一个奶奶而言，这些似乎还不是最关键的。那两个孙儿的甜美呼唤就好比那观音菩萨用柳枝从净瓶里洒落的甘霖一般，有着非凡的魔力。这个美好的场景总在提醒着我们，人生最关键的时候，有时最能拯救自己的永远是内心最柔软的那一份温情。用心营造一个温馨的家庭，应该成为我们每个人最重要的人生课题。

当阳光照进裂缝

黄璨

1999年10月生,家住江苏省泰兴市黄桥镇,就读于苏州卫生职业技术学院。2019年7月确诊为骨髓增生异常综合征。2019年8月在弘慈血液病医院完成造血干细胞移植,现正在康复中。

    2019年春,我是医学检验专业的一名大一学生。3月6日早晨,我和往常一样为了完成学校的冬季长跑打卡任务,早早就起了床。

    早春的清晨依旧寒冷,天也是灰蒙蒙的。起床后的我觉得整个人都好累,但还是坚持和室友一起跑步。那段时间,我总觉得自己的身体有些不对劲,总以为是跑步累的,就没放在心上。直到3月5日下午的病理学基础课上,老师解释紫癜的成因,说到有可能是内出血,我心里"咯噔"了一下,因为在此之前我也发现自己身上出现了些许的"小紫斑"。作为一名医学生,我心里虽然知道任何疾病的诊断都要依据检查结果,但是直觉告诉我,我的身体一定出了问题。当晚我就打电话给远在泰州的父母。妈妈让我不要慌,第二天先去做个检查看看。挂断了父母的电话,我一晚上都没有睡好。

    第二天请好假和室友一起到学校附近的苏州市中医医院挂号做了检查。很早就抽了血,可是检查结果却迟迟没有拿到。我很疑惑,这也加重了我内心的不安。眼看到了中午,报告还是没出来。我有些急了,便跑到检验科询问情况。检验科里面的医生却让我再扎个"小血",说他们需要复查一下。听完医生的话,我心里完全乱了,还好室友在一旁安

黄璨

慰我说："没事的，可能检验机器故障了，咱们之前去见习的时候不是见过机器故障导致结果错误嘛！"我心不在焉地点点头，又等了好一会儿，最终结果出来了。我拿着报告，一下子人就傻了，医生让我赶紧联系家里人，让我赶紧挂苏大附一院血液科的专家号去看看。

爸妈得到消息后，立即赶到苏州，挂了3月7日的专家号。医生看了检查单子说要做骨穿才能确诊。我趴在那张手术床上，尽管打了麻药，可依旧能感受到一根针刺穿髂骨后的酸胀感。其实当时我很害怕，可我不能表现出来，我不想让爸妈担心。14天后的骨穿报告并不理想，但不幸中的万幸，排除了恶性血液病的情况。医生建议先保守治疗，前两个月药效还算明显，三系都有明显的回升。但是到了第三个月血项又开始下降，爸妈带着我到苏大附一院复查。医生拿着检查报告，很遗憾地说让我们考虑做移植，因为我体内出现了耐药性。

于是我们又转到了弘慈血液病医院。吴小津主任听说我还没有确诊，又安排我做了一次骨髓穿刺和活体检测，在2019年7月份，最终诊断为骨髓增生异常综合征早期。7月23日就安排我进入了移植舱。22日晚上护士找了一位大叔来给我剃头发，妈妈怕我接受不了，说要陪我一块剃。我拒绝了，因为大叔推掉我的头发时，我看见妈妈在角落里偷偷抹着眼泪，我不想让妈妈变得和我一样被别人用异样的眼光看待。剃完头，我为了安慰妈妈开玩笑说："妈妈，剃成光头真凉快，哈哈哈……"妈妈没说话，只是眼眶里含着泪水微笑着一遍又一遍地抚摸着我的头……

进舱前需要洗浴更衣的时候，妈妈来了。她两眼通红，我知道妈妈刚刚哭过。尽管我即将面对未知的生命挑战，尽管我也很无助，但我还是笑着跟妈妈说："妈妈，你看这些护士小姐姐穿得像不像我们之前看的电影《生化危机》中实验室里的那些人，她们这样好酷啊！"妈妈蹲在地上帮我擦完身子，苦笑着说："宝贝，你也很酷！你在里面要听护士医生的话，你要坚强！"我用力地点了点头，然后护士就把我推进了更里面的房间，只是在房间门没合上的那一瞬间，我看见妈妈蹲在地上抱头痛哭。是啊，看着自己的孩子被推着走向生命未知道路，作为母亲该多绝望、多无助啊……

进了舱里，一切都是无菌的，唯一与外界的联系便是一部电话和一扇玻璃窗。每天午饭和晚饭的时候，家里人可以在玻璃窗前通过电话跟我说话，我也会告诉他们今天舱里都发生了什么。妈妈每天准时10点半出现在我的玻璃窗前。她永远以最好的一面示我，总会笑着跟我说很多话，她从不曾在我面前表现出她脆弱的一面，只因为她是一位母亲，她知道自己是一个孩子的支柱。我住进舱里的时候，正是苏州最热的时候，爸爸妈妈每天下午2点左右顶着烈日走路去给我买晚饭要用的食材，可他们从来不曾埋怨一句。后来我和妈妈一起回忆起我在舱里的日子，妈妈就说，那时候不管台风天气还是艳阳烈日，在她心里，那段日子都是"冰天雪地"。其实不只是我的爸爸妈妈，每一个被病痛折磨过的病友的家人，他们都曾在"冰天雪地"里无助前行，虽然没有阳光，可爱让他们自带光芒。

我很感激我的爸爸妈妈，也很感激我的小老弟。如果没有11岁的他，就没有如今21岁的我。正是这个年仅11岁的小男子汉给了我第二次生命，让我的世界透进了光亮。他就像一个小太阳，照进了我原本即将破碎的生命，让我重新开出生命之花。

除了我最可爱最勇敢的弟弟，给我第二次生命的还有吴小津主任和弘慈血液病医院10病区的马超医生以及一位我至今也不知道她姓名的护士姐姐。回输那天，当开始输入脐带血的时候，我开始头疼，血压升高，随着脐带血一点点滴进我的身体，我头疼得越来越厉害，最后疼到满床打滚，血压也一路飙升。当时把医生也吓了一跳，马医生和那位护士姐姐怕我随时出现情况，连午饭也没吃就一直陪着我、安抚我直到我最后输完脐带血才离开。那一刻身为医学生的我瞬间明白了"白衣天使"这四个字的含义，在疼痛、无助的病人面前，医护人员是他们的救命稻草，他们的关心和爱护给病人带去的不只是生理上疼痛的缓解，更是生的希望，他们是病人生命里最亮的那束光。

我很庆幸，在2021年，我还能活着并写下我的故事。这一年多的时间里我看到了生命的脆弱，看到了一夜间变老的爸妈。在疾病面前生命真的太脆弱了，明明几天前还和我聊天大笑的同病房阿姨，在我出院后几天就去世了。对面病房里19岁的男生从住进医院就昏迷不醒，哪怕最后医生拔掉他的呼吸机前他爸妈跪在他病床边声嘶力竭地嚎哭，他也没有能睁开眼睛看看他爸妈，看这个世界最后一眼。所以，我很庆幸身边一直有家人的陪伴与鼓励,也有社会各界和学校对我的无私捐赠,还有医护人员的默默奉献。

其实我觉得自己一直挺"丧"的,这一场大病毁了我对未来所有的期待与幻想。但是生过一场大病还能活着不正是老天又给了一次机会让我从头开始吗?所以趁活着,好好生活,好好爱惜自己,心怀感恩,努力变好,要做颗星星,有棱有角,让自己也能成为那个会发光的检验科医生,为更多的人带去阳光!

【点评】

黄璨,一个选择了医学专业的大学生,本来通过努力学习,正精心准备着在将来更好地去服务那些生病的人。然而上天在她成为白衣天使之前,却给了她一场严酷的考验,让一个年轻的生命面临着巨大的风险。是父母的亲情,是医护人员的无私奉献慢慢融化着寒冷的坚冰,是一个10多岁男孩难以想象的坚强勇敢,让久违的阳光终于刺破厚厚的乌云。相信这个未来的白衣天使在经历了这样的一场人生洗礼后,一定会像她自己所时刻准备的那样,做一颗棱角分明的璀璨星辰,自带光芒。

阳光雨露润我心

徐素丹

1965年生，祖籍河南，定居青海。1988—1995年在河南任教，1995年下海经商。2012年做乳腺纤维瘤和副乳切除术。2017年做乳腺癌手术。2020年11月，查出白血病，从青海求医到江苏，一直和病魔抗争。其间三次用药过敏，挣扎在死亡线上。如今依然在不屈不挠地与病魔抗争。

  长期和病魔搏斗，我已然不把自己当病人看待了。2020年11月份，右腋下在2017年乳腺癌切除后留下的淋巴结发炎了，疼痛如闪电劈中，贯及全身。

  姑娘带我去西宁某医院甲乳科看专家，专家说是感染，在社区门诊包扎一下就好了。回来在海湖医院看了一周，脓包越来越大，疼痛像刀割火烙，使我动弹不得。

  姑娘着急了，又带我去西宁市中医医院治疗。一周以后，脓包好了，但血红蛋白很低，输了血，很快又从尿液排出，董伟福主任和马秀财大夫感觉情况不对劲，让我们马上转院到青海大学附属医院的血液科。

  医生看了化验结果，赶紧安排了床位，又是抽血，做骨穿，随后将骨髓样本送去湖北检验。经过各种检查、评估，最终确诊为急性髓系白血病。开始，孩子们怕我承受不了，没告诉我。但我已经想到是不好的

徐素丹

病，病情应该也是非常凶险的。由于长年累月生活在病痛里，我也早已看淡了生死，这羸弱的身体，能活过五十岁我已经很知足了。就是有个心愿愈发强烈，希望能把我的身体捐献给医学研究，去帮助更多的病患减少病痛，也算是对以后和我身体状况差不多的人提供医学病例，为成功治疗白血病早日找到更合适的方案。

自己一路走来遇见了太多贵人，他们从不嫌弃我的平庸，真诚以待，在精神上物质上都给过我很大的帮助。

从广东到青海，坐上西宁到海北的长途汽车，售票员一路嘘寒问暖，对我们的问题不厌其烦地作答；我吃的菜籽油都是朋友们从门源带来的纯正小磨油；我开日化店，机关单位认识的、不认识的都来捧场，有活动需要就来订货，让我很快打开市场。生活区的居民口口相传，让大家来我这里买商品，因此生意做得很好，也交了很多朋友。我很开心，能通过自己的努力在青海省海北原子城实验基地安家落户，把最好的商品以最实惠的价格，给大家使用。

一路上遇到的好人，使我感恩戴德无以为报，能把遗体捐献出去也使我的灵魂可以得到一丝慰藉。我想放弃，也做好了赴死的准备，看开了一切世事恩怨，只想一个人静静地走，把自己的身体奉献出去。

大姐整天整夜地哭，姐夫过来，又送饭，又送钱，说我要放弃的话，她也不活了。大学还没毕业的小女儿说，如果没有妈妈，她再也不回这个家了。远方的亲朋好友天天打电话安慰，又是转钱，又是寄营养品，让我好好看病。二弟的骨髓跟我全相合，时刻准备着给我献骨髓。八十多岁的老父亲关注着我的病情进展，听说我有好转，激动得老泪纵横。还有表弟、表姐、侄女、外甥女等一众亲人，替我感到难过，又劝我坚强，给我的移植凑钱。我的朋友们也一边给我安慰，一边给我凑钱，他们都盼望着我康复归来。

我忽然意识到，我的命不是我自己的，它系着每一个关心我的人的心，我还不能放弃，等寿终正寝时再把遗体捐献不迟。

刚结束了第一轮化疗，血小板数值几乎降到零，寒假刚刚归来的小女儿非常着急，发微博求救，立马就有很多爱心人士过来捐献血小板。很快，我的血小板数值升上去了，把我从生死线上拉了回来。

听说苏大附一院血液科不错，两个女儿悄悄地给我联系了医院和专家，并一路送我来苏州治疗。尽管苏州环境好，医疗水平高，但我还是为巨额的医疗费用发愁。为了给我治病，家里已经负债，亲戚朋友的资助无法从根本上解决问题。

来苏州身不由己，放弃的念头依然强烈，我整天待在病床上忧心忡忡。这时大姐打电话过来，告诉我民政上给了我最高的大病救助，社区为我办了因病返贫的低保，还有亲戚也帮我办了慢性病救助。

这些消息，像春风雨露滋润了我的心田。感觉终于推开了压在我心里的石头，眼前的乌云被太阳驱散，瞬间看到了光明和希望。党的惠民政策使我再也不用为治疗费愁眉不展，再不用有放弃治疗的想法。不只是我，身边那么多的病友，因为有了低保和救助，解决了后顾之忧，重新燃起了与病魔作斗争的勇气，一次次在死亡线上重生。

在医院附近，居然还有一个爱心厨房。二十年前患白血病的陈霞姑娘，得益于台湾大哥哥的骨髓捐赠，成功地战胜了病魔。为了感恩社会，感恩帮助她的好心人，她甘心情愿把自己也奉献给了社会。她倾尽全力，办爱心站，搞爱心活动，帮助白血病人募捐，提供免费厨房，给病人讲入院、饮食、护理的基本常识，并亲自去看望病人，给以鼓励。我很为她的善举感动：姑娘，别太辛苦，照顾好自己！我好了，也想加入你的队伍，给病人最大的帮助，减轻他们的痛苦。

今年7月1日是我们党的百年华诞，我是她的孩子，享受着她的温暖，我一定要通过与病魔的抗争获得新生来为她庆生，让她看到她的儿女们和她一样，坚强不屈，平凡而伟大。

【点评】

　　看了战友徐素丹的文章，难免让人心酸而感叹。叹苍天不公，怎能这般一次又一次地折磨着一个心地善良的女人。可更令人惊讶的是，如此长久而反复的病痛折磨，却让这个了不起的女子愈发坦然而坚定。很多时候，身处苦难时，向命运妥协，甚至放弃生命都是容易的。真正艰难的是为了家人，为着一份无法回避的责任而勇敢地活着。徐素丹女士做到了，而且做得如此干脆而完美，得之我幸，失之我命，向死而生，向美而行。其实，苍天最终必定是公平的，当羸弱之躯有了全新的灵魂，新生命终将穿越重重迷障向我们骄傲地走来。祝福她，早日成为传播爱的天使。

感谢拥有，笑对余生

李宗喜

1959年10月生，安徽省蚌埠市五河县人，小学教师。五河县沱湖中心小学校任教。2017年11月经苏大附一院确诊为急性髓系白血病。2018年3月2日由儿子作为供体完成造血干细胞移植，现正在康复中。

    2017年国庆长假刚刚结束，我回到学校开始正常教学工作。我家离学校骑车也就15分钟的路程。可是那天却感觉那么漫长，双腿无力，每蹬一圈都特别费劲，多用了一半的时间才赶到学校。课堂上也是力不从心，讲几分钟就要坐下休息片刻。我认为是前几天感冒引起的，没当回事，就这样坚持了两个星期。

    爱人带着孙子从蚌埠回家，看到我面色蜡黄、无精打采的样子吓坏了，不容分说带我回蚌埠。第二天早晨直奔蚌埠医学院附属医院挂号就诊。医生开了各种检查单，结果出来心肝肺肾功能一切正常。血常规结果拿到医生手里，他皱眉头说了一句："害怕的事情还是来了，住院治疗吧。"我立马办了住院手续。这是我来到人世五十年来第一次住院，一切是那么陌生而又令人焦虑。

    第二天骨穿结果出来，初步诊断为白血病，哪种类型尚不能确定，好多化验送到外地去了。于是开始输血，输血小板，输液。治疗几天后医生建议我们去苏大附一院治疗。一听要转院，紧张和恐惧又一次

李宗喜

袭来，我想这次真是在劫难逃了！我还能再回到学校上课吗？带着不解和疑惑，我踏上了去苏州的求医之路。

　　2017年11月7日夜里3点钟，外甥开车，爱人和儿子陪伴，连夜赶了6个小时的路程，8号上午终于到了苏大附一院。经过长途颠簸，我已经站立不住。儿子扶着我到二楼血液科门诊。接诊的是17病区的王荧主任。他三十多岁，英俊潇洒，看了化验单了解病情后，立即安排我住院。由于床位紧张，临时住在一个小房间等待床位。办妥住院手续后又开始输血，输血小板。第二天下午就转到了大病房。经全面检查，确诊为急性髓系白血病。王主任找儿子谈话签字，孩子回到病房强颜欢笑："爸，没事的，您要耐心配合治疗，一切事我来办。"看到一夜之间长大的儿子，我忍不住流泪了。很多问题又一次在脑中盘旋，我还没退休，儿子要上班，孙子谁来带？放弃还是坚持？心里的煎熬比肉体的病痛更难忍受。另外还有昂贵的医药费该如何承受？前面的路该怎么走？我在病床上彻夜难眠。

　　11月4日开始第一轮化疗，也许是害怕、担心、忧虑，我不愿和人说话，不想走出病房。睡在床上呆呆地望着雪白的房顶，呆呆注视着输液的吊瓶，默默流泪，每天盼望着下午病区开放时妻子能快些到来。看到她疲惫的神态、消瘦的面庞、两鬓的白发，我的内心很不是滋味。这也是一天中比较轻松的时刻。我们彼此宽慰，盼望奇迹的出现。

　　第一轮化疗结束，骨穿结果显示原幼细胞仍有65%残留，根本没有缓解。第二天主任查房，平静地说："要有信心，一定会有适合你的化疗方案。"我稍微平静了一些。休息两天就进行了第二轮化疗，一个瘦高个子的护工大叔推着车送我去做CT检查，边推着我边和我交谈："老李，看你情绪不好啊。能来到全国知名的医院，又有业务精湛的主任医师给你治疗，有一线希望家人和医生都不会放弃的，你不配合伤害的可是你的亲人啊。"护工大叔的话虽不多，却触动了我的心弦，我仿佛醒酒了，抬头看天是那么蓝，往前看路更宽。再回到病房，感觉一切都那么和谐，病友们都那么可亲，护士也像天使。我开始在走廊里锻炼，和病友们交流各自的病情，以及出现的状况，互相鼓励着，心情变得轻松愉悦。第二轮化疗很快结束了，经检查，我完全缓解了，再巩固一次就有机会可以进净化舱了。

2018年2月22日，医生安排我进舱并制订了周密的移植方案。儿子请假做供体移植准备。进舱准备工作忙碌而有序，至今那些场景仍历历在目，终生难忘。舱里的生活是一种煎熬，更是一种考验，每个人都会遇到不同的情况。内心已经充满希望的我，每天只要能坐起来，就绝不躺下，自己能做的事情绝不要护工帮忙。王主任每天进舱看到我就会笑着说："不错，很好。"短短几个字、一个手势就让我内心充满了力量。

2018年3月2日终于等来了回输移植的日子，我悲喜交加，又一次流泪了，只是这一次流泪不再是因为痛苦和担忧。我一直认为父母给予你的永远无法还清，因为他们给你生命，你却无法给他们生命。但今天我却颠覆了这个亘古不变的定律。儿子的骨髓带着余温一滴一滴注入我的血液，正是儿子给了我重生的机会。亲人朋友们从四面八方汇集到这里，他们个个慷慨解囊，给我带来了亲情、祝福、期盼。学校的领导带来了同事们的问候，蚌埠市公安局的领导带着对部下的关怀、带着战友的慰问金来看望刚刚捐髓救父的儿子。病魔无情，人间有爱，是他们支撑着我熬过了那些最艰难的日子。

感谢医护人员全力救治，感谢亲朋好友的关心和资助，也感谢我相遇过的每一个人，更感谢我妻子形影不离的陪伴和精心照顾。

2018年3月18日，顺利出舱那天，陈霞爱心站在百忙之中安排消毒完备的车把我送到弘慈血液病医院进行康复治疗。坐在车上，对爱心站的感激之情油然而生。我吃过他们精心制作的爱心面条，喝过那里温暖可口的营养粥。肠胃不好时陈霞妈妈还专门给我做调理方案，那真是一个充满爱和力量的地方。

在弘慈血液病医院6病区康复治疗期间有幸遇见了胡晓慧主任的医护团队。胡主任轻声慢语，平易近人；姜姗姗医生认真细致的工作作风、李东洋医生高超的骨穿技术、刘丹医生扎实有效的工作能力，无不令人深深佩服。在弘慈面对的是移植后的一系列情况，我每天如履薄冰，担心突然出现的状况。可喜的是有惊无险，只是在出院的前一天，突发了膀胱炎，那种痛苦只有经历过的人才知道。我咬紧牙关，坚定信念。经过两个星期的治疗，我症状减轻，慢慢痊愈了。

2018年4月26日，也是我最难忘的日子，我终于从弘慈出院了。

我仿佛小鸟出笼般欣喜。一路上看到红花绿草格外鲜艳。飞舞的蝴蝶是那么可爱，我嗅着春天的气息，享受到大自然的美，品味着人生的酸甜苦辣。

为了便于随时复诊，我一直租住在苏大附一院附近的严衙弄。经过一段时间的调养，我恢复很快，医生同意我回老家休养。

2018年12月26日，我终于踏上了回家的路，开始我经历苦难重生后的新生活。我每天坚持徒步锻炼，还经常去盆景基地和师傅们切磋技艺，一直酷爱盆景艺术的我今年还自己动手制作了一些小盆景。

回首往事，我感谢现在拥有的一切是如此美好。我感觉人生的路不管是顺境还是逆境，每一段都会有它特殊的意义。如果你经历过或正在经历着不幸，希望你不要放弃，笑对生活中的风风雨雨，彩虹总在风雨后！

【点评】

读李老师的文章，告诉我们两个非常重要的道理。一是当我们人生遭遇疾病或重大挫折时，在痛苦和绝望如排山倒海般涌来的时候，最终摧毁我们的往往不是疾病本身，而是我们内心信念的垮塌。二是当身处危难时，要努力让自己打开心结，就如同护工大叔简单的一句话，医生的一句善意鼓励，有时会给予苦难中的病人意想不到的开悟和感动。所以，经历过苦难折磨的我们，不仅要善于鼓励自己，更要用我们的善良去关心我们身边的亲人和病友。

愿余生都挺好

> **陆海飞** 1990年11月7日出生,江苏扬州人。就职于南京江苏银行总行。2016年12月26日经东南大学附属中大医院血液科确诊为急性髓系白血病。移植后4年,目前已经正常回归工作。

我的生命在27岁那年按下了暂停键。

27岁,是我硕士毕业离开校园步入社会的第一年。我的家境不好,父亲在我6岁那年就因车祸离世了,就靠母亲打零工供养我和姐姐读书。终于可以自己工作挣钱的我,内心是无比开心的。

正当我积极奋斗不到半年的时候,我开始感觉到头晕越来越重,坐下来就很难站起来的那种。当时还以为是胃的问题,因为之前胃一直不舒服。于是去了江苏省中医医院消化科检查。血常规检查结果显示血红蛋白非常低,医生搭着我的脉叹口气说:"小伙子,你要赶紧住院检查。"隔了一天后,我就住进了东南大学附属中大医院血液科,经过骨穿和一系列的检查,我被确诊为白血病。

住院当天,输了两袋血,感觉人舒服多了。当天晚上,主任过来查房,在跟主治医生交谈时说道:"可能是M1或者是M3。"我当时还不知道自己的病情,后来等医生走了,在网上搜了一下,心里有些难过,脑子里也是一片空白。我也不知道自己还能活多久,就不停地在网上搜"白血病能治愈吗"等类似的问题,心里想着为什么这种病会发生在我的身上。

陆海飞（右二）和陈霞基金会的朋友

开始化疗前需要剃光头，正好快要过春节，好不容易从理发店找来一个人，开价两百元，还一副非常不情愿的样子，说要是知道来血液科，就不来了。我们也没有多说什么，处在弱势群体的我，连大声说话的勇气都没有了。

为了降低感染的风险，在姐姐的要求下，我进入净化舱进行化疗。第一轮化疗，没什么感觉，能吃能喝，可一个月下来，没能完全缓解。医生对我的家人说："他现在就在悬崖边上，风一吹，随时就会掉下去。"这些话我也是2020年才听她们跟我说起，我能想象到当初她们心里承担了多大的压力。

第一轮化疗结束后紧接着开始第二轮化疗，剂量很大，每天都恶心要吐，头发也彻底掉光了，这也让我见识到了化疗的威力。不过好在完全缓解了。在此期间，姐姐一直忙碌着帮我转院。2017年3月26日，我住进了苏大附一院血液科的病房。唐晓文主任过来查房时，说骨穿结果很好，但是因为是从南京转过来的，方案用的有些不一样，所以要做一轮小的巩固化疗。

2017年5月11日我终于进舱了。在舱里接受清髓性大化疗，每天都想吐，每天吃一堆药根本无法吞咽，白天的药到了晚上总是还没吃完。因为胃口差，在舱里体重轻了将近20千克。妈妈跟姐姐每天中午跟晚上都会在窗外陪着我，直到工作人员来清场了才离开，那可能是我那段时间唯一的幸福吧。5月22日，姐姐的骨髓回输到我的体内，完成了移植。移植后去分院住了一个月，其间情况良好，于是出院回十梓街租的房子里。后来因为巨细胞病毒，又去分院住了12天。终于不用住院治疗了，心情都变好了很多。

　　目前已经移植4年，身体的各项数值也都正常。休养期间，我坚持锻炼身体、学习、参与志愿活动、钓鱼、做饭，生活很充实。现在已经重新走上了工作岗位。

　　感谢我的母亲。在南京化疗时，我妈不放心我，为了能够夜里起来透过窗户缝看看我，每天就睡在窗户下的走廊上。由于是冬天，每天夜里腿都会抽筋，可她依然坚持睡在那里。感谢我的姐姐，她用自己的骨髓救了我的命。她曾经说："要是生病的是我，让我弟弟健健康康的就好了。"在她的心里，我的命比她的命还重要。所以，我的家人们，我爱你们！

　　感谢唐晓文主任还有医护人员。再生父母们，谢谢你们给了我活下来的机会！

　　感谢我的单位领导跟同事对我的关心。在我生病期间，你们多次来医院看望我，给予我物质上的巨大帮助和精神上的鼓舞。感谢一路走来遇到的恩师们，在得知我生病后，你们替我奔走筹钱，你们对我的帮助我永远牢记在心。感谢企业家胡总对我的大力帮助，我铭记在心。感谢我的同学和朋友们，你们从全国各地赶来医院看望我，通过微信关心鼓励我，这份情义我深深记在心里。

　　感谢陈霞姐及陈霞爱心站。在舱里的时候，当时跟陈霞姐通了第一次电话，她用自己的经历鼓励我，让我备受鼓舞。于是后来我也加入了义工队，成了一名志愿者。爱心站开展的活动我基本都参与过，每次进舱去看望病人，我都会像陈霞姐那样，以自己的经历去鼓励战友们，让他们更有信心去面对磨难。爱心站就像一个温馨的港湾，我们在这里一起笑、一起哭、互相鼓励，它就是我们在苏州的家。最后我还要特别感谢一下陈霞的妈妈，我那时在苏州的时候，经常会去爱心站跟阿姨聊天，阿姨总会留我吃饭，临走还给我送东西，谢谢您，阿姨。

现在的我已经回归社会，工作忙碌而不忙乱，生活充实而不紧张。有较好的健康观念，会合理规划人生。爱家人，爱工作，爱生活。我相信未来可期，一切都是最好的安排。

或许在多年以后，当我们回首往事时，发现曾经的这段特殊经历，只是自己人生中的一个小插曲而已，到那时，我想我的嘴角会发出会心的一笑。

希望所有的战友，都能健康平安，愿我们余生都挺好！

【点评】

陆海飞，一个刚刚走出象牙塔的有志青年，面对一个贫寒的家庭，作为家中唯一的男子汉，终于有了奋发图强的机会。然而长期的努力透支了自己的健康，一场大病不期而至，企图终止他所有的奋斗和期望。就是在人生再度陷入绝望的时刻，家中的两个弱女子用无微不至的爱和舍我其谁的决心和勇气，守护着这个家庭未来的希望。我坚信，涅槃重生后的他一定会把这份爱珍藏在心底，成为他未来开创美好生活永恒不竭的强大动力。

用心守护生命，用爱开启未来

胡旭栋

2004年12月生，家住江苏省南京市江宁区，就读于南京市上元中学。2015年2月由南京市儿童医院确诊为急性髓系白血病。2016年11月在苏大附一院由父亲作为半相合供体完成造血干细胞移植，目前基本康复。

胡旭栋

我叫胡旭栋，2004年12月2日出生，来自南京市江宁区，目前是南京市上元中学的一名学生，与爷爷奶奶生活在一起。

2015年2月，我被确诊为白血病，这让我本不富裕的家庭更是雪上加霜。我在南京市儿童医院进行了一年多时间的治疗，可就在做完10多个疗程的化疗后，我的病情却有所恶化，唯一的办法就是进行骨髓移植。

2016年9月，我来到苏大附一院继续进行治疗。做了两个疗程化疗后，在11月底，我顺利进入了移植舱，等待移植。由于没能找到适合的配型，我只能采用我爸爸的骨髓，进行半相合移植。好在移植过程很顺利，后续也没有什么不良反应，一个月不到的时间我就顺利出了移植净化舱。目前的我已经康复4年多了，一切情况都很好，除了一些定期检查，我的生活基本和正常人一样了。

在我治疗期间，最让我感动的就是我有幸认识了我的干妈——陈霞。我的妈妈在我生病期间，自己也患上脑肿瘤，不幸去世了。那时的我，面临着疾病和失去亲人的双重痛苦，非常伤心。直到遇见了陈霞妈妈，了解到她原来早在20年前就患上了白血病，但她非常坚强也很幸运，最终成为当时为数不多的康复者之一。现在的她在苏大附一院附近设立了爱心站，经常做一些帮助白血病患者的志愿活动，经常到医院去鼓励和探望病人，还为病人家属提供爱心厨房和康复指导等各类服务。正是爱心站义工们的付出，为广大病人及其家属带去了勇气和希望。也是在偶然的机会中，我渐渐熟悉了陈霞妈妈，觉得她很像我的妈妈，也许是命中注定吧，她便做了我的干妈，也让我认识了更多像她一样的爱心志愿者。爱心站每个人所做的事情，都让我由衷敬佩，正是他们默默无闻的坚持，为病人，为社会，为这座城市增添了温暖和力量。

当然，我还要感谢我身边的许多人。在得知我生病后，我的老师每个星期都来看望我，学校领导还为我组织了筹款。特别要感谢的，是我的爸爸。他不仅无微不至地照顾着我，还为我抽了自己的骨髓，给了我第二次生命。在我人生的危急关头，有那么多亲人和朋友无私地帮助我，这些人和事我会永远记住，因为这是一个人一生难得的财富。

康复了这么多年的我，生活已经回归了正常。但对于来之不易的新生命，我格外珍惜。比如尽量少吃外面的食物，不吃生冷辛辣的食物，外出时戴好口罩等。即便自己以后完全康复了，我也不会松懈。只有对生命负责，才能不辜负那么多人给予我的爱和付出。

正常情况下我的年龄应该上高中了，可因为生病耽误了几年，现在还在上初中。每天的学习虽然很辛苦，但我却觉得每一天都很充实。在不影响身体的情况下，我会尽我所能努力学习。在最近一次期末考试中，我也取得了年级第32名的成绩。在经历过生病这么大的事情之后，现在学习和生活中所遇到的困难，对于我来说，似乎根本都算不上事了。我总会用乐观的心情去看待每一件事，用勇气去改变每一件事。

我觉得战胜病魔靠的不仅是顽强的意志，因为一场大病对人的伤害不只是肉体上的，还有对患者心理上的种种折磨和考验。这就需要患者保持着良好的心态。心里永远感恩，永远装着积极向上的能量，才是患者们最需要做的。相信自己，无论你是正在治疗中，还是已经康复了。让我们每天都充满信心，用心过好每一天！

【点评】

当时年仅10多岁的小战友胡旭栋，经历了一场白血病的洗礼，他没有被病痛打倒，没有因为遭遇不幸而变得自暴自弃，不思进取，而是从他的干妈陈霞和爱心志愿者那里学会了感恩，学会了珍惜生命，爱护生命。最为难能可贵的是，这场特殊的经历让他成了一个积极乐观的人，能够每天充满自信，怀着感恩，迎接着每一个充满希望的日子。拥有着这样的心态，未来自然充满着无限的可能，相信他定将收获一个无限美好的人生。

感恩所有的遇见

解剑飞

1997年4月7日生，山西运城人。2017年11月8号确诊为急性髓系白血病。2018年2月28日在苏大附一院接受父亲骨髓进行移植，2018年6月13日出院。目前康复情况良好。

  我叫解剑飞，1997年4月出生于山西运城，父母都是国企的普通员工，家境虽不算富裕，但也过得简单而幸福。可是，就在我即将大学毕业，未来美好的一切都在向我招手时，突如其来的灾难却不期而至。

  2017年的11月3日，当时我正在学校安排的苏州一家工厂实习，突然感觉头有点晕，还有点发烧，便请假去了苏大附二院检查。医生给我量了一下体温，说没太大问题，就给我开了点药。可是过了两天，烧不但没退，反而头更晕了。我便想去输点液，心想可能就会好得快点吧。当时头特别晕，便吃了一粒退烧药，觉得稍微好点了才出了门。谁知接下来却是一场漫长的求医之旅。

  我先是到了一家诊所，医生听说我发烧3天了，就让我先抽血化验。拿到化验结果一看，他说我这个可能不仅仅是发烧的问题，建议我去大医院看看。我心想：难道得了什么大病吗？就赶紧打了一辆出租车前往一所较大的医院。到了医院已经下午6点半了，当时已经没有胃口去吃东西了，就匆匆忙忙到急诊去挂号。当我把化验报告给医生时，医生满脸惊讶地说："你这个是不是电脑系统出问题了？白细胞怎么这么

解剑飞

高啊?"便带着我回到抽血室又抽了一次血。等再次拿到化验结果时,他和旁边的一位医生讨论了两分钟便对我说:"孩子,你这个病有点重,我们医院不敢给你治,这样吧,我给你写一份检查报告,你拿着它去苏大附一院看看,那里或许能解决你的问题。"走出医院的大门,我心里五味杂陈,我到底是咋了?

不容我多想,便再次打了一辆车前往苏大附一院。到医院时已经晚上7点半了。当我满怀希望地走进医院时,却发现医院里好多人啊。而我当时头已经开始发晕了,强打精神急忙去排队挂号。等我这次抽完血时,胳膊已经有些发紫了。一拿到化验结果,我赶紧去找医生。医生拿过报告后一看，又拿起先前那份报告仔细看了看，对我说："孩子，正好这里还有一张床，你就躺这儿吧，我先给你挂点退烧的药，现在已经很晚了，你明天早上去门诊挂个血液科的号，到时候就会有人给你处理的。"

终于可以躺下了，当时我已经头晕脑涨，浑身无力了，都没仔细看我的检查报告。当值班医生来到内科查房，看到我的报告时，惊讶地说："啊，疑似白血病？孩子，你家里人呢？""我父母都在山西，我是在这实习呢！""还是给家里打个电话，让家里人明天来一趟吧！"当时已经快10点了，我怕这么晚打电话父母为我担心。在我的认知里，白血病是电视剧里才有的，怎么会落到我头上？一定是误诊了，但心里毕竟有点害怕，还是拿起手机给妈妈打了个电话。由于家离得太远，父母再着急也无法及时赶到。有个表舅正好在无锡，母亲让他先赶来，尽管我和表舅并不太熟，但有个大人在，心里踏实多了。

一夜无眠。第二天一早，我便到血液科去挂号，我的同学听说后也早早来陪我了。医生拿着我的报告看了又看，又问了一些问题，便拿起手机去打电话，说让我稍等一下，不一会儿她的手机响起，接完后她就对我说："你真幸运，今天正好有位病人出院，你可以马上住院，以最快的时间得到治疗了。"我当时就懵了："医生，我真是得了白血病了吗？""很大可能是，去住院部做个骨穿就知道了。"我当时怎么走到住院部的都不记得了，幸好当时表舅也赶到了医院，帮我办了住院的所有手续。

躺在病床上，两眼放空：我才20岁呀，还没大学毕业，还是家里的独子，父母也快50岁了，我这有个意外，父母可咋办呢？当晚上父母匆匆从老家赶来时，看到爸爸妈妈红肿的眼睛，我扭过头，不敢正视他们，妈妈反而安慰我说："好好配合医生治疗，肯定会好起来的。"

三天后，骨穿报告出来了，是急性髓系白血病，还有三个基因突变，属高危型。上网一查，治愈率很低，何况我还是高危，而且白血病有一个漫长的治疗过程，费用很大。我的父母只是普通的工薪阶层，怎么负担得起呢？我的心又一下沉到了谷底。妈妈看出我的心思，宽慰我说，你心态好一点，别想那么多，好好配合医生，至于钱的方面，你就不用考虑了，爸爸妈妈会想办法的，大不了把房子卖了嘛，只要你好好的就行。妈妈还从爱心站拿来陈霞姐姐写的《生命如此美丽》和沈雪洪老师写的《你不是一个人在战斗》让我看。各位前辈面对病魔时坚强不屈、积极乐观的态度，也让我内心的生命之光重新亮起。是啊，为了父母，我也得好好地活着。

　　此后我积极配合医生的治疗，两轮化疗缓解得也都不错。在此期间，父母都和我做了骨髓配型，在骨髓库里没有找到和我全相合的，医生权衡利弊，最后决定用爸爸的，让爸爸的骨髓给我移植。

　　2018年的2月16日，大年初一，是我们一家三口第一次在外面过年。苏州古城的大街上冷冷清清，大街上好多商铺都关着门，也听不到一点鞭炮声，只有商铺门口挂着红灯笼，好像在告诉着人们，现在正是在过大年。2月17日，大年初二，医生通知我进净化舱准备移植，10天的化疗，让我恶心呕吐甚至晕倒，还好都挺过来了。2月28日父亲的骨髓干细胞慢慢流入了我的身体里，3月16日我终于走出净化舱，涅槃重生了！

　　如果说前期化疗，进舱算闯过了鬼门关的话，那出舱后的恢复却让我在鬼门关又走了一圈。

　　出舱以后来到永鼎医院恢复疗养，先是发烧了一个星期，浑身酸痛无力，妈妈每天晚上给我按摩到很晚。等一个月左右，医生说恢复可以了，准备出院时，突然又开始尿血，膀胱炎的痛苦让我现在想起来还心有余悸。等膀胱炎快好了，又突然咳嗽，拍片一看，弥漫性肺炎！医生马上帮忙联系转院到苏大附一院的呼吸科，幸运的是那儿正好有张床位。到那里才知道弥漫性肺炎特别危险，如果控制不好，几天的时间就可能送命。每天下午父母来看我时，我都装着很开心的样子。我要用笑脸来迎接悲惨的厄运，用百倍的勇气来应对一切不幸！也许老天爷被我的顽强所感动，半个多月后，我的病情得到控制，当摘掉氧气罩，可以自由呼吸时，我的心情都好像放飞了，庆幸又一次从死神手里挣脱了出来。

　　当我的病确诊以后，我所在学校的老师和同学第一时间给我发起了募捐，父母单位的同事、同学和朋友也纷纷伸出了援助之手，亲朋好友更是经常关心问候。尤其是在无锡的表舅和舅妈，每个星期天都来苏州，不仅带来了物质上的帮助，还在精神上给了我们莫大的鼓励。还有陈霞爱心站的志愿者杨锦天哥哥，他仅仅比我早移植了8个月，当我在净化舱里恶心呕吐甚至晕倒时，是他来鼓励我，给我增添了勇气信心和力量。感恩一路走来所有的遇见，遇见所有的医生没有让我耽误病情，让我直接到苏大附一院接受正规的治疗，更幸运的是遇到了医者仁心的仇惠英主任，是她们团队医护人员的精心治疗护理，让我少走了很多弯路，且得以恢复。

现在我重生已经3年多了，且在出院1年多后完成了学业，现在在一家企业工作，一切渐渐恢复到了常态。

很喜欢这段话，今生所有遇见的人和事前世已注定，来世所有遇到的人和事今生已注定，生命中的一切都无须拒绝，笑着面对不去埋怨，遇到的人善待，经历的事尽心，一切都是最好的安排，感恩所有的遇见。

【点评】

　　一个年轻的90后，在一个远离家乡的陌生的城市，在一个凄冷的傍晚，一个人拖着已经精疲力竭的身体奔走于医院。一份冰冷的报告，一声冷峻的告诫，千万次的内心诘问，这样的一种情形犹如一幕精心设计的电影，让人的心不由跟着紧张而战栗。一个特殊的新年，一场特殊的手术，一次又一次与死神的勇敢赛跑，终于练就了一副铮铮铁骨，终于修成了一颗豁达而乐观的心。

生命可贵

成雪

1996年1月25日生,籍贯江苏省泰州市。2015年6月确诊为急性淋巴细胞白血病,同年9月14号在苏大附一院进舱接受无关供体干细胞移植。

2015年6月是我踏入社会、准备实习的时间,不幸的事情发生了。在医院实习3天后,我突然低烧,全身酸疼,爸妈带着我到医院做了全身检查都没有异常,最后来到血液科,当时主任让我做了一个血常规,结果出来血小板数值很低,我记得当时我姐还带我到急诊重新做了一次,两次的结果差不多,血液科主任立即给我做了骨穿。依然记得爸妈下去办住院手续,姨妈和姐姐陪我在病房里,我坐着和她俩说了一句:"最坏的结果就是白血病。"姨妈和姐姐哭着安慰我,我当时一点都没有怕,就是觉得对不起爸妈,这么大了还要让爸妈照顾我!第二天下午舅舅和姨夫把爸爸叫了出去,应该是知道了结果,他们和主任已经商量好去苏大附一院治疗了,联系好了那边的床位,傍晚我们到达了苏大附一院并住院。我一直询问他们到底怎么了,他们一直瞒着我,说我就是血小板低,挂几天水就能回去了。而我发现护士站小黑板上我的那一栏写的是"AL",我便在百度上查到了这是表示急性白血病。我偷偷哭过,可是我不能让爸妈担心,我必须积极配合医生的治疗。

一个礼拜只有一天用化疗药的我不适症状很少,但是头发已经开始慢慢掉了,长发及腰的我不忍心剃光头,还是一位妹妹鼓励我,并和我

成雪

一起剃了光头。当天妈妈也剪掉了自己的长发,她说是为我打气。住院一个月,爸妈在医院附近租了房子,每顿定时给我送饭,每天只有吃晚饭的时候爸爸或者妈妈单独来陪我,他们只能轮流进来陪我,鼓励我。因为激素的原因,每天我吃很多餐,爸妈每天都要跑好几趟。看着他们为我担心、身体消瘦、渐渐变老的样子,我真的很难过。在医生的建议下我们决定做移植,并在骨髓库寻找能与我配型的骨髓。

第一轮化疗结束,在我们回家的路上,不幸中万幸的事情发生了,我们接到医生通知:骨髓库有配对成功的捐献者!回家一个月后我开始了第二轮化疗,这次只有短短十多天,化疗后我没有回家,留在苏州租的房子里,等待着9月14日进舱。进舱后的清髓化疗让我痛苦万分,吃完了吐,吐完了继续吃。我关掉了手机,不愿与任何人联系。每晚爸妈来看我的时候,我看到妈妈抹着眼泪,爸爸强忍着泪水,却还要鼓励我,让我坚强一点。

9月24日回输无关供体干细胞后我瞬间精神了,忘记了之前所有的痛苦,每天该吃吃该喝喝。一直以为做完移植就好了的我们,回输一个多月的我开始了急性排异,皮肤排异伴肠道排异,这让我痛不欲生。

"我怕是熬不过去了!"这是我生病以来第一次对妈妈说的一句很丧气的话。我抱着妈妈痛哭,疼痛让我无力。很感谢当时两位主任始终没有放弃我,爸爸妈妈每天对我鼓励,只要有一点力气爸妈都会让我不要躺着,起来坐着、站着,稍微有点力气就扶着我在病床边踱步。慢慢好转后,体重只有32.5千克的我走路都没有力气,爸爸陪我慢慢康复,一开始需要他们扶着我,渐渐地我可以自己慢慢走了。临近春节,我很想回家,每天我都要问"医生,我可以回家过年吗?"最后终于等到了医生肯定的答复,我们在腊月二十八那天回了家,现在想想当时胆子也是很大呢!

时隔五年多,一切恍如昨天。现在的我,妈妈仍是悉心照顾,爸爸每天再忙都要和我聊天,一家三口吃完晚饭出去散散步,我也算是提前进入老年生活了。虽然还在排异,但是我仍然庆幸,我仍相信一切都会好的!我感恩这些年帮助过我的医生护士、亲戚朋友、同学老师、陌生人以及给我第二次生命的供体,让我更加珍惜身边所有的美好,微笑拥抱每一天,做像向日葵一样可爱的女孩!

【点评】

越努力越幸运,这是任何一个身患重症的战友都必须坚持的一个法则。就像年轻的战友成雪一样,即使是在被病痛折磨得骨瘦如柴,浑身已经没有一丝力气的时候,她也依然坚持挪动自己的双腿,开始最为简单的康复训练。病痛可以摧残我们的肌体,但绝不能摧毁我们的精神。心存阳光,信念不灭,如向日葵一样向阳而生,就一定能化腐朽为神奇。

送我一朵小红花

朱潇烨

江苏省昆山人。2017 年 8 月 11 日确诊为急性淋巴细胞白血病，同年在苏大附一院进舱接受造血干细胞移植，目前康复良好。

　　敲击键盘的声音在 3 年半后终于再次在我的耳边响起，这个声音曾经每天在我耳畔不断地重复，让我觉得厌恶、烦躁。但是今天我却觉得她如同天籁一般在我的生命中再次奏响。

　　3 年半前我突然被告知得了急性淋巴细胞白血病，没有一天的缓冲期，我就被拉进了病房做骨穿、各种检查、化疗、移植……我一度以为，再也没有明天。可是如今，我已经是移植后 3 年零 4 个半月了，正在康复中。

　　我叫朱潇烨，江苏昆山人，发病时 30 周岁不到，于 2017 年 8 月 11 日确诊为急性淋巴细胞白血病，我的女儿才刚过 2 周岁。如果说人生就像一盒巧克力，永远不知道下一块是什么味道的话，那么，我的前半生，绝对都是 85% 以上的黑巧，苦涩但却让人无法忘怀：父母经商失败，初三中考前 10 天，法院封了家里唯一住宅；高中 3 年靠亲戚接济勉强支付学费，父母打零工供我生活费；大学 4 年，几乎每个周末，我都在做兼职；大学毕业只身离家，想要靠自己创造新的生活，没想到又经历了一段灰暗难熬的时光，为了父母，我回到了昆山。

　　在昆山，我认识了现在的老公，两人经济拮据，从一无所有，到裸

朱潇烨

婚，再到借钱买房，然后贷款买车，生了可爱的女儿，一切的幸福，刚刚有了端倪，我突然病了，是白血病。这些我曾经跟身边的朋友无数次提过，得什么都不要得的白血病找到了我，我的世界，在一瞬间再次崩塌。

那时的我，才30周岁不到，经历了这么多，我觉得我有颗强大的内心，我不畏病痛，不惧贫苦，但是我有爱我的至亲，那时我的女儿不到2岁半，一直以来我都说生她无二，只是想在有限的时间里陪伴她感受这个多彩的世界。所以，我想好好治疗，多留点时间给她和自己！怀揣着这种心情，我来到了苏大附一院血液科治疗，感恩在强大的血液科团队的帮助下，我拥有了现在平静美好又真实的日子。

在治疗过程中，特别感谢苏大附一院以及弘慈血液病医院所有的医护工作者，感激他们的仁心仁术、大爱无疆，同时我也体会了血液病科室每个医生、护士、护工的谨慎和辛苦。我觉得我幸运至极，能在移植前遇到认真且果断的金正明主任团队，能在移植后遇到温暖且细致的陈峰主任团队，尤其是陈晓晨医生和赵烨医生，在病房里能听到他们的声音，我就像吃了安心丸一样。

也很感谢在以后给予我精神鼓励的陈霞姐姐和沈校长。在移植后病房的某一天傍晚，我老公说："你看看谁来看你了？"我看见一个美女姐姐柔柔得像个仙女一般走进了我的病房，说："这个妹妹看着恢复得很好，一定会好起来的，你知道我是谁吗？"我摇摇头，她说："我是陈霞呀。"我怎么会不知道陈霞姐姐，陈霞姐姐做移植时海峡两岸的直播我记忆犹新，我只是不相信，移植过后的姐姐还能活得如此的洒脱和自信，虽然她没有跟我聊多久，但是加了她的微信，看了她的现状，我有了很大很大的信心，我知道我也有机会跟姐姐一样在恢复好之后又飒又美。通过陈霞姐姐结识了沈校长，他比我早半年移植，也来病房看望过我，陪我聊天，送我他的著作《你不是一个人在战斗》——陪伴我度过一个个无聊的午后。

我真的很感谢他们为我付出的一切。

2018年春节前，我出院了，但我知道还有很长的路要走，到康复还需要4到5年的时间。闲不住的我觉得不能让自己白白消磨这得之不易的美好时光，我在这近3年半的时间里，一边应对各种治疗炎症、排异等问题，一边抽出时间做我想做的事情。

2019年，利用空闲的时间我考了国家高级茶艺师和国家中级评茶员职业资格证。在身体渐渐恢复后，公司让我每天去上半天班。每天除了处理简单的工作外，就是在茶台前给同事、客户泡茶聊天，大家聊聊工作，聊聊生活，我用茶来滋养、放松大家的心情，大家用认可和肯定来鼓励我继续前行。在公司闲来无事我会看看《道德经》、学学《黄帝内经》、听听樊登解析的《论语》，虽然比较杂乱且一知半解，但我觉得收获颇丰。

2021年初，我去看了《送你一朵小红花》，结合生病前后的经历我略有感悟：我觉得我们怕失去和离开，但是这又是我们无法回避的问题。剧中韦一航说："她消失在我的未来里。"我觉得身边的一切都会消失，如他所言，消失前珍惜每一分每一秒，这样我们就不会有太多的遗憾。

剧中说没有哪个人过得容易，的确如此，所以我们都要活得充满希望，不要"丧"。同时也要包容和体谅身边的每个人。最后祝我身边的每个人都活在当下，人生都没有完满的，当下我们拥有的就是完满的。珍惜当下，生活会给你一朵小红花。

说了这么多，我一直没有感谢我的至亲：我的父亲、母亲、爱人、女儿，以及这么久对我不离不弃的伙伴们，我唯一能感谢他们的方式，就是积极努力好好地活着。如果生活送了我一朵小红花，那我就竭尽全力地让这朵小红花绽放得美丽而又长久。

【点评】

"送你一朵小红花"，这是看完战友朱潇烨的文章后发自内心想送给她的一句话。因为生病后的她变得更加睿智而豁达、坚强而乐观。一个30岁前似乎人间所有可以想象的苦难都已经经历的女孩，在一场生与死的战斗中，没有过多的悲天悯人，没有太多的哭天抹泪，而是选择了默默地隐忍和坚强。最为难能可贵的是，她身上有一股倔强的进取精神，苦难的岁月让她学会了即使在最黑暗的岁月里，也要努力去寻求那一丝属于自己的光明和力量。

别哭,前面一定有路

史旭兰

1984年7月30日出生。2017年12月被苏大附一院确诊为急性髓系白血病,化疗9个疗程后于2019年8月分子学复发,2019年11月28日进行干细胞移植手术。目前在逐步恢复正常的工作和生活。

想了很久最终还是决定写下自己的故事,尽管每回忆一次都犹如揭开旧伤疤一样令人难过。

我叫史旭兰,今年37岁,我生病的时候33岁。2017年12月24日夜晚的平安夜,于我而言是有生以来最不安和痛苦的夜晚。这一夜我是在苏大附一院的急诊室度过的,发了整整一夜的高烧,迷迷糊糊的,第二天便住进了苏大附一院血液科52病区。我不知道怎么了,医生说的白细胞、血小板什么的我完全听不懂,直到几天后在我的逼问下,老公才小心翼翼地跟我说我可能得了白血病。我不敢相信,前段时间我的身体一直挺好,尽管感觉比较疲劳,但没有放在心上,以为只是工作太劳累了。就这样,在我还是比较懵的状态下第一轮化疗就开始了。那将近一个月的日子,如果让我用一个词来形容的话,我能想到的唯一词语就是"生不如死"。化疗药物的强烈刺激让我每天都是上吐下泻,五脏六腑像是着了火一般的灼热,浑身上下酸疼无比。因为实在太难受,以至于针戳在手上都完全感觉不到痛。如果说这些身体上的折磨尚且能够

史旭兰

忍受的话，精神上的折磨则足以摧忍受的话，精神上的折磨则足以摧毁一个人的意志。血液病对病房环境要求很高，所有的患者大部分时间都是单独住院的，家属只有晚上到了饭点才能过来探视，这也就意味着对于一名患者来说，还没等你彻底想明白，马上就进入了一个隔离状态。第一个疗程的 26 天，624 小时，37 440 分钟，2 246 400 秒，每分每秒我都被一系列问题纠缠着：为什么我会得上这个病？为什么老天对我这么不公平？只有 7 岁的儿子今后怎么办？已经年迈的父母怎么办？老公再娶后还会对儿子好吗？会对我父母好吗？……我几乎是整夜整夜睡不着，也许是害怕一闭眼再也醒不过来了。

  白血病，就我当时的认知水平来说，是必死无疑的，我从来没想过我还能活着离开医院。我所有看似坚强的表面无非是害怕家人担心。我是和老公两个人出门看病的，确诊后我们也不敢告诉我父母，担心他们撑不住。我公婆早就过世了，我也没有兄弟姐妹，所以所有的决定都只能由我和老公两个人一起商量。我老公跟我说："什么都不要想，不管花多少钱，哪怕卖房也要治好，我唯一希望的是你还有求生的意志，如果你的精神垮了，我害怕我一个人撑不住。"就这样，我们没有告诉家里人，我也没有号啕大哭，而是看似很平静地接受了这个现实。

  老天眷顾，第一个疗程后，我的疾病得到了完全缓解，并且主治医生跟我说我属于低危组，暂时可先不考虑移植。这让我们大大松了一口气，因为我唯一的供体是年仅 7 岁的儿子。有了这些好消息后我们才敢慢慢告诉我父母我到底生的是什么病，我也开始逐步接受这个现实。

  从 2018 年 2 月开始到 2019 年 5 月，我又做了共计 8 轮化疗，此间种种，不忍回想，总算是老天爷眷顾，有惊无险平安度过。直到 2019 年 8 月份的一次骨穿报告显示白血病分子学复发，我一度不敢相信，因为此前状态一直很好。但是，医学数据不会骗人。生活就是这么无情，给了你一颗糖，又马上狠狠甩你一耳光。将近两年的治病生涯早就使我们处乱不惊，狠狠大哭一场后，我和老公马上做出了决定——移植。

  2019 年 9 月，我做了移植前最后一次化疗，完全缓解，身体检查也符合进舱条件。儿子那时候也 9 岁了，主治医生考虑到他年纪太小，制订了只抽干细胞不抽骨髓的移植方案。父母拿出了他们的养老钱，亲戚朋友、同事同学还有一些我不认识的好心人纷纷给我捐款，终于凑够了进舱的费用。我的主治医生薛胜利主任笑着对我说:"天时、地利、人和都具备了,想不成功都难。"

  2019年11月28日,当儿子的造血干细胞缓缓流淌进我身体的时候,我重生了。因为移植前化疗次数太多,移植后我的恢复和别人相比要慢上很多,移植后7个月内我都在和巨细胞病毒作斗争,移植后8个月的时候因为巨细胞病毒感染并发巨细胞病毒视网膜炎,每个星期都要在眼球打针,不过这些都过去了。

  这场疾病完全改变了我的人生轨迹。33岁,一个女人最美好的年纪,我本应该有稳定美满的生活,有处于上升期的事业,可这几年我却在和病魔进行着生与死的拉锯。但这场疾病也并非一无是处,它带给我最大的收获是爱与被爱。生病之后我才知道被这么多人爱着是那样的幸福。我的爱人,他为我放弃了工作,陪我治病,为我东奔西走;我的父母,以年迈之躯替我撑起我的小家,让我安心在外治病;我的儿子,年幼的他给了我第二次生命;我的公司第一时间为我组织募捐,并且在我治病这几年一直给予生活上的照顾;我的亲戚、朋友、同事、同学纷纷给我打气,又出钱又出力,他们和我一起畅想未来的生活,给我活下去的勇气和希望;还有很多病友,我们互相鼓励、互相加油,他们那种不屈不挠的精神一直深深地激励着我……

  现在我已经移植16个月了,目前在公司做一些简单的工作,生活平静而充实。偶尔和同事聊天,他们都说我好坚强,生了这么大的病,依然乐观开朗。我说因为我的命现在不是自己的,而是很多人给的,有那么多人爱我、支持我、鼓励我,我有什么理由不好好活下去?从此以后我不会再害怕彷徨,因为我知道我已经足够强大,我拥有了太多太多的爱,这些爱足够支撑我去面对未来生活中所有的艰难困苦。

  最后我想对所有的病友们说,当你们感到非常彷徨、绝望、无助的时候,请一定要相信自己的医生。多年的治病经历,我真正知道了什么叫做"医者仁心"。除了家人之外,你的医生是最希望你活着的人,这句话一点也不夸大。我依然能够记得我数次命悬一线,我的医生又数次将我从死亡线上拉回的情景。救命之恩,无以为报,唯有好好活着,才是对这群白衣天使最大的回报;也唯有好好活着,才是他们最希望看到的事情。

【点评】

　　失望、绝望、希望，这是很多白血病患者无法回避的轮回。从刚刚确诊时的失望和怀疑，到治疗过程中让人几乎绝望的痛苦和迷茫，再到苦尽甘来时眼前闪烁的那一束希望之光。战友史旭兰就经历了这样的一种生命考验，而且这样的一种轮回，她经历了整整两轮。也正是在如此反复的煎熬中，一颗脆弱的心变得越来越强大而澄澈，透过经过洗礼后愈发澄澈的内心，让我们发现着这人世间爱的真谛。

凤凰涅槃

胡传扬 1989年4月出生于安徽省安庆市。2014年2月确诊为急性髓系白血病，经化疗后进行自体干细胞移植，2016年9月复发后再进行半相合异体造血干细胞移植，目前已恢复正常工作和生活。

  首先为什么取名作"凤凰涅槃"呢？因为在我白血病复发后第二次移植进舱前，我坚信这次一定能像凤凰涅槃一样浴火燃烧向死而生。虽然预料到有极大的风险和巨大的痛苦，但仍坚信自己可以挺过去获得重生。

  我叫胡传扬，1989年4月出生于安徽省安庆市长江边一个夏天莲花盛开的小村子，今年也已经是32周岁了。生病前我在广州工作，康复后仍然在原单位工作。

  2014年2月，刚好在家过年的我，总是感觉乏力、嗜睡、吃东西没胃口。家里人以为我可能是感冒了，我也以为只是感冒。过完年回去广州上班后仍然很不舒服，我也只是去药店买了感冒药。又过了两周，实在是撑不住了，而且发现身上有红点了，便到皮肤科治疗，输液还没结束，皮肤科医生有点神情紧张地停下了我的输液，说先不输，再抽个血确认下。因为快下班了，结果当天出不来，医生跟我强调了好几次，让明天一定要来，我开始有了不祥的预感。第二天，果然厄运来了，看着血常规单子上满满的箭头，我头皮发麻，单子下面赫然写着"急性髓

胡传扬

系白血病",大脑瞬间一片空白,而后就是脑海中充盈着"死亡"二字。拿到检查结果前,从没想过自己会得这种绝症,尽管看过无数电影电视剧中演绎过这种情节,也从未想过某天会落在才 25 岁的自己身上。揣着报告单,在医院的长椅上坐了很久,仍难以相信这是事实,一想到死亡很可能来到,对未来的种种规划、憧憬就全部破碎、灰飞烟灭了。看着手上的检查结果,想到身上的种种症状,我不得不面对现实,重新整理思绪,去应对这场突如其来的灾难。

通知了家里人,然后便开始了第一个疗程,尽管事先对化疗进行了了解,但第一轮化疗的凶险程度却是当时的我完全没有预料到的。身体的剧烈疼痛,肺部真菌感染并发败血症,连续高烧 40 ℃ 以上,血压持续降低,血小板急剧下降,全身皮下出血,眼底出血导致双眼几乎失明,接踵而来的突发状况让自己彻底懵了。家里人也被这番凶险和下达的病危通知书打击得六神无主。幸好后来细胞按预计时间"涨"起来了,身体开始恢复。基因报告也出来了,低危型。一切开始向好的方向发展。

病情的缓解,让我们开始盘算后续治疗的事情。得知苏大附一院治疗白血病全国一流,遂转院来到苏大附一院。与主任充分沟通后我们选择了当时认为是最合适的自体移植方案,风险小且复发可能性优于纯化疗。经过两次化疗后,我做了自体干细胞移植。有了第一轮化疗的经验,再加上苏大附一院成熟的治疗方案和精心的护理,康复过程基本上波澜不惊,5 个月后我就出院回家了。

自体移植恢复还是很快的,但 2016 年年初那次复查提示复发可能性大,刚拿到报告的时候我也是一惊,脑子很乱。回去后想了很久,调整好心态继续上班,这件事也没告诉家里人,怕他们担心。2016 年 4 月的复查结果显示,竟然好转了。剧本就像是上天早就已经写好了一样,2016 年 7 月的复查骨髓形态图显示复发,找主任看了报告,这次真的是复发了,要马上住院化疗。基于之前的经历和对白血病的了解,这次只经历了短暂的失落,我就迅速调整好心态,迎接这个终极战斗。在办理好住院手续后,我还特地请假出去吃了特别想吃的黄焖鸡米饭,这一次完全没有紧张没有害怕,很淡然。

自己很淡然,但是父母知道之后我还是从他们的话语中听出了极度的伤心，我安慰他们：没事，可以治好的。但是仅仅内心强大是不够的，还有很多的具体事情要去做，确定治疗方案，异地转诊办理，提前寻求经济上的支持等。受益于必胜的信念及细节上的把控，第二次的整个治疗过程都很平稳，半相合骨髓移植也很顺利，没有发热，没有肺部感染，没有口腔感染，没有肛周感染，没有膀胱炎，没有大的排异，血常规三项稳定，表现甚至超过预期。出舱后也很稳定，没有大的状况出现，身体恢复得也较快。

在刚进舱的时候，一般人可能是玩手机打发时间，我却在笔记本电脑上规划出舱后的生活，比如出舱后半年内主要是休息、看看书，半年后学烘焙、中餐烹饪，音乐方面学一下吉他，身体恢复后练一下网球，然后去旅游。这里面实际最后实施了的是看书、烘焙和旅游，自学烘焙算是很得意的一件事，在苏州疗养期间做了戚风蛋糕、海绵蛋糕、芝士蛋糕、提拉米苏等众多种类的蛋糕，还有蛋挞、面包、饼干等，都很成功，当时也在病友群里分享，受到很多病友的称赞。在身体得到基本恢复后，我也逐步走出房间去外面看看，放宽身心，从最开始的苏州市区，到周边的上海、无锡、南京等。在2018年的4月份我决定一个人开启为时一个月的云南自由行，春城昆明的石林、大理的风花雪月、丽江的玉龙雪山、美丽的高原明珠泸沽湖、人间的天堂香格里拉、藏族神山梅里雪山，最后是梅里雪山脚下的世外桃源雨崩的6天徒步之旅。一路走来身体经受住考验，心灵得到洗涤，创伤被平复，那个从前的我又回来了。

对于能安全渡过这个劫难，要感恩的太多太多。首先要感恩的当然是家人，感恩他们一直的陪伴和毫无保留的付出；其次要感恩亲朋好友及同事的关怀和帮助；感恩公司的济难基金给予了经济上莫大的支持。这里有一个小插曲必须说一下，在广州的第一个疗程，化疗后血小板甚低，血库告急几天输不上血小板，父亲向公司求助希望互助献血，但是没说清楚要几个人，工会工作人员连夜动员公司员工，第二天竟然有一大巴车的同事去到血库，人间大爱啊！最后要感恩医护人员，他们像天使一样守护着我，帮助我从深渊中走出来。

对自己多年的治疗经历，我用一句话总结，就是"战略上藐视，战术上重视"。战略上藐视即白血病是完全可以战胜的，尤其在科学技术快速发展的今天,必定能战胜它,不要恐慌,积极应对;战术上重视即在具体问题上,要认识到治疗过程可能出现的艰难曲折,采取慎重态度,严格遵守医院的规定及医生的医嘱,多了解治疗过程中应注意的细节、可能存在的问题及解决方法,尽量做到从容应对、随机应变。

最后,献给大家《苦才是人生》一书中的一段话:"苦难,到底是财富还是屈辱?当你战胜了苦难,他就是你的财富;当苦难战胜了你,它就是你的屈辱。"

【点评】

凡事预则立,不预则废。对于遭遇白血病的战友来说,如何能够顺利闯关?除了寻找到一个好的医疗团队给予及时有效的科学治疗之外,还必须做好心理上的各种准备,唯有内心强大了,才能有足够的勇气去经历一场旷日持久的战斗。战友胡传扬就是如此,从得病到化疗,从自体移植后的再度复发到经历第二次移植后终获新生,没有丝毫退缩和懈怠,就算在净化舱最难熬的日子里,依然心向光明,规划着未来的生活。苦难最终成就了一颗倔强的灵魂,也收获着自己最为宝贵的人生财富。

三十而已，我修完了人生的死亡学分

魏凌霄

1989年1月生，工作、生活在上海。2018年8月确诊为T淋巴母细胞白血病，在上海华山医院接受化疗。2019年2月在苏大附一院由哥哥作为供体完成造血干细胞移植，现已正常工作、生活。

2018年6月，正值南方的梅雨季节，初夏的上海，闷热潮湿。我刚刚结束人才储备期，调入新的工作单位，满怀对新工作新生活的期待。我说服妈妈在小侄子放假后来上海住几天。我办好了护照，订了8月份飞日本的机票，每天查旅游攻略，计划着一场4人的闺蜜行。

可是，意外先来了。

不管事件的概率有多小，都会发生

7月16日晚上，后背左侧突然痛得厉害，呼吸也有些困难。燥热的7月，夜晚也无比难熬。第二天一早妈妈陪我去医院检查，在挂号机前我们都不知道应该挂什么科室，只觉得上身痛得直不起来，就挂了一个疼痛科，医生按了按、拍了几下就让我去做了胸部CT，报告出来后医生反复跟我确认最近有没有受过外伤，建议我再做一个胸部增强CT，并给了我他的联系方式，说报告出来可以直接发给他，之后有需要也可以随时联系。

知道第二天一早要做增强 CT，头天晚上我喝了 2 000 毫升帮助排空肠道的电解质水，拉了一晚上，第二天从 CT 室出来，医生就匆忙跑过来说："我连带腹部也帮你照了，你这个可能问题很大，胸腔里面全是积液，拿上片子去市区看吧，现在就去。"

医生大概跟我妈还说了别的，我妈背着我跟在外地出差的琦哥打了电话，让他尽快回来，其间我隐约听到了"肺癌"两个字，看到妈妈眼圈红红的。将近中午的时候，琦哥就回来了，在没有任何目的地的情况下把车开上了高架。

到那时为止，我依然觉得，自己当下生活的主要矛盾，是胸腔积液带来的强烈疼痛和我对美好生活的向往之间的矛盾，与癌症无关。

在举目无亲的大上海，求医之路是异常艰难的。幸好有单位领导和同事，以及研究生师友的帮助，我先后在复旦大学附属肿瘤医院做完活检和病理检查，在上海胸科医院和中国人民解放军第 455 医院插管排掉了近 7 000 毫升的胸腔积液，并因为误诊准备紧急做胸腺瘤切除手术。我的身体在漫长的检查等待中越来越痛，越来越虚弱，每天需要靠吗啡和安眠药来缓解，现在想来那段记忆都是模糊的、碎片式的。

当我再次恢复意识的时候，我的词汇系统里多了一个新词：T 淋巴母细胞白血病。

一开始，对这个病的全部认识来源于我爸，他说医生看到病理报告说太好了，这个病不用开刀，而且可以治愈，不影响以后的正常生活。我哥说骨髓、血液报告都是好的，情况好的话只要做 4 轮化疗，而且化疗时间一次比一次短。说真的，这些在当时极大地鼓舞了我，尤其是第一轮化疗完做胸部 CT 评估，9 厘米大的肿瘤竟然完全消失了，影像科的医生还以为是我做了手术的缘故。这让我觉得这病也没什么大不了的，仿佛挂完这几瓶水就可以去上班，以至于我的工作都没有交接，假也没有请，领导还在问我稿子什么时候能写完，我的闺蜜旅行依然在不停地做攻略。

剜骨削皮不是一个传说

2018 年 8 月 9 日，我在半昏迷的状态下转到华山医院，于当天开始第一个疗程的化疗。化疗会让平时身上的小毛病放大上百倍，口腔溃疡、眼疲劳、脂肪肝、肠胃炎、心律不齐、高血脂、痔疮等这些常见的毛病，稍不留神，在化疗中都可能多花几万甚至几十万。

平时自诩身体好，从不感冒的我在化疗的过程中经历了肠道感染、气胸、肺部感染等一系列重大问题。

肠道感染，大概是我整个治疗过程中最痛苦最羞耻的经历。肠管胀气，肠子里全是粪便，胀得肚子鼓起很高，每天都要打开塞露、灌肠，每一次上厕所都需要极大的勇气，家人给我24小时不间断揉肚子，怕演变成肠梗阻。后面的几天变成拉黑色的果冻便，连续很多天，苦不堪言，我觉得我所有的自尊心和羞耻心在那几天都不复存在了。然而肠道感染给我带来的痛苦还远不止于此……饮食变得更加小心，本来胃口就不好，心理上又把吃饭当成任务更加吃不下了，我对化疗所有的记忆就是吐，吃什么都吐，吐绿色的胆汁，吐到胃黏膜出血。因为体重急剧下降，又出现了气胸，只能插管排气。据不完全统计，在整个治疗过程中我的身上大概插过6根管子，气胸管插在左胸上面锁骨下面的位置，每一次起卧都痛到生无可恋。而最家常的莫过于发烧。五颜六色的药水在不同颜色的输液管里，变成"蓝莓汁""火龙果汁"，一滴一滴输送到我身体的每个角落，一会儿大汗淋漓，一会儿瑟瑟发抖，大有练功走火入魔之势。

第二轮化疗快结束的时候医生跟我们谈了移植，哥哥来为我做了配型，很幸运，半相合，主治医生向我们推荐了4家全国最好的移植医院。我们最终选择了离上海最近的苏大附一院，找到了唐晓文医生。现在看来，这应该是整个治疗过程中最重要最正确的决定，其意义可定为生死攸关的转折点。

临近移植的时候，作为供体的哥哥从老家赶来，我一脸严肃地说："不是吓你哦，要全麻，比牙签还粗的针头扎进骨头里抽骨髓嘞，一次抽不够，要扎好几针。"我哥说："都全麻了还知道啥，睡一觉的事儿。"病友跟我说我这个类型的只有约30%的治愈率，我很难过地去告诉琦哥，他说："治愈率是讲给意志本就不坚定的悲观者听的，别说有30%了，哪怕只有1%，我们也要做那个1%。你好了治愈率就是100%，你不好治愈率就是0。"我的家人们始终都是以这样努力、积极、乐观的态度来面对一切，从未放弃过、松懈过。移植费用不够，是好朋友们群策群力，发动社会众筹，为我一夜之间凑齐费用，还有素未谋面的好心人在大年二十九为我组织公益演出。来自四面八方的加油鼓劲声，让我以"满血满蓝"的状态打败即将到来的"大怪兽"。

负面情绪最容易产生共情效应，像多米诺骨牌一样迅速地传染，很多时候我们需要成倍的积极因素。

人活一世不能只是一个索取者

生病期间，家里人分工明确，妈妈负责我的营养饮食，爸爸和姐姐每天轮流送饭、陪护，琦哥一边上班一边对外联系，周末再来换班。没想到我自18岁就离家独立生活，在而立之年又过起了衣来伸手、饭来张口的日子。

化疗会让味觉改变，醋是苦的，白开水是甜的，盐有时候很咸有时候没味道。每次吃不下东西妈妈就偷偷抹眼泪，吃多一点她又会担心消化不了。就是在这样的情况下，她学会了做虾肉小馄饨、抖音同款橙子蒸蛋、三好坞的豆腐汤以及红烧从没听说过的黄鳝和泥鳅。如果说女儿是爸爸上辈子的情人，我爸爸应该是上辈子做了非常对不起我的事，这辈子才要受我这样的折磨。上过战场、一生雷厉风行的爸爸，在我肠道感染的时候端着我的便盆疯了一样跑到医生办公室给人家看我的便便，我吃饭的时候坐在我对面指挥我吃点菜喝口汤，跟我妈妈去寺庙里烧香的时候"扑通"跪在神像前声泪俱下引人侧目，在医院值完夜班早上就从包里拿出来前一天从家里带的煮鸡蛋站在窗边吃，每天去机器上帮我拍化验单虽然拍得糊到怀疑人生。他感冒了不能靠近我就大把大把吃感冒药、消炎药、去火药。那时候我都在想我爸爸是从什么时候开始变得这么不聪明了。

第一次读舒婷《致橡树》时，我在旁边写道："我名为凌霄，个性要强，从不愿依靠别人攀爬，纵有一枝一叶伸以援手，也要在枝叶间留下一簇灿烂的花朵。"可如今我却变成了彻彻底底的索取者，父母生我养我，从小学到大学，到清华交流生、同济硕士生，18年的求学生涯终于到了回报养育之恩、回馈社会的时候，而我却被一场大病画上了休止符。多想带爸妈去看看祖国的大好河山，多想全家人坐在一起吃一顿团圆饭，多想工作再努力些让他们骄傲地说"这是我女儿"，多想感受一下风吹在脸上的感觉，在屋檐下听雨打在树叶上的声音，多想爱这个世界啊！

为什么这么难还要活着呢？这是我问得最多的一个问题。死了不就很轻松了吗？不用面对未知的未来，不用依靠和拖累家人。

现在我有答案了。人从来都不是为自己活着的，死很容易，努力活着很难，难才有坚持的意义。上天让我生大病，却给我留了一线生机，一定是有别的安排，也许是更好的安排。古人曰："乐天知命故不忧。"疾病，是上天提醒我去改变过去错误的生活方式，去珍惜真正爱我的人，去体验人世冷暖，去找回初心。

生病是一场修行。

把过去的荆棘编成王冠给自己加冕

以生病为界线，我的人生被分为上下半场。未来还有很多的不确定，但是让生命变长的唯一方式，就是去过向往的生活。移植满1年的时候我重新回到工作岗位，从刚开始的小心翼翼处处受照顾到现在基本胜任本职工作，我常常会忘记自己曾经无数次与死神较量过。当把工作当成是实现自我价值的时候，你会觉得忙碌是多么幸福的事；当把帮助别人当成是回报社会的时候，你会觉得帮别人更是在帮自己。失而复得的人用自己的眼睛看别人见过的东西，更容易于司空见惯中发现美感。这世界上没有什么好东西是要放在抽屉里珍藏的，没有什么好衣服是一定要等待重要场合才能穿的，也有没有什么好书是要放到日后再读的，每一年每一天每一刻对我们而言都是如此重要与珍贵，时刻保持美丽，此时的自己就是配得起一切的好。

最后用微博上的一句话勉励正在经历病痛的病友们："你无须告诉每个人，那一个个艰难的日子是如何熬过来的，但总有一天你要向这个世界大声呐喊：我成功地走过了人生中灰暗的时光。"要始终相信命运带给我们的诸多苦难不是为了让我们对人生失望，而是要将我们打磨得更加坚强，让我们更坚韧地去迎接美好的生活。

【点评】

　　不愿依靠别人攀爬,却要如凌霄一般绚烂。你用优美的文字记录着苦痛的经历,你用满腔的热情赞美着生命的可贵,你用超凡的智慧诠释着生活的意义。你的才情在字里行间闪烁,你的善良正在吸引着世间所有的温柔和善良。读完你的文章,我只有一种感觉,那就是,你配得上未来正在等待你的所有的幸福。

造血遇障，人生清障

谈池

2002年出生于江苏盐城农村。大学一年级新生，2018年诊断为再生障碍性贫血。2020年9月28日转入苏大附一院进行治疗，2020年10月接受骨髓移植，现康复中。

本人男，2002年出生在江苏盐城的一个农村家庭。我是一名极重型再生障碍性贫血患者，不忌讳别人谈我的病史，始终坦然面对生活。

时光追溯到3年前，那时的我刚刚上高一，我自知学习上不是很有天赋，想着三百六十行，行行出状元，基于自己对于运动的热爱，学习之余便出去找了一家跆拳道培训机构，做起了助教。每天早上上学，下午放学到家做了功课又去道馆，晚上10点左右才能回家。每个月拿着800元的兼职工资。节假日我也不会让自己闲着，要么去道馆上课，要么自己出去再找个兼职。3年来没有和家里人在一起吃过一顿饭，甚至大年三十亦是如此。

我为什么会这样？因为我有一个梦想，我也想进一次国家队，或者中国示范团。我兼职是为了挣钱考证，每天跟着馆长后面学技术。功夫不负有心人，我的努力得到了回报，年测时我的技术在道馆里名列前茅。那时我给自己的前程蓝图规划得甚是美好，每天都是信心满满，充实地朝着我自己的梦想前进。

时光匆匆，高中很快毕业了，我也考进了大学。爸妈很是欣慰，我更是觉得离我的梦想更近了。

可是好景不长，就在开学前期，我脖子上出现了一块出血点，开始时当皮肤病去检查，却被查出来血小板甚低，莫名其妙我就在我们县医院住下了。当天主治医生排除了白血病的可能，当时的我还没有意识到问题的严重性。当天晚上转院去了市里的医院。那时候我还是无所谓，想着没事，反正不是白血病。直到骨穿报告出来，医生没有在我的病床前说，而是叫了我爸妈去谈话，那个时候我一下就紧张了，心都在颤抖。那个谈话也没有多久，但是我却像过了一个世纪。过了一会儿我爸先进来了，他告诉我说没事，后来我妈红着眼睛进来，我就猜到了肯定不好了。在我的追问下，他们见瞒不住了，就告诉我了，说我是再生障碍性贫血，这是我第一次听说这个名词，我上网搜了一下，瞬间天昏地暗。我还是那么年轻，我还有那么多事没有好好做，我的爸爸妈妈怎么办……后来的我每天都在睡觉，回想着以前的点点滴滴，昏昏沉沉……

谈池

那时候我知道自己已经放弃了，高昂的费用，不能确定的成功率……都是我们不能承受的。爸妈更是天天以泪洗面，一直在和我说，要想尽一切办法救我……他们开始跟亲戚朋友借钱筹款，开始联系全国顶尖的医院……他们做的这些又让我看到了生的希望，爸爸妈妈都在为我苦苦支撑，我怎么可以自己先放弃……

历尽坎坷，终于在9月28日转院来到了苏大附一院，到了苗瞄主任的医疗团队，在与苗主任的一番番了解沟通下，我们直接选择了骨髓移植。

  准备移植手术前几天我出现了肺部感染，那一刻我一点也不畏惧，因为有那么多素未谋面的爱心人士的鼓励，萍水相逢人士的支持，一面之交人士的加油，让我不再害怕，苗主任团队的高明技术和爱心再加上我强大的信心，我坚信移植路上的障碍会自动让开。

  2020年10月21日下午我迫不及待地进入了舱里，适应环境，舱里面的医生和护士再次帮我建立了强大的内心。第二天，化疗开始……可就在我化疗的第三天，我的眼睛却几乎看不见了，只能看到亮光，当时的我害怕极了。后来经过护士和医生还有家人的安慰，我重新振作了起来。当时对自己常说的就是：加油，外面很多人都在等着你。回输的前一天，我的视力又恢复了，这更加坚定了我的信念。在舱里29天，不断地拉肚子，呕吐，各种发炎，有很多时候觉得自己都快撑不下去了，但是医生和护士每天都给我加油，我的爸爸、妈妈、大姨每天给我打电话，陪我聊天，给了我活下去的动力。

  2020年11月18日我终于出舱了，进入了弘慈血液病医院疗养，那时对我来说已经成功了一大半。

  2020年12月9日医生跟我说可以出院了，那一瞬间我明白了医生的意思：我解放了。那天，太阳很大，天空很蓝，风也很大很大，爸妈说外面很冷，但我一点感觉不到冷，因为我心如暖阳。

  我现在已经移植半年了，这半年多的治疗，受过的苦痛煎熬，在各种的爱和自己的努力下我又一次次地战胜了。现在的我不会再去追求那么多物质的东西。怀着感恩的心，知足常乐的态度，快快乐乐地过每一天。

  在这里我要感谢我的爸爸，感谢我的妈妈，是他们给了我第一次生命，也是他们给了我第二次生命。感谢我的大姨，是她给了我动力，没有她，我也不会来苏州看到最好的医生。感谢苗瞄医生，是她救活了我。感谢那些帮助过我的亲戚朋友，感谢大家的爱心捐款。感谢那些给我加油的认识的和不认识的病友。其实一句感谢显得太过敷衍，往后余生我将带着治疗路上收集的爱心走下去，并让这份爱不断延伸给更多人。我也一定不负所望，让自己的新生命越来越好。

  每个人的人生都应当炫彩夺目，血液病不再是绝症，血液病患者需要更多的社会爱心。正在一起战斗的病友们,让我们摆正心态,保持良好的心情,一起加油,坚信明天一定会越来越好。

另外,生活在进步,社会在进步,不管你是谁,都请把健康放在第一位,切记身体是革命的本钱啊!同在与病魔做斗争的你,加油!

【点评】

一个高中阶段就参加勤工俭学,并通过实践提升自己专业技能的优秀青年,刚刚通过努力考取大学,正在筹划未来美好前程的时候,一场大病却如此绝情地中断了他追梦的步伐。所幸温情呵护,幸得良医救治,更为幸运的是,学生时代的不懈奋斗为他积蓄了战胜病魔的底气和力量。造血的障碍终于得以清除,一并清除的是他未来追逐梦想征途中的诸多障碍,因为重生后的他内心已经充盈着更加丰富的人生智慧。

余生，温柔以待

桑金辉

1977年12月生，江苏宿迁人，从事销售工作。2018年4月经南京确诊为急性髓系白血病。2018年7月26日，在苏大附一院接受亲属骨髓造血干细胞移植。目前康复良好。

我叫桑金辉，1977年生，江苏宿迁人。在2011年到2018年4月一直从事销售工作。2018年4月18日，正在浙江温州工作的我，突然感到眼前一片发白，什么也看不到，这种感觉持续了十秒左右，同时伴有头晕现象，第二天又出现了相同情况，我就想到医院做检查。于是连夜买了火车票回家乡医院做体检，报告出来后发现血小板数值跌得很低。医院让再查一次，结果还是如此，医生便让我住院。我有点不相信，许是查

桑金辉

错了？于是又到了县人民医院再次检查，血小板的数值还是低，只能听医生的话住院治疗。随即做了骨穿，送到南京的医院检测，确诊为白血病。

听到这个消息，我真的是犹如晴天霹雳，大脑瞬间一片空白，陷入了无边的恐惧，好久才回过神来，心想：做人做事一贯中规中矩的我，怎会遭此厄运！幸亏我还算坚强，心里想着既然已经发生了，那就只能坦然接受，走一步看一步吧。我老婆在我面前装作坚强，但是背着我老是偷偷流泪。有一次她送饭来给我吃，很明显刚刚哭过。我就安慰她：没事的，放心吧，我会好起来的。

第一个疗程治疗是在县医院做的。以前没有生病的时候，只要听到"化疗"两个字，心中就有恐惧感。我记得从我记事起几乎就没去过医院，吃个感冒药都要把药片捣碎了冲服，否则就吃不下去。想不到今天居然要做化疗，真的感到万分恐惧。化疗首先要插管，几十厘米长的软管从手臂扎进去。一开始那个护士不太熟练，扎了几次也不成功，搞得我心里七上八下的。后来护士长亲自操作，才顺利完成。化疗的过程极其痛苦，有种生不如死之感。

第一轮化疗时，家人打听到苏大附一院是国内治疗血液病最好的医院之一，于是便打算去苏州治疗。后来听亲友说像我这种情况要做移植手术，医疗费用也挺高，可能要近百万元，我一听心就凉了。我想治疗，我想健康，我想好好活着。但我真的拿不出那么多钱，这么多年东奔西走，始终没挣到什么大钱，仅能养家糊口。百万元，像我这般普通百姓，无异于天文数字。但我的父母、老婆、小妹，兄弟都坚决准备凑钱给我治疗。当时我自己积蓄只有二十万不到，上哪儿凑八十万呢？我父母二话不说，当时就决定把他们的房子卖了，把一批树木也卖了，又去能借的亲友那里把能借的钱全借了个遍，勉强凑了九十余万。可怜天下父母心，为了自己的孩子，他们甘愿付出自己的一切。我生病后，父亲因为担心和操劳，明显憔悴了很多。母亲经常以泪洗面，对父亲说："这个病怎么不生在我的身上？不要让我儿子受这罪。"我听了这话后，几度哽咽，几度流泪。我老婆则二十四小时不离左右，累得日渐消瘦，我内心感到很是愧疚。如果老天有眼，让我好好活着，我一定会好好努力，让我的亲人们过上幸福的生活。

生病后借钱的过程,也充分体现了人间冷暖。某个我曾经帮助过的人,一听说我生病要借钱就人间蒸发了。当时我心生怨怼,后来也就释然了。但更多的亲朋好友,乃至很多陌生人,都无私伸出了援助之手,让我深感欣慰。

我第二轮化疗程是在苏大附一院进行的,求医过程也不太顺利,床位特别紧张,后来经过亲戚多方努力,才得以安排。化疗过程不堪回首,食欲很差,情绪也很低落。老婆精心准备饭菜,每到探望时间就会安慰我,开导我。医生通知我要开始做移植前的准备,问家属情况,我说父母六十多了,家有两个弟弟一个小妹。医生说那配型相合的概率应该比较大。听到这话,我心中升起了无限希望。可是两个弟弟出来的报告单却不是全相合,我的心情一下跌落到了谷底,那段时间非常焦虑,彻夜难眠。几天后,医生跑来跟我说:你还算幸运,你和小妹配型成功了。那一刻,我心中重新燃起了无限的希望,感恩我的小妹给了我生的希望。随后医生让小妹做好移植前的各种准备。

第二轮化疗结束后,医生让回家静养,准备一个月内做移植手术。可眼看过了一个月,我却一直没有接到通知,把我老婆急坏了。由于移植舱位紧张,直到一个半月才等到进舱。

进移植舱后我的小儿子也来了苏州,每到探望时间小儿子就会来看我。打电话时总是说:爸爸你快点出来呀,带我出去玩。看着他可爱的模样,我内心百感交集,充满愧疚。我暗暗发誓,一定要坚强,坚信一定能挺过这个难关,我一定满足孩子的愿望,好好带他玩一次。那段时间,为了给我加油打气,老婆经常给我讲一些病友的康复案例。她说有个叫陈霞的,曾经是大陆首例接受台湾捐赠骨髓移植成功的白血病患者,她创办了一家爱心站,专门帮助患者病友及家属。几天后,舱外走廊上突然多了一群穿着蓝色马甲的人,有的还扛着摄像机,有一个非常健壮的小伙子拿起电话和我通话,说他是陈霞爱心站的义工。他给我讲了病友康复的励志故事,还讲了很多鼓舞我的话,我很是感动。他还说他也是一名白血病患者,做移植已经两年了,现在恢复正常工作生活了。看着这个健壮的小伙,我简直不敢相信自己的眼睛,我看到了无限的希望。

2018年8月15日,我出舱的那天,晴空万里,出舱门那一刻,心情像是一个囚徒走出监狱大门的感觉,终于又见天日了。出院后又转到康复医院进行了一个月左右的康复治疗,但这时境况好多了,家人可以进来陪护,陪着聊聊天,和隔壁的病友也相互交流,互相鼓励。在患者群里始终有一束光在照耀,那就是陈霞爱心站的志愿者们,他们始终在力所能及地帮助病友。我从康复中心回居住地的时候,就是陈霞爱心站的一位好大哥开着车把我接回来的,没有收一分钱,买水给他喝也不要。他也曾经是患者,因为生病时得到爱心站的照顾,康复后也来做义工,帮助像他一样的病友。他还告诉我,陈霞爱心站帮助病友的途径有名医大讲堂,请医师与患者和家属面对面交流,解答患者内心的疑惑;有爱心厨房,免费提供炊具给病友家属做饭,并教他们做营养餐;有陈霞抗白助力筹,帮助确有需要的患者得到及时资助;有励志讲座,邀请康复病友分享康复经验;有创业就业帮扶,帮助那些有困难的病友及家属实现就业;还有爱心咨询,专门讲解就医报销流程,提供心理及法律方面的援助咨询。这样的团队让我倍感温暖。

在后来的康复过程中,我也确实感受到了来自陈霞爱心站的关心。陈霞的母亲俞阿姨为人非常的真诚善良。她曾是一名优秀的企业家,在陈霞生病后,放弃了事业,在陈霞创立爱心站后,全身心扑在爱心站的工作上。她对每一位病友都像亲人一样,始终保持着微笑,始终不厌其烦。六十多岁还经常给病友下厨做爱心餐。每次见到她她都会开导我,鼓励我,让我走出心情抑郁的阴霾,非常感恩俞阿姨给我的一切。我还认识了抗白勇士杨锦天老师,他也曾是一名患者,如今已康复了近四年,恢复得极好。他如今在爱心站负责几个项目,积极地帮助各位病友。他也有一位好母亲,病友们都称她为"三姐"。三姐做的饭菜病友们都称赞不已。还有康复二十来年的钱玉兰大姐、和我同年同月同日生的周荣华先生。各位兄弟姐妹,我都非常感恩于你们,并要向你们学习。

只有失去了健康才知道健康是多么的珍贵,才知道"爱钱爱名爱成功,不爱健康一场空"说得是多么的真切。生病后给家庭带来了巨大的压力,真是倾家荡产,负债累累。父母年近七十,本应安享晚年,现在却要为我带孩子,父母亲还要为我还债,现在有时路上有个塑料瓶,父亲都要捡起来,说是聚多了能卖钱。想起这些我就哽咽。老婆为了能让我吃得好一点，在我能照顾自己后便去打零工，有一段时间在一家面包房打零工，很辛苦，但她回来从不说。有一次下班回家，她说休息一下给我做饭，但没几分钟她竟坐在椅子上睡着了，我当时便再也忍不住抱着她放声痛哭。赚钱养家本是我的责任和义务，如今因为我生病，所有的压力都在她一个女人身上，我的内心里万般愧疚。还有我的小儿子，每次一打电话就问我爸爸什么时候回来陪我玩，人家小朋友的爸爸都带他们玩，只有你不陪我玩。我听了心里像刀割一样。我说："儿子，爸爸一定会尽快陪你玩的。"

今年是伟大的中国共产党成立一百周年，祝福感恩伟大的党，近年来，党的医保政策越来越好，医保已覆盖城乡的绝大部分人。在以前，普通人家得了大病，几乎就是等死。近年来，农村医保报销比例越来越高，医药国家统一大规模招标采购，大幅度降低药品价格，让我们普通老百姓切实减轻负担，再次感恩伟大的党。

在我新生命的旅途中，我一定加倍珍惜我的身体，保持健康，好好活着。我会积极参加爱心公益活动，做一个有益于社会、有益于他人的人，只有这样才能对得起所有帮助过我的人。

祝所有人健康、平安、幸福！

【点评】

在失去了健康，生命遭受前所未有的挑战的时候，我们会突然感觉内心很绝望。因为我们还欠着孩子的一趟出游，我们还欠着父母的一份孝顺，我们还欠着妻子的一份幸福。我们心有不甘，我们责无旁贷，所以，我们除了坚强，别无选择。我们只有顽强地战胜所有命运的挑战，才能抓住那一线生机，用余生去还清这一份份感情的负债。

那年秋天有点冷

孙鹏　1994年3月生,江苏连云港人,大学生。2017年10月经常州市第一人民医院确诊为急性单核细胞白血病,2018年3月在苏大附一院进行骨髓造血干细胞移植。目前康复良好。

2017年的国庆节,那是个秋意渐浓的假期,于我而言,这个秋天似乎来得特别早。还来不及品味这份秋的萧瑟,一场突如其来的高烧,将我拖入了人生的深渊。

一个月前,我还在新加坡圣淘沙的环球影城肆意玩耍,与变形金刚3D对决,向木乃伊们室内"复仇",坐在全球最高的双轨过山车,还在三亚海域的某个小岛上,穿着潜水服潜入海底……年轻的我感受着多么美妙的生活。和每个刚毕业一年多的大学生一样,我渴望着事业上的进步,也期待着见识更多外面的世界。

然而没有想到的是,或许是我"用

孙鹏

力"过度，身体突然就出了状况，随后我就变成了一名急性单核细胞白血病患者。

白血病！我多年轻呀，我才23岁，我就得白血病了？诧异，绝望，难过，还是惊慌失措？我承认，这些感觉我都有过。原本以为化疗、手术这种名词离我很远。很无奈的是，要想活命，只能面对，先接受化疗，然后看有没有机会做骨髓移植术。

2017年10月初至2018年4月底的这7个月里，我做了三轮化疗（就医于常州市第一人民医院），一次骨髓移植术（就医于苏大附一院），一次移植后康复治疗（就医于苏州弘慈血液病医院）。

第一轮化疗总是最难忘的，我被折磨得要死要活，由于没有护理经验，所以问题接踵而至：口腔溃烂无法进食，持续高烧，排泄困难，睡眠失常，头发胡子全没了。

其中有两件事印象最深。

第一件事是10月26号下午，我刚输完血小板，突然浑身颤抖，类似电影里中毒的人。护士给我屁股上来了一针，半个小时后颤抖才停下来，随后就开始发烧，连续了十几天，后来才知道我这是感染了。第二件事是发烧期刚过，我去卫生间大便，由于排泄比较困难，多排了一会儿，走回病床的时候就休克了。休克这件事，想想真是很后怕，幸运的是，卫生间距离我病床不远，我父母都在我旁边，医生查房刚好查到我房间。据我的家人回忆，我出卫生间的时候医生刚好进我房间，说时迟那时快，医生一个箭步，跟我爸同时扶住了我，我这才捡回了一条命。因为那时我的血小板还没"涨"，一跌倒就大概率脑出血，后果真是不堪设想。

第二轮化疗，我住进了血液净化病房，恒温恒湿的独立无菌病房，这一次没啥意外发生，毕竟有经验了。由于第一轮化疗成功了，勉强达到了缓解，可以开始考虑骨髓移植的事情了，和主治医生沟通后，准备筹款事宜。就在接下来的几天，我终于得知了一个令我喜出望外的好消息——我与我的姐姐配型全相合。得知消息的那天，我一夜未眠，脑子里想的都是几年后的事情，我觉得我有救了。也是从这轮化疗开始，我疯狂学习白血病相关知识，包括化疗方案、血项、骨髓项、残留病灶、融合基因、二代测序等，到现在为止，开玩笑说基本能当个血液科医生助理了。

第三轮化疗最轻松,还是血液净化病房,除了上化疗药那几天人比较难受,其余时间都是跟朋友唠着嗑,玩着手机看看电视度过的,没啥惊险的过程,可这简直为我接下来的移植埋下了痛苦的伏笔。

经家人协商,选择到苏大附一院进行移植。虽然不能用职工医保,需要多花不少钱,但是这可能是我一辈子最重要的决定。我已经做了三轮化疗,无论如何肯定是倾其所有选择最好的外部条件。

做完各种体检和各科会诊后,终于进无菌舱准备移植了。一共在里面待了25天。这个感觉和第三轮化疗比起来,真是天壤之别,我时时刻刻都在想放弃治疗,心里暗暗发誓:如果我复发了就选择死亡,不再接受治疗。那时的我对未来完全没有了期待,不想见任何人,不想说任何话,一心想死……我还患上了轻度抑郁症,医生给我吃抑郁症的药。神奇的是,我直接把药给扔了,硬是挺了过来。

我的姐姐是我的移植供体,回输当天她做了全麻抽骨髓,身体里一半的骨髓都抽出来输给了我。第二天又从全身血液里分离出干细胞输给了我。骨髓移植有两个方案,一个是抽取骨髓加干细胞,一个是只抽取血液里的干细胞,前者的移植效果要好于后者,但是需要全麻抽骨髓。我姐没有任何考虑,没有丝毫犹豫,直接选择了前者。每每想到此事,我都会哽咽落泪。

在分院药物维持治疗期间,我躲过了急性排异,躲过了膀胱炎,有惊无险地躲过了所有听说过的可怕的后果。2018年4月底,我终于回家了!然后就是三天去一趟医院检查血常规,七天检查一次生化全套,半个月做一次病毒全套,一个月做一次骨穿腰穿。移植后的半年时间里,慢性排异不断,肝脏排异,皮肤排异,还有口腔排异,都在慢慢调理中。

这一年,走过来不容易,受过无数人的帮助,内心由衷感激。医院里,病友群里,听过太多的故事,真实的日子还是要自己面对。当苦难降临到你身边的时候,其实你什么都做不了,随着病痛的加剧,只能默默承受着,祈祷着,相信着。

我是不幸的,年纪轻轻就得了白血病;可我又是幸运的,因为我依然活着,并且家人爱我更甚。塞翁失马,焉知非福?未来依然美好,值得期待。

【点评】

　　幸福戛然而止，一场突如其来的灾难如秋风扫落叶一般扫去了一个年轻人对未来所有美好的憧憬，也扫去了内心所有热切向上的青春冲动。人生也因此在绝望的十字路口徘徊。这是很多年轻的白血病患者在患病之初都会经历的苦涩与煎熬。所幸的是，曾经优秀的我们是善于学习和思考的，也是善于战斗和感恩的，在一次次出征的时候，信念和力量也在内心集聚，最后终将汇聚成滂沱之势，冲破藩篱，迎接新生。

踏红色印记　扬斗争精神　迎靓丽人生

赵亚楠

生于1976年11月12日,住在辽宁省盘锦市兴隆台区。现就职于辽河油田油气集输公司。2004年3月1日经辽河油田中心医院确诊为急性早幼粒细胞白血病。现已完全康复。

时间平静而强大,它负责筛选和淘汰,它记录人生百态、见证喜怒哀乐、铭记艰难时刻、定格动人瞬间……17年前,28岁的美好年华,我被白血病缠身,1 800多个日日夜夜,悲喜交加,刻骨铭心。那是一段不堪回首的至暗时刻,恶性肿瘤逼近、折磨、吞噬着我;那也是一段起死回生的欢喜岁月,记忆中书本上的英雄人物,闪耀着无限光芒,他们激励我扬起斗争精神,迎接靓丽人生。

绝处逢生,向阳而长

时间倒退到2004年3月1日,从感冒到确诊短暂的几天,让我的人生发生了天翻地覆的改变。身体一直很好的我被击倒了,躺在病床上的我大脑一片空白,不知道接下来会发生什么,是生还是死。

住院第一天,我在浑浑噩噩中度过。第二天才是噩梦的开始,由于发病时血小板数值很低,我开始出血,当时的我一无所知,还以为是"大姨妈"来了。让我没有想到的是凝血已经出现了问题,短短的几分钟,鲜红的血染透了床单。我起身急匆匆来到卫生间,脚步还没有站稳

赵亚楠

只觉得眼冒金星,天旋地转,我的身体不由控制地滑倒,多亏爱人扶住了我。我这是怎么啦?我恐惧,怕身体里的血如同流水一样地淌。

我感觉我的身体在掏空,一阵清醒,一阵昏迷,耳边传来了各种嘈杂声,我已经听不清了。各种针管儿在我身上穿插而过,接下来的两天,我一直在生命的边缘游走,血红蛋白数值几乎为零,"不能放弃"的声音时而出现在耳边。到了第五天的早晨,阳光照射在我的脸上,我慢慢地张开了眼睛——我还活着,原来阳光是这么美好。医生用手电照了一下我的眼睛,说了一句:"醒了就好。"我爱人泪眼蒙眬地看着我,两目对视的瞬间泪化了。在这场生死较量中,我赢了!

诱导的过程很漫长，也很煎熬。我每天昏昏欲睡，不言不语，意志消沉，吃不下饭。药物的反应让我恶心、呕吐、腹泻、掉发、头疼、胃肠道出血……儿子和母亲的到来刺痛了我的心底。儿子他才两岁，不能没有妈妈！儿子在进入病房的一瞬间就吓傻了。"儿子，妈妈在这呢！"小家伙呆萌地望着我说了一句："你不是我妈妈。姥姥，我怕！""我是妈妈，儿子，快过来。""你不是妈妈！"小家伙紧紧抱住了姥姥的大腿。这时我的心如刀绞一样痛，我爱人已经控制不住情绪走了出去。老妈也巧妙地避开了我的眼睛，不敢看我，强忍着泪水跟其他患者聊天。我知道她的心在痛，这种痛叫母爱！催人泪下的场面好像一针强心剂制住了我的泪水。我的内心在呐喊，我要活着，我要好好活着，我一定要战胜病魔，陪伴儿子成长，陪伴老母慢慢变老。当写到这里时，我已经泪流满面，这是我心灵深处的痛点。

心中有了信念，诱导期也过得很快，我也从不爱吃饭到把吃饭变成动力。不过身体检查的各项数值还非常低，家里人有些慌了。没有得到医生的允许，冒着风险就来到了天津血研所，当时挂的是钱林生主任的号。当他看了我的报告和治疗用药后，说："丫头，你太幸运了！这个类型的难题现在已经攻克了。两年半以后你就能像正常人一样生活，别担心，好好配合治疗就好。你看看你的骨髓已经缓解，用药效果非常好。我给你出个方案，回去治疗就可以啦！"听了这一席话我的心里立刻阴转晴，欣喜若狂啊！心情转好，回家的第二天各项数值都"涨"上来了，看来治疗期间还必须有个好心态，有利于病情恢复。

接下来我像所有的患者一样经历了巩固和维持，我的心态也越来越好，看到了希望的我就像个新生儿一样重新开始审视我的未来。用了一年多的天津方案后，经别人推荐我又来到了哈医大，在这里我遇见了李金梅老师。她是一位和蔼可亲、德才兼优的人，在她的讲解下我选择了五年治疗方案。这是一场漫长的马拉松长跑，最后我跑赢了。在这五年里，我经历了很多药物的副作用，现在群里的病友们经历过的问题我都经历过。为了让身体早日康复我介入过中医调理身体，也发现了中西医结合的优势。在治疗期间我开始潜心学习中医知识，并结合五谷为养、五畜为益、五果为助、五菜为充的原理做了一些适合我的食疗，我还拿自己当小白鼠一点点验证食疗的效果。功夫不负有心人，经过药食两用的调理后，我的身体恢复得非常好，结疗后我很快就回到了工作岗位。

以梦为马，不负韶华

在我得病 12 年的时候，一次偶然的 QQ 聊天，一个病友把我带进了一个 QQ 群。进群之后我发现这里面都是与我有同样经历的人，他们走过的路是我正在走的路。不过很多小伙伴什么都不懂，我觉得我可以把我的经验和积累分享给大家，让病友们少走弯路。就这样我成为群里那个最爱回答问题的小姐姐，有问必答，从不逃避。大家也习惯了我的回答，原来去帮助他人也是一件幸福的事。

进群两年后，一次以旧药换新药的活动在群里引发了热议。这是苏州陈霞爱心慈善基金会和山东良福多次沟通为大家争取来的爱心资助。因这次活动，我认识了陈霞和杨锦天两位爱心大使，还有几位热心的小伙伴，他们的爱心举动感染了我，同时也吸引我成为其中一员并参与了此次活动。在此次活动中发生了这样一件事：活动已经结束，有个内蒙古的患者因为不识字错过机会，本身家庭困难的他苦苦哀求我，看看能不能帮他把药换了。我只是一个参与者并没有决策权，通过志愿者和爱心站的工作人员沟通后，爱心站的工作人员非常理解患者的难处，在多方协调下换药成功了。活动结束后，我和几位志愿者又成立了志愿者小组，整理了"如故"康复公众号，把关于血液病的知识更多地呈现给大家。

成为志愿者后，陈霞爱心站的各种爱心活动深深地吸引了我。我在这种氛围下也快速成长起来，并有了自己的群，开始用自己的行动去帮助身边有这种需求的人。从宣传科普知识、康复食疗、资料链接及情绪疏导，再到给特殊困难病人送物送药等。回顾自己的治疗经历，希望跟我一样的病友再也不要经历和我一样的"诉苦无门"了，我希望病友们都能尽快认识疾病，走出阴霾。

能来到这个群体里，每个人背后都有一段故事。群里有这样一个患者，在治疗马上就要结束的最后一个疗程，病情出现了复发。对于一个初期治疗就欠了几十万的困难家庭来说，这无疑是雪上加霜。"怎么办？亚楠姐，我不想治疗了，治不起了。""不能放弃治疗。因为此病复发之后还有再次治愈的机会，有困难我来帮你们想办法。"做了沟通后患者的情绪稳定下来。我赶紧给她邮寄了一些急需的物品，在邮寄的过程中邻居的大姐知道了她的困境也加入了爱心捐赠。都说众人拾柴火焰高，群里很多有爱心的小伙伴知道了她的情况后也加入了捐赠队伍。现在这个患者马上就要结疗了，新的生活正在等待她。这是一个有爱的大家庭，大家互相帮助，鼓励支持，传递爱心，分享回归社会的生活和喜悦，在群里发生的故事太多太多了。

每天在群里都能见到这样的一句话："有问题找亚楠姐。"原来被需要也是一种幸福。我已经把群当作了我的生活内容，每一次被"@"都是大家对我的信任和鼓励，使我不断学习不断成长，去帮助更多有需要的人，这条路也许会越走越难，但我会一直坚守，陪伴更多病友走康复之路，让生命之花处处开放！

快乐的意义在于：明知道世事的好坏参半，却依然选择热爱！感恩祖国强大的医疗团队和雄厚的科技实力，感恩救我于水火之中的医生护士，感恩让我实现自我价值的陈霞爱心团队，感恩帮扶我，给予我力量的亲人朋友，感谢向上向善向真向美的自己……时代的号角感召着每一个逐梦的奋斗者，在建党一百年之际，在国家"十四五"开局之年，我愿做一名胸怀道义、眼里有光的引路人，在成长中成熟，在传递中影响，在壮大中超越。

【点评】

很难让所有人喜欢，那就让自己喜欢，事实上，你自己喜欢了，所有人也就都喜欢了。事业再成功，也不能让一个找不到人生意义的人快乐。除了生和死，还有什么大事呢？心简单了，世界就简单了，幸福就简单了。亚楠病友自己用了17年与病魔抗争，并在最终战胜病魔的同时积极寻找着人生的意义。这篇文章如行云流水，流畅而生动，细腻又真诚，作者用特殊的人生阅历让生命变得丰富而沉静。

抗白路上念党恩

杜永清 1961年11月生,江苏省句容市人,中共党员,就职于句容市教育局组宣科。2021年2月经江苏大学附属医院确诊为急性髓系白血病。2021年5月在苏大附一院进行了造血干细胞移植。目前正在康复中。

我是杜永清,男,1961年11月出生,江苏句容人,中共党员。现在句容市教育局组宣科工作。

2020年12月20日我参加单位年度体检。24日拿到体检报告后,我发现血常规检查部分数值上下箭头较多,就与过去几年的体检报告对照,发现有的数值相差悬殊,加上日前吃了感冒药,也喝了点酒,以为是这些原因造成,想过一段时间再检查。也就是那段时间,几十年生冻疮的手没生冻疮,每天凌晨都要出一身冷汗,而且没有精神,口味也变差,没有以前能吃,每天散步都逐渐感到很累。当时正值年底,我手头的工作也比较集中,学校党建要检查,党员发展和转正工作要做材料和审核,党内年报要加班统计上报等。再加上我儿子镇江住宅小区因有疫情被封14天,我也没能去镇江与当医生的儿子、儿媳等家人说。等到解封第二天即2021年2月5日,我请假去江苏大学附属医院检查。查完血液后立即让我住院,后确诊为急性髓系白血病。在镇江治疗了50天后转到苏大附一院开始第2个疗程治疗。4月30日我开始了第3个疗程治疗及造血干细胞移植。5月7日进舱,6月2日出舱来到弘慈血液

杜永清

病医院进行康复治疗。目前仍在康复治疗中。

在净化舱的 26 天中，除了拉肚子（正常化疗反应）、1 次口腔和脸部有烧灼感（晚上 8 点至凌晨 4 点）、1 次发烧（吃了 1 粒退烧药出了汗就好了）外，其他都还好。

生病住院期间，我心态比较好，积极配合医护人员治疗，希望能早日康复出院上班。治病闲暇时间，我通过手机参加了"学党史　悟思想　办实事　开新局"党史学习活动，收听了郭继承、金灿荣、金一南等人的演讲报告，收看了党史纪录片、电影、电视剧等。我几乎每天登录"学习强国"。在镇江化疗身体最虚弱手无握笔之力的时候（春节前后 1 周），家人为我买来手机架，只能听听《新闻联播》，了解党的方针政策和国内外大事。截至 6 月 7 日，我的学习积分为 38 492 分。此外，我还天天关注机关工作群，关注教育局机关工作，力所能及地积极参加机关群投票等活动，为教育局取得的各项成绩欢欣鼓舞。有时也听听音乐、看看"抖音"，转发一些教育子女做人方法的视频，放松心情，始终保持积极向上的乐观心态。

最后，我一要衷心感谢党组织的关心爱护。2021年新年上班不久，分管党务的副局长带着党委书记和局长的问候，与办公室主任、工会主席、组宣科科长一行4人，做了核酸检测来到镇江看望慰问我，我感激涕零。离退休还有大半年，不知"廉颇老矣，尚能饭否"！

二要衷心感谢党和国家的好政策。从2021年2月5日入院治疗至今（还要在医院住20多天），虽然个人承担了30多万元的费用，但党和国家为我报销的更多。我为生在共产党领导下的新中国而庆幸，为生在新时代有更多更好的医保政策而自豪，为建党100周年而骄傲。

三要衷心感谢医护人员。在镇江的医院，我要特别感谢余先球副主任带领的医护团队，硬是把肺部重度感染、生命垂危的我从死神那里给拽了回来。在苏大附一院，我要特别感谢陈苏宁主任、杨小飞副主任等带领的医护团队，是他们精湛的医术、精心的护理，使我的治疗一直顺利。

四要感谢我的家人、同事、同学、朋友和亲戚。我的妻子每天不仅要买菜、烧饭、送饭，有时还要陪夜等，十分辛苦。我的儿子为我提供了造血干细胞。同事、同学、朋友、亲戚的问候鼓励也增强了我战胜疾病的勇气和信心。

抗白路漫漫，初心永不忘。我将继续沐浴着党的阳光雨露，感念党的恩情，一如既往坚定信念，争取早日战胜病魔，跟随伟大的共产党一起迎接祖国辉煌灿烂的明天。

【点评】

战友老杜，不愧是一名优秀的革命老同志，在人生即将迎来功成身退的时刻，一场突如其来的疾病搅乱了他正常的工作和生活。关键时刻，那一辈人身上坚强、勇敢、沉稳、不屈不挠的优秀品质开始迸发出耀眼的光芒。他坦然面对困难，以革命的乐观主义精神迎接挑战，以感恩的心态不忘初心、坚持学习，他也终将在抗白路上披荆斩棘，无往不胜。

你若盛开，清风自来

大金刚

1995年生。2017年6月经苏大附一院确诊急性淋巴细胞白血病，经多次大剂量化疗，同年10月进行单倍体骨髓移植，现身体已康复。

那一年的夏天格外闷热，我在这个火炉一样的气温下穿梭在医院的各个角落，去等待着所谓的命运。

2017年5月初始，在校操办了几场重大活动后的我，突然感觉到浑身无力，腰酸背痛，头晕眼花，一度因为面色过度苍白而让身边的朋友们感到惶恐，也受到了很多朋友们的健康温馨提示。当初我并没有在意这些潜在的疾病征兆，以为是因为最近太忙没有休息好的原因，又恰逢后面还有其他活动要负责，去医院的检查行程一拖再拖，随着后来夜里经常盗汗湿透床单以及咳血、胸痛、腿软等异常情况，我隐隐觉得很不对劲。最终在忙完手头的事情后，我只身一人前往医院，没想到迈进医院的第一步，竟让我没有了回头路！

为了早点检查，那天我特意起了个大早，由于从小到大身体素质一向很好没生过病，所以到了医院我连挂号都不会。还好在导医员的帮助下，顺利挂了一个消化科门诊。在跟医生进行了一些简单的病情描述后，医生给我开了一些检查单，在我离开时一再嘱咐我说等检查结果出来后，一定要拿来给他看。

大金刚（右）和陈霞

忙碌了一个上午，终于做完了相关检查，我瘫坐在走廊的躺椅上等着拿检查报告，那一刻觉得自己要累瘫了，大口地喘着粗气，头晕恶心得不行。然而原本半个小时左右就能出的检查结果，却等了一个多小时都没有拿到，多次咨询检验人员无果后，我不禁预感不妙，头晕得更厉害了。在简单地解决了午餐后，我再一次站在了检验室门口，又重复起了那不知道说了多少遍的话。但这一次，医生在听到我名字后终于给了我具体的回应。医生并没有到检验篮子里去找，而是从抽屉里拿出了我的检验单，眉头皱缩地问道："你之前检查过身体吗？之前有没有……"我听着医生的询问，像拨浪鼓一样摇了摇头。医生说："你现在赶紧去找挂号的医生，看看怎么说吧。"然后就将化验单递到了我的手上，还在我手上轻轻敲了两下……

门诊主任看着我的化验单，询问了一些事情后，又开出了几项大检查，并一再嘱咐我，让我第二天检查结束跟他联系。

跟以往不同的是，第二天的诊室里多了两名医生，他们拿着我的检查报告小声地嘀咕着。随后其中一名医生起身带我去了手术室，给我做了我人生中的第一次骨穿，也正是这一骨穿，让我的美好人生发生了重大改变。

起初的我并不知道最后的结果，后来我终于知道了，原来我是真的生病了，而且急性淋巴细胞白血病。那一刻，我并没有多吃惊，也没有感觉到害怕，内心居然非常平静。

在家属的多方打听下，得知苏大附一院在这方面治疗技术全国一流，当即便收拾好行李，赶到苏州寻求救治。医院的仇惠英主任接收了我。仇主任她看起来是那样的慈眉善目，平易近人。她看了病历、了解了我的情况后，拍着我的肩膀告诉我不要害怕，说这个病会治好的，他们会尽力的！听到仇主任这样说，那一刻，我波澜不惊的内心开始变得波涛汹涌，也开始变得更有信心，并转化为了一种以后我战胜病魔的力量。

在接下来的治疗中，我一直以积极乐观豁达的态度正视疾病，在勇敢地熬过了多次大剂量的化疗，克服了一系列的化疗反应后，我迎来了真正意义上的重大命运转折点——骨髓移植。这一战我等得太久，在激动的同时也带有些许失落。因为骨髓移植手术巨大花费，如果出现意外情况还可能人财两空。在这一抉择上，我的家人没有丝毫犹豫，而是毅然决然在移植同意书上签了字，但是这移植费用却让我们犯了难。我来自贫困的农村家庭，自小家境贫寒，平时都是通过助学贷款来完成学业，我也知道家庭不易，穷人家的孩子要自立自强，所以平时也会利用空闲时间兼职打工赚取生活费，希望减轻父母负担。奈何如今正是孝敬父母的年纪，却又再一次拖累了父母。我的奶奶年老多病，常年吃药，需要陪床照料，父母是普通的农民，没有一技之长，靠给别人打零工赚点小钱贴补家用，现在又因为在医院照顾我，家里瞬间失去了经济来源，这巨大的移植费用从何而来？那一段时间里，皱纹爬满了父母的额头与脸颊，重担染白了他们的头发，压得他们喘不过气来。在那黑暗无边的日子里，我们感到了前所未有的绝望和无奈，也正是这份刻骨铭心的感受，让我在之后的治疗过程中披荆斩棘，越战越勇！后来在贷款和亲戚朋友、社会各界爱心人士的鼓励和帮助下，同年10月，我顺利完成了骨髓移植手术，也算是实现了真正意义上的重生。

在这里我要特别感谢仇主任大爱无疆、医德高尚的医疗团队，是他们用回春妙手拯救了我，给了我重生的机会；还有张剑主任、吴小霞医生、曲昌菊博士、刘护士长等医务工作者对我无微不至的救治，向你们致敬、感谢！

我还要感谢我最敬爱最伟大的哥哥，他在我生病的日子里，为了能够给我筹集医药费,每天穿梭于大街小巷寻求帮助。大夏天的一件衣服穿了快两个月都没换,一家人租住在医院旁一个10平方米不到的出租房里,碰巧又是梅雨季节,房子经常漏雨。我哥就这样用体温反复焐干淋湿的衣服,每天跑来跑去向病人家属和医生不厌其烦地求助,那一刻,支撑他坚持下来的是兄弟亲情。当医生说我必须进行骨髓移植的时候,我哥就立马要求去做配型检查,要给我捐骨髓。他跟我说,即使让他放弃一切,他也会拼尽全力去救我。移植当天,我伟大的哥哥毫不犹豫地给我捐献了骨髓造血干细胞。回输的那一天,我哥炽热的骨髓血输入我的体内,我感到心里暖暖的,也无比心疼我哥,我知道只有自己好好康复,才对得起我哥为我所做的一切。

还有我要感谢我的父母,感谢他们无微不至的照料。在照顾我的那段时间里,每天劳碌和操心让他们累弯了腰,累白了头。每天晚上他们在病房里给我擦身的时候,我的心总在颤抖,眼里噙着泪花,却努力不让眼泪流出来。我是个感性的人,看在眼里,疼在心里——这件事情对我的父母打击太大了。我父母都是农民,识字不多,为了学到更多有用的知识,每次向医生请教的时候,他们都会拿着本子把重要的知识一笔一画地记下来,不会写的字就请教别人怎么写,或者用拼音或符号代替,记满了好几个本子。每天回家就来回地翻啊翻,整理摘抄……但他们从来没有说过一次累,任劳任怨。我常常告诉自己,坚持下去,不要气馁,决不能辜负他们的期望。

要感谢的还有我可爱可亲的朋友、同学、老师以及社会上的爱心人士们。我在生病期间,收到了好多给我加油鼓气的留言。每次看到这些我都止不住内心的感动,是他们的支持与帮助支撑我一步步走到现在,是他们用无私的大爱燃起了我与病魔抗争到底的勇气和信心,激起了我永不服输的斗志。

最后我要感谢的是陈霞姐姐,第一次与霞姐相识是在病区的走廊。她那天给我带来了书和礼物。在我得知霞姐已经移植17年的时候,我更是兴奋不已,我拖着当时还在发烧的身体,压制不住内心的激动情绪,拉着她的肩膀合了张影,还让她给我签了名。此后的日子里,每次看到这张合影我都信心十足。对于我来说,她就是我们血液病患者的榜样。也要特别感谢霞姐的妈妈,在治疗期间阿姨经常跟我们讲一些小技巧，每次见到我总是满眼的慈爱，我感觉阿姨就跟自己的母亲一样，我经常会去爱心站找阿姨聊天，幸福又温馨。在爱心站我也认识了很多朋友，收获了很多友谊，每个人都在精神上相互鼓励着，在康复路上努力奔跑着。

感谢霞姐建立的爱心平台，能让病友及其家属们在一起相互交流沟通，分享经验，从而少走弯路。

移植后的我在医院附近待了一年多。在移植后还没过急排期时，我就加入了义工队，和义工朋友们一起为病友制订帮扶方案，做爱心宣传，定期去病区为刚确诊的病友家属做护理知识宣教等。在电闪雷鸣和雨雪交加的季节，我也毫不退缩，仍然只身前往病区和移植舱，给霞姐爱心平台做宣传，给病友和家属们分享我自己治疗的经验，帮他们解决疑惑。虽然现在我已经离开了"战场"，但是我依然在为爱心事业贡献力量，因为我明白：只有患者才更懂患者，只有一起努力才能战胜病魔。

今年恰逢党的百年华诞，作为一名党员我在为祖国庆祝喝彩的同时也祝愿祖国繁荣昌盛，国泰民安。我努力调整自己的身体状态，不忘初心，牢记使命，希望能为祖国、为社会、为人民奉献出更多的力量。也感恩每一个为国家、为社会、为爱心事业默默付出的工作者，向你们致敬！

【点评】

寒门学子大金刚，每次听到他的名字就心生感动。感动于一个优秀90后的责任和担当，感动于他那个平凡而朴素的普通农家在遭遇巨大困难时所表现出来的隐忍和真诚。在移植后的康复病房，有幸亲眼见证了这个家庭每个成员在危难时刻所表现出来的浓浓亲情以及由爱而生的磅礴力量。刚刚捐献完骨髓的哥哥顾不上休息忙碌穿梭于病房，从没出过远门的农村老妈，为了精心照料孩子，居然拿起了纸和笔认真记录医生和他人给予的任何一项护理细节和工作要点，从没下过厨房的老父亲居然学会了为孩子准备精致的营养餐。这个家庭看似孱弱，但似乎每一个成员都能瞬间在爱的感召下像陀螺一样倾尽全力高速运转。如此有爱的家庭，如愚公移山一般不断催生出战胜困难的勇气和力量。幸福是奋斗出来的！这是对这个家庭最美好的诠释。

放慢脚步,为了以后更好地出发

詹文平

> 1989 年出生在安徽的一个小山村,从事服装销售工作。2018 年 10 月经苏大附一院确诊为急性髓系白血病。2019 年 1 月接受无关供体造血干细胞移植。目前康复良好。

我叫詹文平,大家都喜欢叫我萍萍,1989 年我出生在安徽的一个小山村,十几年前来苏务工,目前定居苏州。

在苏做服装十多年,想在苏州拥有自己的家。为了实现我心中的梦想,我每天很努力地工作,不敢有丝毫的懈怠。记得那一年秋天,我发现脚上有一道伤口,当时感觉年轻应该没事,可能恢复恢复就好了。可一个多月伤口一直都没见好转。2018 年的 10 月我突然感觉身体不舒服,后背有一块淤青,因为当时工作比较忙,又新开了两个店,很多事情需要我对接跟进,也就没有太多去在意,以为就是太累了,休息两天就好了。然而这种情况始终没有缓解,到 10 月 8 号,我明显感觉体力不支,小腿无力,家人陪同我去医院检查。血常规报告出来,医生当时就告诉我这是急性白血病,然后就进行了一系列检查。

当时我整个人都懵了,彻底被吓到了。几天后所有结果出来了,我被确诊为急性髓系白血病。我无法接受这样的现实,一大家子都陷入了悲痛和绝望。

从一开始的不接受,到慢慢地接受现实,我开始接受漫长而痛苦的治疗。在做完第三个疗程化疗后,幸好有好心人相助,在中华骨髓库找到了合适的骨髓供体。2019年1月，进舱骨髓移植。在净化舱里，有过一次轻微的发烧，幸好有惊无险，一切基本很顺利。出舱后去弘慈血液病医院疗养了四十多天，一切还算顺利。在移植后的第三个月却又不小心感染了病毒，再次住院半个月。就在这个时候，身边很多事情也发生了很大的变化，突然发现移植让我整个人变得好丑，我自己都不认识自己了。我开始变得很自卑，不愿意重新走出家门接触任何人，脾气也变得非常暴躁。所幸随着身体的慢慢恢复，我的心情也好了很多，一路走来感觉真心不易。

詹文平

在这里要特别感恩老爸老妈无私的爱，他们始终对我不离不弃，给予我无微不至的照顾。感恩祖国给了我们这么好的医疗环境和社会保障政策。感恩朋友们的无私帮助，特别感恩王荧主任团队的精湛医术，感恩弘慈血液病医院9病区赵主任团队的精细呵护，是他们给了我重生的机会。更应该感恩那个给我捐赠干细胞的陌生哥哥。还要感恩陈霞爱心团队的鼓励和开导，让我有勇气重新面对新的生活。现在重获新生的我，很荣幸加入了陈霞义工团队，能用自己的经历去帮助更多的战友们，让他们和我一样看到新生命的希望。

回顾自己患病的经历，我也对过往的生活进行了深刻反省，希望通过我的经历告诉大家：不要以为自己很年轻，就可以肆意地挥霍自己的生命，无节制地加班熬夜，随便地透支自己的身体，这样的生活终将让自己的生命亮起红灯。我们要尽量管理好自己的时间，当身体出现小的警示时，一定要学会让自己忙碌的脚步慢下来，学会给自己做减法。请一定记住：生活需要我们学会适时调整，偶尔地停顿。放慢脚步，是为了以后更好出发。

【点评】

奋斗的青春是美好的，为了一个美好的目标，年轻的我们总是忙碌地行走在奋斗的路上，有时恰恰忘了让自己疲惫不堪的身体得到暂时的休整和充电。萍萍战友用自己惨痛的经历告诉我们，幸福的生活需要靠自己的勤奋去争取，但生活也是需要智慧来把控的。必须学会适时调整，放慢脚步，关注健康，一切都是为了以后更好出发。

鸣谢单位

苏州市无锡商会
苏州市安徽商会
苏州市浙江商会
苏州市福建商会
苏州市川渝商会
苏州市泰州商会
苏州市辛庄商会
苏州市山东商会

苏州美新迪斯医疗科技有限公司
苏州远卓科技信息有限公司
苏州蒋喜美石坊玉雕工作室
江苏开明律师事务所
江苏跳动引擎科技有限公司
安捷包装（苏州）股份有限公司
苏州圆邦线束科技有限公司
苏州贝立雅文化创意有限公司
苏州得元电子科技有限公司
苏州新华商智教育培训有限公司
江苏诺储生物科技有限公司
苏州德马杰机械有限公司
上医健康科技（苏州）有限公司
苏州蓝海知识产权代理有限公司
苏州 INSPACE 科创中心
苏州圆河电子科技有限公司
江苏卡颂智能壁材有限公司
苏州吉立兴汽车用品科技有限公司